JN094606

月影に松島

ホシヤマ昭一
HOSHIYAMA SHOICHI

幻冬舎MC

月影に松島

目次

◆主な登場人物◆

萬城目　洋二　　移住夢（イズム）旅行社社長
濱田　耕太郎　　青果物卸コージー社長
入間　圭子　　料理教室主宰
入間　善四郎　　圭子の兄
入間　綜一郎　　入間家当主（理子の婿）
入間　理子　　綜一郎の妻
入間　綜介　　綜一郎の長男
木村紗友里　　巫女
高階香織　　フォトジャーナリスト
真木頼子　　農園の娘
内海鉄男　　渡船の船長
夕島純一　　移住者
樋口剛志　　旅人
兼城勇作　　寺の手伝い

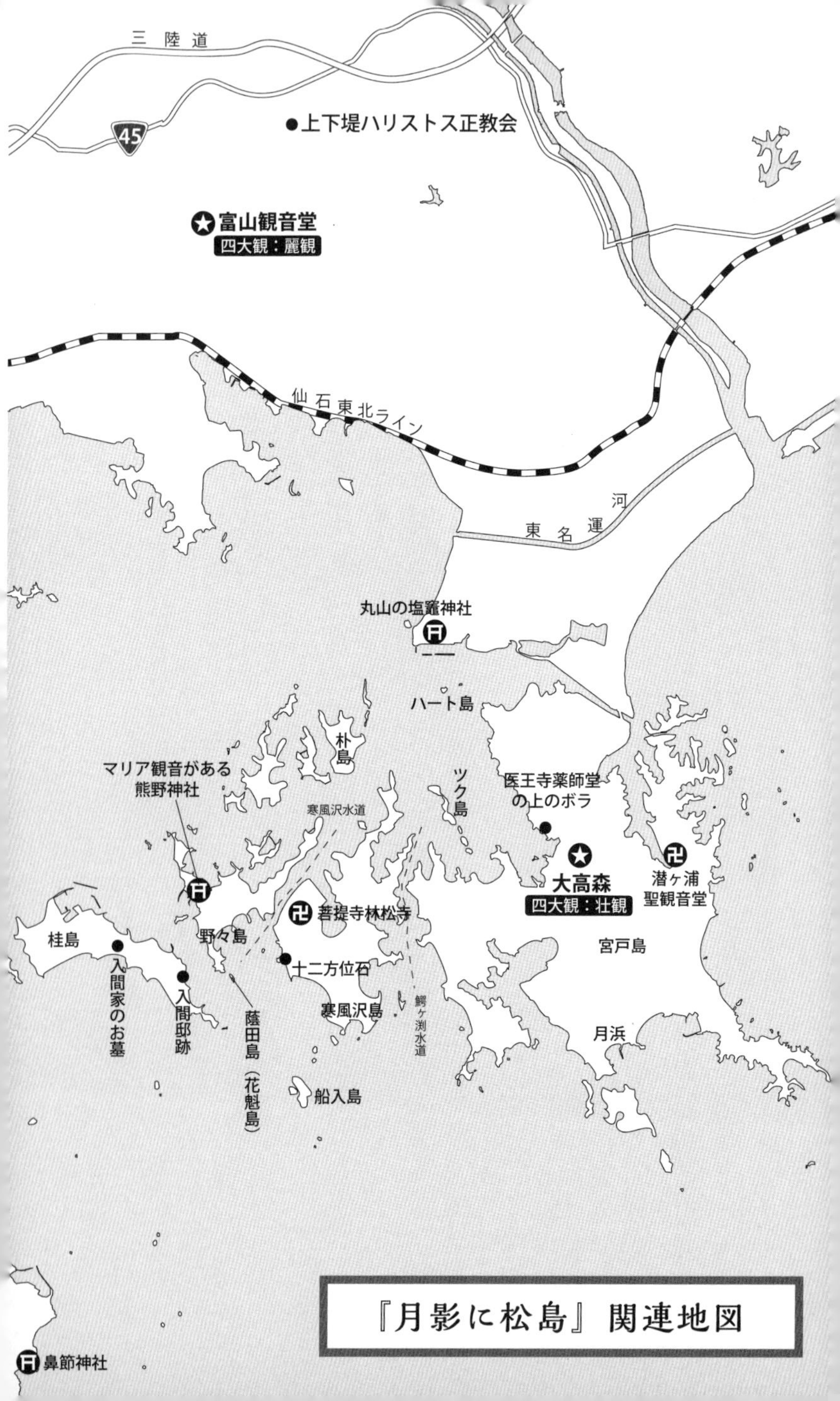

三陸道
45
上下堤ハリストス正教会
富山観音堂
四大観：麗観
仙石東北ライン
東名運河
丸山の塩竈神社
ハート島
朴島
ツク島
マリア観音がある
熊野神社
寒風沢水道
医王寺薬師堂
の上のボラ
大高森
四大観：壮観
潜ヶ浦
聖観音堂
善提寺林松寺
野々島
桂島
入間家のお墓
入間邸跡
蔭田島（花魁島）
十二方位石
寒風沢島
鰐ヶ渕水道
宮戸島
月浜
船入島
鼻節神社

『月影に松島』関連地図

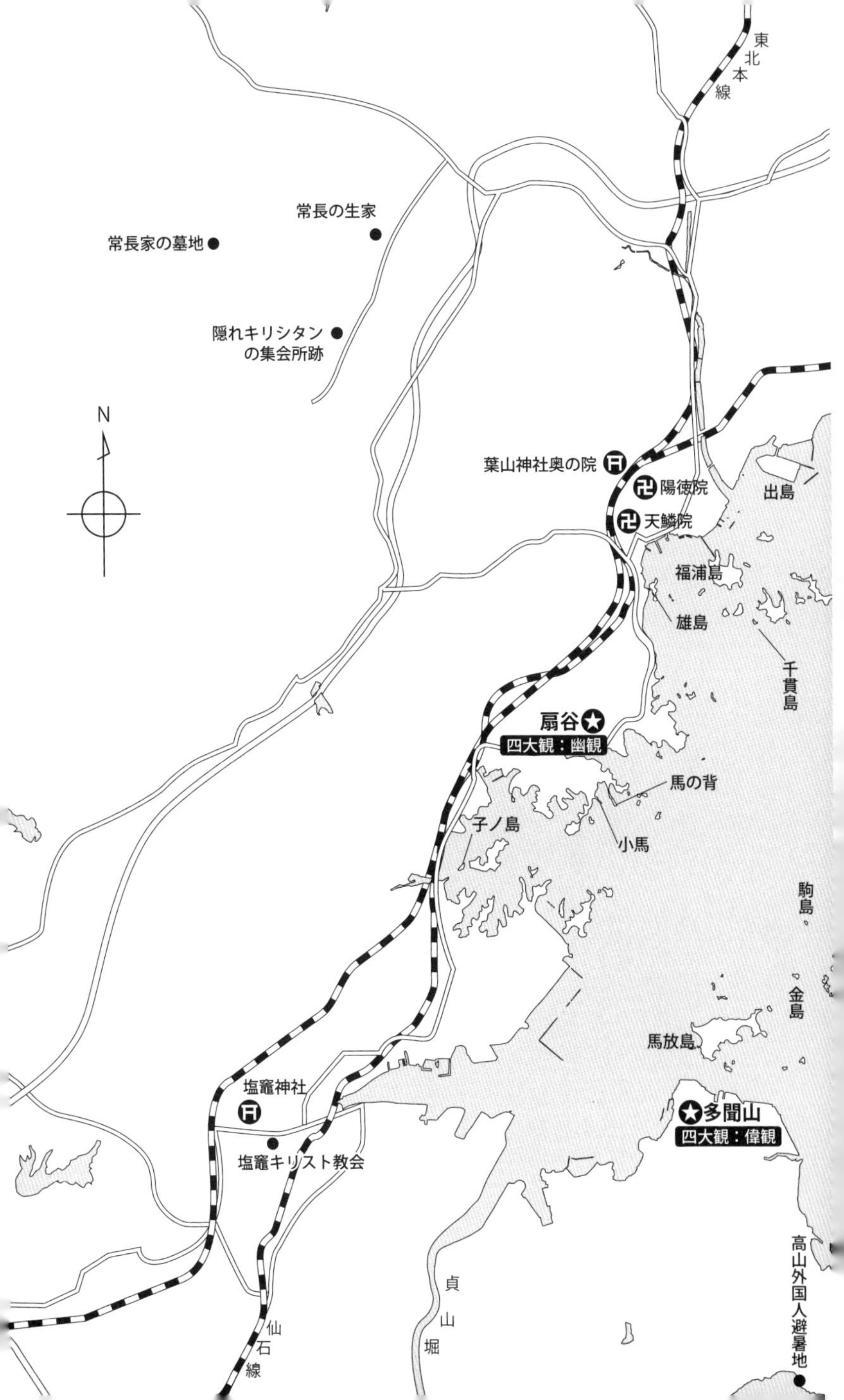
東北本線
常長の生家
常長家の墓地
隠れキリシタンの集会所跡
N
葉山神社奥の院
陽徳院
天鱗院
出島
福浦島
雄島
千貫島
扇谷
四大観：幽観
馬の背
子ノ島
小馬
駒島
金島
馬放島
塩竈神社
塩竈キリスト教会
多聞山
四大観：偉観
高山外国人避暑地
貞山堀
仙石線

プロローグ

「ファアーーン」

ホルンを思わせる列車の警笛が聞こえてきた。

「こんな静かな場所に電車が走っているのか」

入間善四郎がつぶやき、友人の萬城目洋二と濱田耕太郎もうなずいた。

善四郎は入間家発祥の地である浦戸諸島の出身で、私たちより数年先輩の五十の後半だ。

黒々とした髪と引き締まった頬に、赤いジャンパーと細身のジーンズが若々しい。

「初めて来たわ、静かなところね」

善四郎の妹の入間圭子は異母兄妹で、東京在住であり出身地の浦戸諸島のことは知らない。

セミロングの黒髪が豊かでふっくらとした頬や、鼻筋の通った顔立ちは色香が漂う。

黒コート襟元の赤いスカーフが、透明感のある圭子の素肌と対比して印象的だ。

耕太郎は圭子と食事程度の付き合いだが洋二は初対面だ。

「瑞巌寺や円通院前は修学旅行でごった返していたな」

静かな松島がいいと善四郎の提案で反対方向へ足を向けた四人だったが、洋二はその行動に別な目的を感じた。善四郎は理詰めの人だから混雑で行き先を変えたりしない。

伊達政宗の正室・愛姫の菩提寺陽徳院と瑞巌寺に挟まれたなだらかな坂を歩くと、京都を思わせる苔むした岩肌や唐竹の垣根が出迎えてくれる。登り切ると開けた場所に鳥居があり、遠くに線路が見え横断するようにほそ道があるが遮断機はない。線路の先には高さ二十メートルはあろうかと思う大銀杏があり、根元にもう一つ鳥居が見えて奥は急な崖になっている。そこに張り付くジグザクの階段は木立の陰になって、頂上付近は見えない。

「鳥居があるからほそ道は参道なんだろう」

善四郎が先頭を切って進んで行く。

四人が線路を注意深く渡ると、草むらの奥に二本の線路があった。

「東北本線だな、渡った線路は仙石線か」

善四郎は冷静に分析してみせた。

「線路と線路の間に大木があるなんて珍しいわね」

圭子がつぶやく。

カーブの関係なのか仙石線と東北本線の線路は十メートル以上の間隔があり、その間の鬱蒼とした茂みの中で、大銀杏ともう一つの鳥居は堂々と存在を主張していた。

鳥居に飾られた扁額は葉山神社と読めた。

「ヒューヒューヒュー」

仙石線とは違う警笛の東北本線の電車が目の前を走り去る。

震災から六年が過ぎたが石塔は倒れ、大銀杏の周囲は荒れたままで左右が見通せない。

線路そばから立ち上がる階段は、まるで天国にでも行くような急勾配だ。

「この階段は登りがいがあるな」

洋二はあごを突き出し崖上の木立のすきまに垣間見える鳥居の朱色を見た。

善四郎が圭子につぶやく。

「ホテルに携帯を忘れてきた。取ってくるから先に上がって」

いつも慎重な善四郎がめずらしい。

ホテルは瑞巌寺近くだから往復で十分と掛からないだろう。

三人は好奇心が抑えられずに線路を注意深く渡り、見上げるような階段を登り始めたが三十段しか登らないのに息が切れるのは運動不足のせいだ。

耕太郎は踊り場のような場所で声を掛けた。

「チョット休憩」

洋二は耕太郎の隣に座り時計を見た。

十七時三十分を過ぎたところだ。

三人は東北本線の高架線よりやや高い踊り場で、芽吹きの黄緑色を眺めながら善四郎を待ったが、目の前は瑞巌寺の屋敷林が一面を覆って寺院の屋根は見えず、辺りは急に陰って暗くなり夕月が空に浮かび上がってきた。

善四郎が速足でやってくるが、黒っぽい服装と帽子の二人が後ろから追ってくる。

善四郎は気がつかずに左右を確認しながら線路を渡り、二人も線路を渡った。

「ヒューヒューヒュー」

東北本線の警笛が知らせるのは長い編成の貨物列車だった。

「カタカタカタカタ」貨物特有の小刻みな振動と重厚な音が迫ってくる。

善四郎が渡れずに留まっていると、二人が追い付くが貨物列車の陰になった。

「ファアーーン」

仙山線も独特の警笛音を発しながら来て、前後を通過する列車にふさがれた。

足元を揺らす振動と会話が聞き取れないほどの大きな音で貨物列車が真下を通過する。

「ガタ、ガタ、ガタ、ガタ　ガタ、ガタ、ガタ、ガタ」

時間の経過を妙に長く感じさせた貨物列車が通り過ぎ、静寂のみが支配していた。

薄暗いながらも、ぼんやりと見える眼下の空間には誰もいなかった。

圭子が蒼白い声を上げた。

「兄さんが、兄さんが居ないわ」

線路に挟まれた鳥居付近に居るはずの、善四郎と見知らぬ二人はいなかった。

階段を駆け下りる圭子の背中に冷たい風が吹き闇が広がった。

洋二と耕太郎はその闇を埋めるように、あわてて階段を駆け下りる。

谷間の陽は落ちるのが早い。

足元を気にしながら東北本線を渡り、鳥居と大銀杏のそびえ立つ場所に急いで向かった。

「ゼンシロー」

「善四郎さーん」

三人は口々に呼ぶが返事はない。

洋二は大銀杏のある藪の中に分け入ったが、暗闇が押し迫り足元がほとんど見えない。

わずかな時間の中で三人が消えたことを、墨色に染まった草木が無言で教えてくれた。

「貨物列車に飛び乗ったか」と耕太郎。

洋二は首を横に振った。

「あの速度では飛び乗るのは無理だ」

圭子は兄が消えたことにショックを隠せない。

「ど、どこに消えたのかしら。兄さん」

「二人組の大男に拉致されたんじゃないか」

耕太郎は語気を強めた。

三人が消えた時、東北本線の貨物列車と仙石線の列車が前後を通過していた。

仙台方面はトンネルになっていて石巻方面は両方の線路がその間隔を狭めて並んでしまい隙間がなく、両側は二メートル以上の金網で閉鎖されている。

閉鎖された空間から善四郎と謎の二人が忽然と消えてしまった。

その日の午前中に善四郎と圭子は、入間金四郎翁の百回遠年忌に参加のため浦戸諸島の寒風沢島に行っていた。どんなに先祖思いでも三十三回忌くらいまでが普通だが、金四郎翁の百回忌法要を執り行うようにとの遺言があったらしい。

入間家では仙台の知人や浦戸の人々に参加を呼びかけ、来年で没後百年になる金四郎翁の記念行事として法要を開き、善四郎の誘いで親族でもない洋二と耕太郎も参加していた。

その二人は塩竈《しおがま》港発九時三十分の塩竈市営汽船に乗り、目的地の寒風沢島には十時十六分に着くが、善四郎と圭子はもっと早い汽船に乗ると言っていた。

二人は潮風の心地良さに気がついて、後方のデッキで海を感じていた。

お寺の本堂は十畳敷き二つの広さで、開式直前到着の洋二と耕太郎は窓際に座った。

「チーン、チーンチーン」

リンの音が海風静かな本堂に響き渡り読経が始まる。

読経が終わり入間家総代だろうか、恰幅の良い男性が最前列から立ち上がり挨拶を始めた。

「ご参列の皆様。入間綜一郎でございます。本日は入間金四郎の百回遠年忌法要にお集まりいただきありがとうございます。曽祖父である入間金四郎についてお話しします」

十分ほどの長い話は入間金四郎の人生物語だったが、終わると住職が立ち上がった。

「故入間金四郎翁、天楽院松崖翁居士は生前に林松寺に対して親族とは別に遺言を残していました。その遺言は寺の代々住職に引き継がれ遺言の執行時期が明記されていました。

《百回忌法要の時開けよ。そのとき来た子孫に見せればよい》

このことは総代の入間綜一郎様も了承しておられますので執行いたします」

住職は大事なことを話すかのように聴衆をにらんで言葉をついだ。

「入間家のトレードマークは『金』の文字ですが、入間金四郎の名前からとりまして、大事な物には必ずこのマークが付いていると聞いています」

そう言って住職は頭を下げながら総代を上目遣いで見ていたが、入間綜一郎は最前列に座っているから洋二たちからは表情をうかがい知ることはできない。

住職が古色蒼然とした木箱に鍵を差し込み取り出した紙は変色しているが、漢字が羅列してあるのが見えた。

すかさず最前列の親戚七、八人が集まって携帯で写真を撮っている。

洋二と耕太郎からは見えないが、善四郎や圭子は人だかりに潜り込んだようだ。

ひそひそ話す声が次第に大きくなると入間綜一郎が声を出した。

「この遺言書は総代の私が預かる。内容を調査の上親族にお伝えすることを約束する」

古ぼけた紙を内ポケットに入れながら、このあとの案内を告げた。

「直会《なおらい》を十河荘で行います。ご参列の皆様はどうぞ遠慮なさらずに」

直会とはこの地域の表現で祭事が終わった後の宴会のことだ。

直会の会場となった十河荘は島の岸壁のそばにあり、津波が浸水しながらも残った建物の一つで、法要参列者のおよそ半数くらいが参加しているようだ。

入間綜一郎と妻の理子は仙台市から来ているが、息子の綜介は浦戸水道を挟んだ隣の野々島に住んでいるらしい。親戚に当るのが入間善四郎と圭子、それに遠縁に当たるらしいが朴島に住む真木真造と娘の頼子。親戚ではないが浦戸諸島の漁師で桂島に住む塩竈市営渡船船長の内海鉄男と寺の手伝いの兼城勇作、夕島純一が参加している。

寒風沢島に移住してきた夕島純一は、法要の準備に駆り出されたらしい。二人はいつも一緒に行動していることが多いと聞いた。

耕太郎は二週間前に勇作と会っていたことを思い出した。

十河荘の奥座敷には海鮮料理が三つのテーブルにところ狭しと並んでいる。海中の姿そのままと思われる天然牡蠣の塊がテーブルの中央に鎮座していて、十数個の牡蠣の塊を専用の工具で剝がし取り濃厚な味わいを口いっぱいにほおばれる。目でも楽しませてくれる野趣あふれる趣向は初めての体験だ。

薄味に仕立てた味噌汁は牡蠣の風味が主役の座を譲らず鼻腔をくすぐる。

お造りも近海のメバチマグロとイカやタコ、それにアワビとホタテが綺麗に盛り付けられ、海の旨みを感じる幸せに浸った。焼き物も数種類あって甘じょっぱい味付けがご飯を求める。タクワンや瓜の浅漬けなどの香の物も箸休めにちょうどいい。

ビールは数人で、ほとんどが海鮮料理とひとめぼれの銀シャリを口に運んでいた。

それぞれのテーブルで盛り上がるは遺言の古ぼけた紙のことだ。

圭子は携帯の画像を見せながら洋二と耕太郎に小声で話した。

「ねえ、この文字を見てよ、古いけどしっかりとした筆跡で漢字が書いてあるわよ」

初めてみるその文字は、見たことのない漢字も入った九行詩だった。

松島峰記
怒馬汰絽臥
弩海獺奈
篦利鹿囲智
疎美会東
怒馬篦利士
地囲似和
佐玖絽美士
汰琉馬智
微須十砺丹
入間金四郎　金

善四郎がささやいた。

「昔から松島や浦戸諸島には隠し金の噂がある。伊達政宗の埋蔵金伝説や榎本武揚の幕府金伝説、そして入間金四郎の隠し財産伝説。いま九行詩がその秘密を解き明かすのさ」

善四郎は静かだが興奮気味な表情で、圭子も箸を持つ手が微かに震えている。

「明治時代の末期ころの一円はいまでは四千円くらいで、入間金四郎の財産は一億円くらいと言われているから四百億だが、当時の事業資金や借金返済に二百億から三百億残しても最低百億近くの財宝を隠したに違いない」

洋二は冷静に小声でつぶやいた。

「当主が探し出して相続権のある人に分配するんだよね」

耕太郎はまぜっかえした。

「あるいは記念館を造るとか」

圭子が口をとがらせる。

「何言ってんのよ。綜一郎の独り占めよ。信用できっこないわよ」

うなずいたのは善四郎だった。

洋二は善四郎を前に、連絡の謎で頭が混乱している。

（一昨日、善四郎兄貴から宝探しを手伝えと連絡が来たので、二人は仕事を後回しにして駆けつけたが今日遺言が示された。順番が逆だ。善四郎兄貴は事前に知っていたのか？）

煮魚を箸で崩すが上手くほぐれない。

善四郎の時間前後の連絡が、煮魚の中に潜む見えない骨のように謎めいていた。

刺身ならと口にほうりこむが山葵をつけすぎたのか、口の中から鼻腔につーんと刺激が走り目頭に達した。入間家の財宝問題も山葵の力を借りて突破できないものかと思った。

直会がお開きになり十河荘前の岸壁から、十四時八分発の塩竈市営汽船に乗船した。

浮桟橋の乗船客は私たち四人だけだった。

塩竈市営汽船は松島湾の数百ある島々をぬうように航行するが、停泊するのは浦戸諸島の四つの島だけだ。東から朴島《ほうじま》、寒風沢島《さぶさわしま》、野々島《ののしま》、桂島《かつらしま》をジグザクに運行する。朴島を出た後に寒風沢島に着き、その後浦戸諸島で人の住む四島では最西端にある、桂島の石浜港に行く。戻るように寒風沢島と桂島の間に横たわる、野々島の港に寄港する。そして次は先ほど寄港した桂島の塩竈港寄りの、桂島港に停泊して塩竈港を目指す。地形的なこともあるのだろうが二つの島を行ったり来たりするのは珍しい。

私たちは船の最後部デッキに出た。風はまだ冷たいが松島の風景を見たい気持ちが勝っていたから、コートやジャンパーの襟を立て腕を組んで寒さに対抗する。

善四郎が話し出したので、スクラムを組むように四人は一つのかたまりになった。

「この後、調べたい場所がある。瑞巌寺の周辺だ。みんなどうする？」

三人は無言だが眼だけで会話するかのように顔を寄せた。

「塩竈港から仙石線に乗って松島に行くか、それとも塩竈港で観光汽船に乗り換えて行くか、ほぼ同じ時間だが観光汽船は歩くことなく瑞巌寺前に連れて行ってくれる」

松島の観光桟橋の近くが宿泊のホテルだし善四郎は歩きたくないらしい。

松島観光汽船は桂島の太平洋側を航行し地蔵島や夫婦島、そして仁王島を通り北上して松島に向かうが、観光案内のアナウンスがあるのが嬉しかった。

昼の時間は謎の九行詩に出会い少年のようにワクワクしていたが、夕闇とともに暗くなった。瑞巌寺裏で仲間が行方不明になる大きな不安と向き合うことになってしまった。善四郎は私たちの前から消えたが、拉致されたのかもしれないし自分の意志かもしれない。前後に列車が走り両側は高いフェンスがあり短時間では乗り越えることはできないと思われた。圭子は困り果てて助けを求める眼になった。

洋二は声を絞り出す。

「空以外は密室のようだ」

耕太郎は二人に声をかけた。

「警察に連絡しよう」

「ちょっと待って、知り合いかもしれないし」

圭子は首を横に振った。

洋二は圭子を見た。

「携帯は？」

圭子が連絡を取ってみるが繋がらなかった。

暗闇の中で主役に躍り出た月が周囲を照らし月影を作る中、三人は瑞巌寺の方向へ歩き出したが最初に出会った鳥居のそばで洋二がつぶやいた。

「鳥居の近くで何か光らなかったか？」

洋二の問いかけに耕太郎と圭子はうなずいた。仙石線の列車が通過して東北本線の貨物列車が過ぎ去るまでのわずかな時間であったがかすかに光が見えていた。

宿泊先に戻る道すがら、沈黙に耐え切れず耕太郎が口火を切った。

「洋二、俺と圭子さんが最初に出会ったのは野菜果物の学校で偶然隣の席になったときなんだ。休憩の雑談でロックバンドの趣味があると言うと圭子さんが〈兄も同じなの〉と話し善四郎の妹と知ったんだ」

洋二がつなぐ。

「そうなんだ、圭子さん。十五年前、東京でレッド・ツェッペリンのコピーバンドの大会があったんだ。そこで、我々二人はジミー・ペイジに勝るとも劣らぬギターの名手の指捌きに釘付けになった。

ボトルネック奏法で奏でる〈死にかけて〉なんか最高で客席の俺たちは酔いしれたのさ。それが善四郎兄貴だった。場末のライブハウスの対バンで技を競い酒を飲んで大騒ぎさ」

「レッド……なに？　レッド・ホット・チリ・ペッパーズ？」

「レッチリのこと、知ってたの圭子さん、凄いじゃないか。でも知らないよな。ビートルズのことは知っていてもツェッペリンは。ビートルズはロックをやる人間からするとポップスなんだ。イギリスでビートルズの後に出てきたレッド・ツェッペリンこそが本当のロックンロールなんだよ」

「そうなの。クイーンは知ってるわ」

耕太郎はガクッと肩を落として圭子の顔を見上げた。

「兄貴はツェッペリンのコピーバンドの仲間では有名なんだぜ。マエストロと呼ばれて」

洋二は耕太郎とバンドを組んでいたから善四郎との付き合いは長く、「宝探しを手伝え」と半ば命令され駆けつけたが、地元の人間には地の利があると思って誘ったのか。

耕太郎は法要のときの入間綜一郎の話を断片的に思い出して話し始めた。

「入間金四郎は松島湾にある浦戸諸島の桂島で、明治の初め頃に関東から来て海運業を始めた。江戸幕府から新政府に政権が変わったときで東京への米や物資の輸送で事業を軌道に乗せ、外国との貿易や陸軍のための防寒コートに使用するラッコ狩猟などで確固たる地位を築いた。勝海舟とも対等に話ができたと言っていた」

洋二が感心してつぶやく。

「勝海舟。歴史の教科書に出てくる人物と対等な人なんだな」

耕太郎は圭子に聞いてみた。

「この話は知らなかったの？」

妻と離婚した耕太郎と夫と死別している圭子は、遠距離恋愛のように年に二、三度食事をしたがそれ以上は踏み込めていない。

圭子は真顔で耕太郎に向き合った。

「だって百年も前の話だし法要がなきゃ知らなかったわ」

「入間綜一郎の話はこんな風だったよな」

今度は洋二が話し始めた。

「入間家は二代目の入間統志郎のときに多額の借金で鋼鉄船を三隻購入して事業を拡大したが、嵐に遭い船が沈没して事業が傾いた」

真っ暗な空に星は出ているが、向き合っている謎と同じくらい暗闇が拡がっていた。

洋二は圭子に尋ねた。

「入間氏は後で報告するからって言ってたよね」

「本当にそう思う？　仙台の事業でお金はいくらでも欲しいんじゃないかな。耕太郎は知ってる？　入間綜一郎のこと」

「うん、イルマコミュニケーションズの会長だ。飲食店グループを率いて仙台じゃ一、二を争う規模じゃないかな。確か日本国防大学卒業だよ」

洋二は初めて会う圭子に直球を投げた。

「善四郎兄貴を拉致した二人は、入間家の関係筋で動機は入間家の財宝探しだと」

「私はそう思うわ。それ以外は考えられない」

洋二は低い声でつぶやいた。

「財宝探しのライバルを拉致監禁して先に見つけようとしているのか」

圭子は首をかしげる。

「そうかもしれないし、あるいは手を組んだのかも」

「善四郎兄貴はイルマコミュニケーションズの一員として財宝探しをするのか？」

「それも変ね？　善四郎が協力するはずないわ」

洋二は謎に向かった。

「善四郎兄貴は入間家の九行詩や財宝探しについて事前に知っていたんじゃないか」

圭子は驚いた顔でたずねた。

「どうしてそう思うの？」

「一昨日。宝探しをするから手伝えって」

圭子は首をかしげたが、耕太郎はうなずいていた。

洋二は圭子にたずねる。

「善四郎の行方不明は入間家が絡んでいるから、警察に連絡するのは止そうと思ったのか」

圭子は大きくうなずいた。

「しかし善四郎をどうやって探そう？」

洋二は意を決して圭子に向き合った。

「善四郎兄貴失踪の謎と入間家の宝探しは、違うように見えるが元は同じかもしれない。全力で兄貴を探し出すよ」

圭子は洋二と耕太郎の手を握り大きくうなずいた。

「百回忌法要の後の直会に参加した人が怪しいな。誰かにつけられなかったか？」

圭子は首を横に振った。

洋二は圭子から転送された九行詩の画面を見ながらつぶやく。

「漢詩の意味を解読するのが最初だと思うが皆目見当が付かない。最初に『松島峰記』と書いてあるから、松島のどこかに財宝の隠し場所を示す漢詩だとは想像が付く。松島湾を尋ね歩きながら文章の意味するところを探るしかない。財宝を隠したとすれば松島湾のどこか歴史ある場所に違いないし、善四郎兄貴と出会えるかもしれない」

耕太郎が自慢げに会話に入った。

「歴史ある場所なら松尾芭蕉が来る五百年前、西行が訪れた場所があるのを知ってる？」

洋二はうなずいた。

「この近くだから明日のスタート地点にいいね。朝九時に西行戻しの松公園に集合だ」

圭子は洋二にたずねた。

「ところで松島の地震や津波の被害は？」

「松島は比較的に被害は少なかったのさ。浦戸諸島が防波堤の役割を果たしたから」

そう話してから洋二は、宮城国際会館にいたときのことを思い出していた。

脱サラする四年前、進水建設仙台支店の土木課長を務めていたが、髪の毛には白いものが混じっていて少し太り気味の体は、濃紺のスーツを小さくみせていた。

進水建設の遠間社長が先期の優秀実績社員を表彰するため、東北の選ばれた社員と幹部が集められ、十五時からの予定で集まった六十人ほどは前座の発表を地下の小ホールで聞いていた。

「ヒュルヒュルヒュルヒュルヒュルヒュル」

全員の携帯が音を立てる。それは何かの演奏のように会場の中に大きく響き渡った。

（緊急地震速報だ）

地下ホールは映画館のような造りで傾斜した床に固定してある椅子が、ほとんど間を置かずぐらぐらぐらと大きく揺れる。誰も立ち上がろうとしない。いや立ち上がれない。天井の巨大な照明器具がガタガタガタガタと激しく揺れて、いまにも落ちてきそうだ。

（もし、あれが落ちてきたら）

揺れが収まりそうになると、大きな揺れが来て、三つの大きな地震が押し寄せた。

激しい揺れが収まり非常口からぼうぜんとして外に出ると、広瀬川河畔の住宅街に火の手は上がっておらず壊れた建物はないように思われた。

仙台支社がある二番町通りに向かって欅並木で有名な通りを歩いたが、大勢の人が建物から避難して歩道にいる。どうしたらいいかわからない様子だ。

人混みの中に裾が大きく広がった純白のウエディングドレス姿の花嫁がいたが、肩の辺りには赤い色が見える。

（血だ）

花嫁が怪我をしたのだろうか。

近寄ると頭から血を流している男性を、花嫁が抱えて白いハンカチを当てていた。

右往左往する人でごった返す歩道が、洋二には急に白黒の映像になりウエディングドレスに付いた赤と花嫁の唇の赤だけが、色を主張しているように見えた。

道路は大渋滞だ。救急車は来ない。

「大丈夫ですか？」

洋二はそばにいた礼服姿の男に聞いた。

「教会が、教会が崩れてきて」

男が指さした方向には真新しい建物があった。

「式を挙げているとき照明器具が落ちてきて、新郎が新婦を守って怪我したんです」

新婦は泣いていた。

車であふれる道に救急車の気配はない。早く来てくれることを祈るしかなかった。

避難者であふれ返っていた歩道には剥がれたタイルやコンクリート片が落ちている。

地震発生から三十分近く経ち支社の従業員と、避難場所になっている県庁近くの匂当台公園に向かったが、公園にはたくさんの人が集まっていた。

道路向かいの七階建てのビルは外壁が大きくヒビ割れている。

一ヵ所や二ヵ所ではなく壁という壁全部に「×」状の亀裂があり、余震があるたびにそこからバラバラとタイル片が落ちてくる。

本震の揺れはゆっくりとした大きな揺れが長い時間続いた。

（長周期振動だ）

木造二階建は揺れに耐えても、眼前の鉄筋コンクリート造の建物が破壊される。

ふと空を見上げると白いものが落ちてきて急に寒さを感じた。

避難していた隣の人の携帯に映像が映っている。

ワンセグとかいう当時最先端の機種は事の重大さを突き付けてきた。

（津波だ）

停電で情報が入らなかったので、津波が内陸の奥深くまで流れ込み入江の高みまで押し寄せ、多数の死者や行方不明者が出るとは考えもしなかった。

原子力発電所が爆発し放射能の恐怖におびえることなど誰が想像できただろうか。

牡丹雪が足元を占拠し始めて急に洋二は、家族を思いうかべたが連絡手段は断たれている。

大渋滞でバスやタクシーは見込めるはずもなく、雪の中を二時間歩いて自宅に帰った。

同じ時刻、肌寒いが澄み切った青空の元、入間綜一郎の両親の入間一郎と妻の幸子は大銀杏の踏切で「ファアーーン」と列車の警笛を聞いていた。宮城県松島町は年間観光客五百九十万人を誇る県内随一の観光地であり、修学旅行の定番で外国人旅行客も増えているが、松島の真の魅力はまだまだ知られていない。

松島の代名詞ともなっている瑞巌寺の北にある神社は、高い崖で隔てられているが神仏習合の時代には一体となった神域であった。

その神域を東北本線が貫いたのは風雲急を告げる昭和十九年十一月だ。

二人は仙石線の単線と東北本線の上下二線を注意深く渡り、見上げるように切り立った百十段を登り切るがお彼岸前は誰もいなかった。東北の三月は肌寒い季節で夕方から天気が崩れそうだとラジオは告げていた。

本殿脇では三面大黒と彫られた石碑が迎えてくれた。

豊臣秀吉が生涯信奉したと知られる三面大黒天は、五穀豊穣の大黒天を正面に右肩には必勝と財運の毘沙門天、左肩には福徳財宝と技芸・教養の弁財天が一体となっている。

脇に井戸があった。瑞巌寺周辺には大きな川がないので僧侶の飲み水の確保が必要だった。崖の上に井戸があるのは不思議な光景だが、網の張ってある井戸の中を覗き込むと透き通った水面は井戸の縁から数十センチのところまで来ている。

崖下を通る電車は木々の間から見下ろすと鉄道模型のように見えるが、反響する警笛は本物の電車であることを教えてくれた。

尾根を歩くこと五分程で奥の院入り口に到着し、もう一つの谷間に臨む百段を超える石段を下ると、霊験あらたかな水神様を祀っていた。さらに歩みを進めると三面大黒天の御《ご》本尊が祀られている。

一郎と幸子はその奥の院に下るための急な石段の清掃奉仕をしていたが、古びた階段は百年以上前に作られたと聞いていた。

休憩していた二人は階段のそばにある踊り場から「よいしょ」と立ち上がる。

「さあ、早めに終わらせるべ」

石段は急で年数も経っていることから、あちこち欠けたり斜めになっている。

「この石段を新しくするとしたらいぐらかかがっぺな」幸子が上りながら話しかけた。

「んだなー一千万はくだんねべー」

そのときだった。

ゴゴゴーゴゴー。ガガーガガガーー。

地鳴りとともに激しく階段や崖が動いた。

地震だ。

揺れが激しい。目の前で石段が膨らむように動いている。

「あっーー」一郎は声を上げた。

直下の曲がりくねった石段の一部が崩れ落ちている。

あまりの揺れの激しさに動くことはできず、その場にしゃがみこんで崩れる石段や急斜面の石ころが崩れ落ちるのをぼうぜんと見ていることしかできない。

揺れが収まったかと思い階段脇の平らな場所に移動したがまた大きく揺れた。石段がガラガラと崩れ落ち、二人は樹木にしがみついて揺れに耐えるがさらに大きな揺れが襲った。

三度目の大きな揺れが収まると石段がほとんど崩れ落ちていた。

戻るには階段脇の斜面を登るより他に道はない。

「また余震がくるぞ。崖が崩れ落ちる前に早く上に登らねと」

一郎は幸子と石段わきの雑木の隙間を登っていくが、あわてて枯れ枝を掴んでしまうと、〈ぼきっ〉と折れてしまう。

アオキや常緑樹の小枝を頼りに登ろうとするが、斜面は霜柱の影響で柔らかくなっていて、土の部分は体の重みに耐えきれず滑り落ちるから、頼りは木の根と枝だけだ。

何度も滑り落ちながら這い上がり、一郎と幸子の服や顔は土色に染まっていった。

休憩しながら一郎はつぶやいた。

「おっきな地震だな」

幸子は震えながらうなずいたが、地鳴りや揺れは収まる様子がない。

ふと崩れた石段の脇に目をやると、箱のようなものが斜面からむき出しになっている。

鉄製のようだが全体が苔むしていて、一箱は鍵が壊れたのか蓋が開いていた。

金の延べ棒！

中からまばゆい光が見つけてくれとばかりに輝く。延べ棒は六十センチ×四十センチセンチ、高さは二十センチくらいの箱にぎっしり入っているが何箱もあるようだ。埋まった部分が多いので何箱あるかは解らなかったが、箱には印があり漢字の「金」に似ている。

「ま、まさか、本当だったのか。これだ、これだよ。幸子」

一郎は震える手で錆びついた箱を指して絞り出すようにつぶやいた。

「思い出したよ。小さいころ金四郎じいちゃんが孫のために財宝を隠したと言ってた」

幸子は振り向いた夫の眼がギラギラと怪しく光っているのをみて、たいへんなものを発見したと分かった。

一郎は錆びついた箱がある四、五メートル先に近づこうとするが、落石を足掛かりに進むので足元がおぼつかない。

「大丈夫がい？」

幸子が心配そうに見守るなかを、一郎はもう一歩で怪しい金の光に手が届くところに来たが、そのとき大きな余震が二人を襲った。

ガガガーガラガラガラ……ガガガーガガガーガラガラガラ。

斜面全体が大きく崩れて一郎と幸子、そして謎の箱も谷底に飲み込まれた。

第一章　十三夜

三人は西行戻しの松公園のタルトタタンの美味しいカフェにいた。

松島湾が一望のもとに見渡せて眺めのいい場所の歴史秘話を洋二が話りだす。

「芭蕉が松島を訪れる約五百年前に西行法師が訪れたとの伝説があるんだ。この地を訪れると鎌で草刈りをする童子がいたので法師は句を詠んだ」

月にそふ　桂男のかよひ来て　すすきはらむは　誰が子なるらん　　西行法師

童子がひたすら草をむさぼる牛に言い聞かせていた。

「あこぎだ、もう終わりにしろ」

武士でもあった西行は密通していた女から「あこぎだ」とののしられ、その意味がわからないまま諸国行脚に出ていたから、童子に言葉の意味を問うた。

童子は歌で答えた。


「伊勢ノ海　阿漕《あこぎ》が浦に　曳く網も　たびかさなれば　あらわれやせむ」

「西行は無学さに恥じ入り引き返したとの故事があるんだよ」

洋二の説明は続く。

「（あこぎ）とは阿漕と書き悪質なとか無慈悲なとの意味があるんだ」

圭子はすかさず（あこぎ）を耕太郎に向けてきた。

「耕太郎、あこぎなことしてんじゃないの？」

耕太郎は両手を広げ、舌を出しておどけて見せた。

二百六十本の桜が咲き誇る公園のカフェで洋二は圭子の横顔に話しかけた。

「法要に参列していた人で過去に兄貴とトラブルになっている人を聞いたことある？」

松島の景色を見ていた圭子はしばらく考えてから洋二に顔を向けた。

「あまり地元のことは話さなかったから。親族ともほとんど付き合っていないはずよ」

三人を沈黙が支配した。

「ところで宮城県は金の産地だったのを知っているかい？」

洋二は財宝探しに話題を変えた。

「奈良時代に東大寺の大仏建立のため、時の権力者は表面を覆うための金箔を捜し求め、気仙沼にある鹿折金山や涌谷の黄金山の砂金を採掘して大仏を完成させたんだ。金鉱山は金を含む鉱床が地底から湧き上がる山にあると考えられててね、現代では熱水鉱床と称されるが地元では涌谷の篦岳とかが代表だ。わかりやすいのが佐渡の金山だけど、そんな地形を鉱山師は探し歩いたんだ。例えば金華山も間違いなく金があると思われていたんだが、実際は金鉱脈が含まれず地名だけが残った。実は松島湾の周辺の山々や浮かぶ島々も似た地形なのさ」

「なんで」

　圭子が言葉を挟む。

「海底からそびえ立つのが島だろう。だから島は地底から湧き上がる地形が多い。あちこちに試し掘りした跡が残っているよ」

　圭子はそびえ立つ島で思い立ったように行き先を口にした。

「財宝探しなら法要をした寒風沢島のある浦戸諸島は外せないわよね、地形も示すから」

　あごをつんと上げて話す圭子を見て洋二は考えた。

（兄の行方を捜すためにも財宝探しがいい、圭子に明るさが戻った）

　コーヒーを飲んでいると恰幅の良い初老の男性がテーブルに近寄ってきた。

　濃紺の背広には金の文字のバッジが輝き、彫りの深い顔立ちはイタリアの俳優と見紛う。

　圭子は緊張して立ち上がり軽く会釈をした。

「昨日の法要の際はお世話になりました」

　入間綜一郎が鋭い眼光で三人をにらみ早口でまくし立てた。

「いやいやお疲れ様。こちらの方は……直会《ナオライ》のとき会いましたね」

「善四郎さんの友人の萬城目洋二です。移住《イズム》夢旅行社を経営しています」

洋二は緊張して答えた。

「同じく青果物卸コージーの濱田耕太郎です」

「ああ｜、取引は？」

綜一郎は居丈高に聞いてきた。

「あっ、はい。国分町の店舗に」

耕太郎は軽く頭を下げた。

洋二はたずねた。

「ちょっといいですか」

綜一郎は口をへの字に曲げて洋二を向いた。

「入間金四郎翁の百回忌法要の後はどちらに行かれたんですか」

「何だね君は失礼だぞ」

「すみません」

耕太郎はなぜか洋二の代わりに謝った。

「十六時三十八分の塩竈汽船最終便で塩竈港から仙台に戻ったよ、会議があったから」

洋二は頭を下げた。

綜一郎は圭子に向き直ると強い口調でいった。

「圭子さん、専門家に頼んであるから危ないことはしないように。松島観光がすんだら地元へ帰んなさい。あとは連絡するから」

綜一郎は洋二と耕太郎に目を向けてから足早に店を出ていった。

三人は背筋が凍った思いだったが耕太郎が話しはじめた。

「独り占めされるね。入間綜一郎は業界でいい噂はないんだ。市の黒幕だとか老舗料亭を強引に買収しているとか、脱税疑惑を新聞で問いただされたけど元税務署長の税理士や検事出身の弁護士を雇ってわずかな納税で済ませたとか」

洋二はコーヒーを一口飲んだ後に小首をかしげた。

「おかしいじゃないか。善四郎兄貴のことに触れなかった」

「お兄さんは帰ったと思っているかも」と圭子。

洋二はさらに聞いている。

「綜一郎と君たちはどういう関係なんだい。従妹とか叔父叔母とか」

圭子はカップから口を離した。

「そう、そのことなのよ。明治時代は資産家は妾を持つのが当たり前で、綜一郎は本妻の末裔。兄と私は妾の子孫、関係としては又従妹になるんだけど扱いは妾の子の子孫。本妻の家系の人たちからは冷たい視線を感じるわ」

耕太郎は言葉を継いだ。

「そんな差別的なことが百年経ってもあるのかな、そう思い込んでいるだけじゃないのか」

圭子は、向き直った。

「今回の財宝の件がそうじゃない。負けないわよ」

二人は圭子の剣幕に押されて同意せざるを得ない。

洋二は昨夜調べたことを元に推理して見せた。

「俺たちは綜一郎たちの前の十四時八分の塩竈市営汽船で塩竈に向かった。浦戸諸島から瑞巌寺周辺への移動方法は塩竈市営汽船で塩竈港に行き、そこから仙石線に乗って松島海岸駅から徒歩で向かう方法がある。綜一郎が言うように十六時三十八分の塩竈汽船最終便に乗ったとして塩竈港到着は十七時二十四分。塩竈港から仙石線本塩竈駅は徒歩で八分、電車の時間は十一分で松島海岸駅から瑞巌寺奥に来るには十五分は掛かるだろう。時刻表では十七時四十二分があるがこの列車は東塩竈止まりだから十七時五十四分の石巻行きに乗ることになる。どんなに早くても十八時二十分過ぎの到着だから善四郎と遭遇するのは無理だ。だがもう一つの可能性もある。塩竈港から松島湾周遊観光汽船に乗る方法だ。中型船は四十分で瑞巌寺参道前の岸壁に到着する。難点は最終便が十五時なんだ。もし十四時八分発なら塩竈港に十四時五十四分着だから十五時の観光汽船には間に合うんだが、寒風島桟橋は隠れて乗船はできないだろう。その船に乗ったのは俺たち四人で間違いないから、綜一郎が本当のことを言っているとしたらシロなんだ」

圭子が横から口を挟んだ。

「車とかタクシーの線は」

「その線も考えた。車だと十四、五分だから、十七時五十分にはあの場所に着けるね。しかし善四郎が拉致されたのは十七時三十分頃だからやはり綜一郎はシロさ」

二人はがっくりと肩を落とした。カフェは天井から床まで一枚ガラスで右も左も遮る壁がなく、普段は松島をパノラマのように見せてくれるが、いまは薄曇りの中に秘密を隠すように景色が見えない。

耕太郎は別の仮説を提示する。

「綜一郎のことだ。自分では手を下すはずはない。誰かを雇ってやらせたのさ」

洋二は苦虫を噛みつぶしたような表情になった。

「そうなると、我々の手で善四郎を拉致した犯人を見つけるのは難しいな」

耕太郎は話題を変えるように圭子が送ってくれた九行詩を見る。

洋二が九行詩の最初にある〈怒馬〉でググってみると、〈駑馬〉でヒットした。

圭子も、同じようなサイトを見てつぶやく。

「駑馬十駕ね。意味は〈鈍い馬も十日走れば優れた馬と同じ距離を走れる〉だって」

洋二はすかさず言った。

「凡人のための救いの諺だね」

耕太郎も反応する。

「日々努力しろってことかな」

洋二は九行詩を見ながら続ける。

「この漢詩は怒れる馬が二回出てくる。一行目と五行目だ。こう考えられないか。四行詩が二つあって、最後の一行は結論を書いている」

耕太郎はうなずいた。

圭子は自説を主張する。

「それぞれの四行詩の最初の怒馬は主人公かもしれないわね。それに〈十〉が二ヵ所に出てくるわ。これも人物を指しているのかも」

洋二は深くうなずいた。

「そうだ、圭子はいいところを突いている。この詩の馬は入間金四郎だ」

圭子は言葉をつないだ。

「最後の十の文字は、ほかとは違う印象ね」

洋二がハッとした顔になった。

「これはキリスト教の十字架かもしれない。伊達政宗はある時期に領内でキリスト教の布教を許可していた。それから慶長遣欧使節団を率いた支倉六右衛門常長を欧州に派遣していて、六右衛門は洗礼を受けている。瑞巌寺の隣にある円通院には支倉六右衛門常長の遺品を基に造られた、伊達政宗の孫の光宗を祀った御廟があるんだ」


次の調査は円通院に決まったが、その前に三人は善四郎が拉致された現場に行った。

耕太郎は上を向いたままで閃きを話す。

「大銀杏に登って隠れたんじゃないか」

大銀杏の幹にはツタが何本も絡まっているから容易に登れそうだが、大人三人が暗い中で短時間で登れるだろうか。それにツタは登ったような形跡を残していない。

洋二は大銀杏の奥に丸い形の色の違う箇所を発見した。

そばに寄って手の平で土を払うと、金属製の蓋のような物が現れた。

「おおーい」

耕太郎と一緒に直径六十センチの蓋を開けると梯子のような鉄筋が横にあって降りられるようだ。人が歩けるような二メートル以上の深さまで空洞が広がっている。

洋二は分析した。

「谷間の雨水を排水する暗渠《あんきょ》側溝ではないか。方向から見て東北線松島駅を通り松島湾に向かっているはずだ」

耕太郎は真っ暗な空間に頭を突っ込んで声をあげた。

「おーい、善四郎ー」

地下洞窟は予想外に響き渡り不気味さを増していて、圭子は子供を叱るように言った。

「よしなさい。お化けが出てきそう」

洋二が冷静に見てつぶやく。

「真っ暗だ。このルートを使ったのかな。いまは渇水期だから水はほとんど流れていない」

「ルパンもパリで下水道を逃げ道にしたから、さしずめルパン善四郎ってとこかな」

と耕太郎が茶化した。

密閉空間の謎は解けたかに見えたが、真相は暗やみの中だ。

とすれば、善四郎は合意の上で私たちの前から姿を消したことになる。謎を抱えたまま円通院に着いた。

円通院は小堀遠州が伊達家江戸屋敷の庭を移設した歴史のある存在だ。門を入ると五センチくらいの縁結び観音がたくさん飾られていた。中央にある大きな観音様は龍に乗っていて、良縁の願いを書き込んで参拝者が奉納する。

境内に入ると七福神庭園が迎えてくれ、観光ガイドのように洋二が話し出した。

「枯山水庭園の中には、自然石で表現された弁財天・布袋尊・大黒天・恵比寿がたたずんでいるよね。人手を加えずにあるがままの石の姿を庭師に見出された芸術品なんだ。築山の苔むした緑の淵には福禄寿と寿老人が隠れるようにたたずんでいる。人柄を表しているかのようだね。背の高い毘沙門天はリーダーのように周りを見渡しているよ」

三慧殿に登る石段はたくさんの人々が踏みしめ角が取れて丸みを帯びている。

「この石段を見てごらん。江戸時代から現代までどれだけの人が踏みしめたのか。松尾芭蕉も踏みしめたはずさ。そうだ入間金四郎もきっと来たに違いない」

洋二は石段を上りながら遠い昔を懐かしんでいた。

二十二段を上り切ると三慧殿が深山のごとき風景に沈んでいた。

洋二の話は留まるところを知らない。

「狛犬を模して置かれた自然石が見事だよね。左は神楽のように口を結んで参拝者をにらむ。右はたわむれる犬にも見えるが狛犬の定石どおり口を開けている。阿吽《あうん》を自然石の割れ目で表現しているんだ」

苔むして凄みを増した二匹の狛犬は動きだしそうな勢いがあった。

三慧殿は意義深いと洋二が考えを話した。

「伊達政宗の孫で十九歳の若さで亡くなられた光宗公を祀っているのさ。しかし厨子の中央の白馬に跨っている像は高齢の男性のように見えなくもない。この馬上束帯像は支倉六右衛門をイメージしたかと思っているのさ」

装飾の薔薇やハートは支倉六右衛門が欧州を訪ねた証として描かれていると聞く。

「欧州から戻って来たときキリスト教は禁教となっていたんだ。命の危険を感じた六右衛門は松島近くの生家で隠遁生活に入るが数年後に亡くなったとの説がある。政宗は支倉六右衛門の無念を晴らすため光宗の御廟に西洋文様を刻み、その厨子は幕府の要請があっても伊達家の霊廟であるとの理由で明治になるまで扉を開かなかったのさ」

七百年の歴史の洞窟墓を左に見ながら杉木立の庭を周遊する。

金のマークは見つからないが目の前には薔薇園が広がっている。

薔薇園は十文字に区画されていて中央部に大きな噴水が設置されている。

圭子はすかさず反応する。

「ここは西洋庭園の薔薇十字だわ。白華峰西洋の庭と書いてあるわよ」

耕太郎は圭子に合わせた。

「九行詩の題名にある松島峰記と同じ峰の文字があるね。これが入間金四郎の時代なら隠し場所候補ナンバーワンだね。あの噴水の下とか」

「十文字の中心だね」

洋二も話に乗ってみせたが造られたのは第二次世界大戦の後だと、案内にあった。

圭子は振り向いて二人を見た。

「薔薇は贈る本数によって意味が変わるって知ってる？　三本の蕾の薔薇と一本のひらいた薔薇をプレゼントされたら」

洋二と耕太郎はもらったような気持ちになって圭子の眼をじっと覗きこむ。

「花言葉は、『あ・の・こ・と』は永遠に秘密なのよ」

永遠の秘密とはどんなことなのだろう。耕太郎は心がドキドキしてきた。

洋二は疑いのまなざしを耕太郎に投げかけた。

（心の内を探り合う。《その花束を貰ったんじゃないか》とでも言うように）

耕太郎は思わず手を左右に振った。

金のマークは見つからず九行詩の意味するところも解明されていないから、何をより所に見ればよいのかわからないと、洋二は降参でもするように両手を挙げた。

圭子が急に携帯を取ったのは善四郎からメールがあったからだ。

《1　心配無用別行動》

圭子は急いで電話を掛けたが繋がらなかった。

「どういう意味かしら」

圭子の不安はますます募る。

洋二は首をかしげた。

「〈別行動〉の意味を考える必要があるな」

耕太郎も反応する。

「〈心配無用〉とは探すなとの意味にも取れる」

洋二は分析する。

「やはり仮説は合っているかもしれない。善四郎兄貴は拉致されたんじゃなく自分の意志であの二人と行動をともにしている」

圭子は超越した解釈をする。

「つまり、独自に財宝探しをするから探す必要はないってこと。勝手ね、善四郎も」

圭子は善四郎に怒っている様子だ。

耕太郎は首をかしげた。

「本当に兄貴からだろうか？　それに続きがあるはずだ。《1》と書いているから、きっと《2》や《3》が来るんじゃないか」

三人は頭を悩ます。

「善四郎兄貴は別行動で財宝探しをする。我々も同じ行動をとることでどこかで遭遇できるんじゃないか？　このメールを信じることはできないが、何もしないでいることもできない。財宝探しをする中で必ず善四郎兄貴と会えるはずさ」

洋二の確信するような言葉に圭子と耕太郎は大きくうなずいた。

「瑞巌寺に行こう。松島での存在は大きいから、ここを確かめないわけにはいかない。正式には松島青龍山瑞巌円福禅寺。名称も長いが歴史も長い寺なんだ」

伊達政宗が豊臣秀吉に命じられた、朝鮮出兵の折に持ち帰ったと言われる臥龍梅を眺め、庫裡から登竜門のそばを抜け本堂に入るが、お寺というよりは御殿のような造りだ。

洋二は観光業だからか松島の歴史には詳しいようだ。

「室中孔雀の間の正面は松に梅で春を表して右の襖は松に雪で冬、左は松に紅葉で秋を表すが夏を表す部分はない。朱雀の間自体が夏を表すとの説があるんだ」

洋二から詳しい説明をされても圭子は頭には入らない。

時計回りに進むと上段の間があり、一段高くなっている場所が伊達政宗の居所のようだ。

「書院の脇に高くなった場所がある。上上段の間といって明治天皇が宿泊されたんだ」

圭子は説明を聞いて切り返してきた。

「明治時代に天皇陛下が泊まられる場所に穴を掘って財宝を隠すのは難しくない？」

確かに圭子の言う通りかもしれない。

洋二は廊下を歩きながら小声で答えた。

「江戸時代や明治時代からある史跡は財宝探しの目印かもしれない。それを手掛かりに漢詩の謎を解いて財宝の隠し場所を見つけられるかもしれない」

三人は手掛かりを得たことで小さなガッツポーズをした。

来た道を戻り円通院の前を過ぎて天麟院に向かう。

天麟院は円通院と陽徳院と並び称され松島の三霊廟と数えられる。

「ここは伊達政宗と妻の愛姫の長女である五郎八姫（いろは姫）の菩提寺だ」

境内の墓地を登り詰めた奥に「定照」と書かれたご霊廟があった。

天麟院殿瑞雲全祥尼大姉が戒名だ。

本堂へと歩く道すがら、洋二は教えてくれた。

「五郎八姫は謎に満ちた生涯を送っている。戦国武将の政宗は男子を望んでいたから、この名前になったのさ。伊達治家記録に〈男子と決めていた名前を付けた〉とある」

「可哀そうね」

圭子はいろは姫の気持ちになってつぶやいた。

「母の愛姫は細川ガラシャと仲が良かったから、娘は何かと影響があったはずだ」

洋二は続ける。

「しかし政宗もいいところがあってね、京都にいた五郎八姫が江戸に住む家康の六男の松平忠輝と結婚するとき、直接江戸に嫁がせたんじゃない、仙台に帰省させてたんだ」

「それから江戸にお嫁入りではだいぶ遠回りじゃない」

と圭子。

「まあ、最後まで聞いてほしいんだけど三ヵ月くらい滞在してね。お盆に政宗は城下の屋敷という屋敷、町屋という町屋に灯籠を掛けさせてね。夜景を仙台城の石垣に張り出した櫓《やぐら》の上から見せたんだ」

「やるじゃない政宗さんも。百万石の夜景の最初ね。それにしても洋二さんは詳しいのね」

親友と彼女が肩が触れるように寄り添い歩くのを見て耕太郎は複雑だ。

北側の洞窟墓も含めて金のマークを探したが見つからなかった。

洋二は天麟院を出てから二人に話した。

「松島と言えば昔は雄島のことをさしていたから、金四郎は手掛かりを残したかも」

少し足を伸ばしてあまり知られていない雄島にいく。

「雄島は謎に満ちた島なんだ。陸地からわずか二十メートルもない距離にあり朱色の欄干の渡月橋で結ばれるが、属世界と縁を切って修行に臨むために渡る橋と言われる。

南北二百メートルあまり、東西五十メートルの小さな島だが古来修行僧が憧れた場所で、見仏上人は十二年間も島から一歩も出ず修行に励み、頼賢は二十二年間も島から出ず念仏を唱えたそうだ。豊臣秀吉や伊達政宗の歌も残されている」

更科や雄島の月もよそならん　ただ伏見江の秋の夕暮れ　豊臣秀吉
松島や雄島の磯の秋の空　名高き月や照り勝るらん　伊達政宗

雄島から見る月こそが名月として称えているかのようだ。

洋二は続けた。

「芭蕉は塩竈の港から船で雄島の磯にたどり着いている。雲居禅師の座禅堂や頼賢の碑などを見たと記録にはあるが歌はひねり出していない。感動の末に〈いづれの人か筆をふるひ詞を尽くさむ〉と句作を断念したんだ」

朱の欄干を渡って左に折れると岩をくり貫いたトンネルがあり、潜り抜けると洞窟仏が数多く鎮座していた。日中は平気だが陰影深い情景は夜には通りたくない。そこを抜けると見物上人が修行した場所に出た。

時計回りに松島湾へ回ると松吟庵跡に出て五大堂や福浦島が眺められ、背景のように富山がうっすらと見えた。

「芭蕉に随行した曽良の日誌には雄島から（遠く富山みゆ）と記載があり雄島や富山観音堂は知られていた」

島々を眺めながら島の南端に着くと、頼賢の功績を伝える碑が入る六角のお堂がある。

「この島は千年以上前から極楽浄土の象徴のように扱われてきた。十三世紀から十五世紀に掛けて当時の豪族が板碑を奉納していたんだ。やがてお伊勢参りのように各地で雄島詣でが始まると庶民も集団で板碑を奉納して、この小さい島に三千近くもの板碑があったことが調査でわかっているんだよ」

圭子は疑問を投げかけた。

「三千の板碑はどこに行っちゃったの？」

「いい質問だ圭子。地震で海に落ちちゃったのさ、海に潜って調査した人がいる」

歴史深いこの島にも、財宝のヒントの金の文字は見つからなかった。

すでに十二時をだいぶ回っていた。

「お昼はどこにしようか」

瑞巌寺近くの〈松島さかな市場〉に行くことにした。

瑞巌寺を過ぎてからの旧道金華山道のほそ道は石巻方面に行く。昔の浜街道で途中に穴の空いた大きな岩があった。芭蕉も通ったと書いてあり松島の歴史を感じる。

江戸の月は本物ではない。松島の月が本物とおくのほそ道紀行に書いている。

武蔵野の月の若生えや松島種　　松尾芭蕉

満月は二日後だ。


〈松島さかな市場〉は新鮮な海産物目当ての客で平日も賑やかだ。

二階にある食堂で耕太郎はマグロの四種食べ比べ寿司を注文する。

薄いピンク色が特徴のビンチョウマグロは備長マグロとも書くがさっぱりとした味わいだ。

メバチマグロは文字どおり大きな目のイケメンマグロで身は赤く柔らかい。

「圭子、知ってる？　松島に隣接する塩竈では九月から十二月に近海で揚がる冬場のメバチマグロで、鮮度・色艶・脂のり・うまみに優れて仲買人の目利きにかなったものを、《三陸塩竈ひがしもの》としてブランド化しているんだ」

「その時期にまた来なくちゃね」

圭子は嬉しいことを言ってくれる。

「ミナミマグロはインドマグロとも呼び高級マグロの一つだ。絶滅が危惧されているので食べるのが申しわけないくらいだ。本マグロはクロマグロともいわれ赤身の色が濃い。ヘモグロビンが多いため渋みもあり玄人好みの味だと言われているんだ」

圭子はフカヒレラーメンだ。

宮城県気仙沼市の鮫の水揚げは全国の九割でフカヒレの生産も日本一だ。

十一月下旬から三ヵ月間かけ一番風の冷たい時期に天日干しして軟骨を取り除くが、形を崩さずに取り除くため熟練の技が必要だ。

大きなフカヒレがラーメンの上に載っているのは圧巻だ。

「圭子、これ以上お肌つるつるにしてどうする」

「なにいってんのよ」

耕太郎の脇腹を圭子は軽く肘で突いたが、そのやり取りに洋二は冷たい横眼で対応した。

(嫉妬してんのか、洋二)

洋二は海鮮丼だ。マグロやイカにタコと海老や鯛にイクラ、丼は鮮やかな色彩で食欲を引き出してくれた。

耕太郎は洋二に聞いた。

「次は、どこに行く？」

「決まっているよ。歴史の古さと規模の大きさでは塩竈神社を忘れてはいけない。ボランティア案内人の吉井さんに連絡を取ってあるから」

店を出て駐車場に向かうと、赤いジャンパーの男がみちのく伊達政宗歴史館の方向に歩いて行くのが見えた。耕太郎と洋二は目線を合わせ追いかけた。

「おおーい、兄貴ー」

二人は走って追いかけたが善四郎兄貴らしい男はすかさず走る。

国道四十五号線側に停めたジープに赤ジャンの男は飛び乗り急発進する。

車を追いダッシュをかけた二人だったが追い付けるはずはない。

二人は肩で息をして歩道に座り込んだ。

「顔、見たか？」

と洋二。

「赤いジャンパーや背格好は間違いなく善四郎兄貴だぜ。なぜ逃げたんだろう？」

追いかけてきた圭子も驚いたが、元気な兄がいたことに胸をなでおろした。

塩竈神社に向かう車中で洋二は真顔になった。

「善四郎兄貴はどんな仕事なのさ」

圭子は助手席でこちらを見ずに話し始めた。

「あまり具体的にできない職業ってあるよね」

洋二は緩めない。

「だけど、そんなこと言ってる場合か」

「……」

「ここだけの話にしてね」

耕太郎も後ろから身を乗り出して圭子を見る。

「警察関係なの、だけど部署とか詳しいことは教えてくれないの」

洋二は、重ねて聞く。

「大学は、専攻は？」

「外語大なのよ、エジプトが好きでアラビア語科のはずよ」

洋二も耕太郎も驚いたが、何を言えばいいかわからないまま塩竈神社に着いた。


「ここから案内するとモテること間違いなし」

人懐っこい吉井の開口一番に、耕太郎は圭子と二人で来ればよかったと思った。

「東参道は塩の神様シオツチオジノカミが通る神聖な道なんだ。階段の登り口にある五十石灯篭に霊獣が乗っているでしょう」

三人は灯籠の傘の部分に目を向けた。

「ほんとだ。気がつかないわね、説明されないと」

圭子は知って嬉しい様子だ。

「宿るのは想像上の魔物で豹《ヒョウ》螻蛄《ケラ》。魔除けとしてにらみを利かせている」

「女性の間ではパワースポットがブームでしょう」と吉井は圭子に眼差しを向けた。

霊獣の表情はよく見ると怖さが伝わってくる。

塩竈神社ボランティア案内人の吉井は地元の会社の社長で、ウイットの効いた説明はファンも多いそうだ。途中に神馬社や神龍社を詣でるのは吉井流のこだわりだろう。

境内を横切り志波彦神社に向かうが、志波とは不思議な言葉だと耕太郎が質問する。

吉井は詳しく教えてくれた。

「志波彦神社には木花咲耶姫《コノハナサクヤヒメ》が祀られています」

「日本書紀に出てくる神様だ」

「洋二さんよくご存じで。歴史を紐解くと斯波《しわ》氏という室町時代の武家が、足利将軍に命じられ陸奥の国を支配しました。志波家から大崎氏や黒川氏が出たようです。

斯波とは皺《しわ》を意味して端を表し土地の端までを支配するとの説もあるようですね。土地を支配することから農耕の神様とされているんです。しかし歴史は流れて没落しました。仙台市岩切にあった志波彦神社を明治四年国幣中社に格上げし明治七年には塩竈神社別宮本殿に移されています」

耕太郎は野菜繋がりで取引のある農家さんを思い出して応えた。

「岩手県紫波郡に志波城跡があり、宮城県北部には栗原市に合併されたが志波姫町があって志波姫神社があり、東北自動車道には志波姫パーキングが現存している。そして仙台市若林区には志波町があるよね」

「耕太郎さんも詳しいね」

と吉井。

「海や塩の神様であるシオツチオジノカミが、土地や田畑の神様の木花咲耶姫を呼び寄せたのか。鬼に金棒だね」

耕太郎は面白く例えたつもりだったが圭子の鋭い矢が飛ぶ。

「それなら相思相愛とかじゃない」

志波彦神社の唐門の前に着いたが、圭子は驚いた顔で私たちに向き直った。

「当時の大工さんや彫金士は意識してハートをデザインしたのかしら。朱塗りの扉に燦然と輝く金物はほとんど末端がハートの文様になっているわね」

「志波彦神社の本殿や唐門は昭和九年に建て替えられています」

と吉井が説明してくれた。

「三慧殿から三百年以上後に造られたのね。幸せな唐門ね」

圭子はつぶやく。

「猪の目がハート形をしていることから魔除けの意味を込めて造られているようです」

吉井は付け加える。

「塩竈神社本殿の左右宮の破風にもハート形がデザインされていますが元禄八年（一六九五年）に着手し九年後に完成しています。先ほどご覧になった円通院三慧殿は、その五十年ほど前の正保三年（一六四六年）に完成していますね」

志波彦神社のお参りを済ませて塩竈神社へ行くと思ったら吉井は手招きをした。

「ここに面白いものがあるんです」

志波彦神社と塩竈神社の間にあるほそ道を進むと神社を包む森の一角に入り込む。

四十度くらいの角度に倒れるような欅の大木の幹には、直径五十センチはあろうかと思う大きな切り株が眼のように迫っていて、全体は足元の池から忽然と現れ出でて龍の姿で本殿の高い石垣に乗りあがっていた。大きな枝が二本天空に向けて龍の角のように伸びている。

お賽銭箱が設置され太い幹にはしめ縄が奉納されていた。

「竜神です。自然が創った神様ですね」吉井が胸を張る。

竜の化身のような欅の大木に三人は目を見張った。

「隠れたパワースポット、ありがとうございます」

圭子は笑顔で嬉しそうだ。

柏手を打ってお賽銭箱に小銭を奉納し塩竈神社に向かった。

志波彦神社を遠目に見ながら東神門をくぐると鹽竈櫻が蕾を膨らませていた。

「八重桜の変種だと思いますが、一つの花に四十枚程の淡い桜色の花びらが付き詩情を呼び覚ましてくれます。古来、和歌などに詠まれています」

あけくれにさぞな愛で見む塩竈の櫻の本に海人のかくれや　　　堀河天皇

「堀河天皇御製の大言海に記載があるんです」

吉井が教えてくれる。

圭子は塩竈櫻を携帯に収めているが、桜の季節とあって参拝者は多い。

目通り六・六メートルのご神木は八百年の樹齢で三十一メートルの高さがあり貫禄が違う。

楼門から出ると男坂と呼ばれる急な階段が見えるが、急勾配の二百二段を一トンの重さのお神輿が下るようすは勇壮だ。

「楼門を左に見て中に入ると社殿が二つあり、南向きと西向きの直交配置になっています。重要文化財で三本殿二拝殿の形式はここだけらしいです」

吉井の説明は続く。

「正面の社殿は伊達家の仙台城を向いています。左宮には日本神話最強の武神であるタケミカズチの神が祀ってあり、右宮のフツヌシノカミは刀剣の神様で戦いに打ち勝つ力を授けてくれるんです。

正面右の別宮は本殿に対して従の意味ではなく、船主に海難の厄除けをもたらしてくれる（特別）とか（別格）の意味があるそうですよ。

別宮は太平洋を背負った配置で拝礼する方が海に向かって祈るように配置されていて、金華山神社にも合わせて祈ることができるようです。金華山神社は牡鹿半島の南端の島にある神社で、歴史も古く外国の来訪者も多いんです」

「別宮に参拝することで金華山神社の遥拝もできるなんてご利益二倍だね」

と耕太郎は商売人らしく感心している。

遠い金華山神社も思い描きながら参拝を終えると、吉井はそばの灯籠で説明する。

「松尾芭蕉も涙を流したといわれのある、藤原秀衡公の三男忠衡公が建立された文治の灯籠が別宮の左側にあります」

元禄二年（一六八九年）五月九日に芭蕉が訪れていて、吉井の説明では土台の石垣が当時のままで灯籠は再建されているらしい。

「灯籠の寄贈が文治三年（一一八七年）、二年後の文治五年に事件が起きましてね」

「事件って」

圭子がオウム返しに訊く。

「源義経が三十一歳の若さで自害させられたんです。奥州藤原氏は秀衡の三男忠衡が父の遺言どおりに義経を守ろうとしましたが、兄で藤原家第四代奏衡は鎌倉幕府の圧力を受けて義経を自害に追い込みました。義経の庇護か幕府の命に従うかで分裂しその後奥州藤原氏は鎌倉幕府の源頼朝に滅ぼされてしまったんです。この灯籠は忠衡が義経の無事と平泉の平和を願って奉納したらしいんですね。ところが二年後に義経は亡くなってしまったんです」

「えっ、灯籠建立の二年後じゃ義経の幽霊が来たんじゃないの。怖いわ」

圭子のイマジネーションは飛躍しすぎじゃないかと洋二は思った。

吉井は説明が途中だったらしく話を続けた。

「芭蕉は文治の灯籠を見て、五百年前の歴史の無常さを感じ涙を流すんですね」

「感性の人だったんだ。芭蕉」

洋二はつぶやく。

「ここで一句だね」

吉井がまぜっかえし四人で笑った。

文治の灯籠を囲む石柱の一つに案内された。

「石柱に俳句が刻まれているんです」

そういって一つの石柱を指す。

鶯の　朝読みいそく　寝ぼけ哉　　与三郎

「仙台の俳人を中心に四十四句ほど選ばれて、この句は八歳の与三郎が歌っています」

「えー」

圭子はびっくりして声を出した。

「この石柵が造られたのは享和三年（一八〇三年）なんですが、当時の文化は相当高いレベルだったと思います。十辺舎一九の東海道中膝栗毛の初刷りは享和二年なんです」

洋二は与三郎に思いをはせた。

「八歳の与三郎さんはその後どんな人物に成長したんだろうね」

吉井はうなずきながら説明を続ける。

「ここの霊獣・珍獣も面白いですよ。境内に鎮座する銅鐵合製灯籠は文化六年（一八〇九年）伊達家九代の周宗公が寄進したんです。蝦夷地警備の伊達藩士が無事戻って来たことを祝って作られたんですが、まるで彼の地にいたのではと思わせる霊獣・珍獣を形作っています。魔力でこの地を別な獣から守っているようですね」

霊獣の上では龍が睨みを利かせていてその上には鳳凰がいる。その上の屋根を飾るのは、蜃《しん》という霊獣だ。蜃とは気を吐いている龍であるとの説明を受けた。

「蜃気楼はここからきているのね」

と圭子。

「蜃気楼は海上に建物なんかが見える自然現象ですが、古代の人は龍が吐いた息が造った楼だと思ったんですね。紀元前百年頃のインドでそう書いている書物もあるらしいですす」

「そんな昔から」

圭子は絶句してもう一度灯籠の頂上を眺めた。

吉井にそれとなく金の文字のことを聞いたが見たことはないそうだ。

瑞巌寺や円通院それに天麟院と塩竈神社。

歴史あるところには流石に入間金四郎も隠すことはできなかったのだろうか。

視点を変えてみることにした。

「松島では展望の良い場所を〈四大観〉と呼んでいて江戸時代には定着している。塩竈と松島の間にある幽玄・扇谷。七ヶ浜にある偉観・多聞山。松島町高城の北にある富山の麗観、ここは結構登るが眺めが良い。そして東松島市の大高森の壮観だ」

洋二が言うが早いか圭子は甘えた声を出した。

「そうなんだ、じゃあそこに連れてって」

仕事上の知識で洋二が圭子の歓心を引いていることに、耕太郎は複雑な気持ちだ。

「『幽玄・扇谷』は四大観の中では一番地味で、雲居禅師が開いたお堂の跡があるのみだ。一六三六年（寛永十三年）六月に伊達政宗が江戸で亡くなるのを待っていたかのように、同年の八月に雲居禅師は仙台藩に入り瑞巌寺の九十九代住職となり、扇谷の静寂さを気に入って座禅堂を建てたんだ」

幽玄・扇谷は塩竈方面から四十五号線を下ると鋭角に左折しなければならない。

階段を上がり岩をくり貫いたところにあるのは瑞巌寺百一代鵬雲禅師の墓だ。

もう少し登ると頂上には金支鳥を祀ったと思われる金支堂がある。

「金支鳥は悪龍を食べてしまうという最強の生き物だ。龍にも良い龍と悪い龍がいると聞いたことがあるよ。松島湾で〈ワル〉をする悪龍から守っているのかもしれないな」

洋二は面白おかしく説明しようとするが伝わっていない。

江戸時代には慈光院や海無量寺があったが、駐車場付近の空き地はその跡だろうか。

松の枝の合間から島々が垣間見え、山道が縦横にあり散策するのには良い場所だ。

回り道のように迂回しながら降りていくと、人影が見えたが観光客だろうか。

丹念に見て歩いたが金の文字は見つからず陽が傾いてきた。


塩竈は食の宝庫だ。夕食は塩竈で寿司にしようと盛り上がった。

街の狭い地域に寿司店がたくさんあり、面積当たりの数が日本一だと聞いたことがある。

本塩竈駅と塩竈神社の間だけでも六軒の寿司店があり、その一つの寿司徹へ向かった。

お茶屋さんの角を曲がるとき急に男性がぶつかってきた。つばの広い帽子を深くかぶり顔や表情を知ることはできないが、酔っぱらっているのだろうか。

寿司店の「はしご」をする。

上とか特上を頼んでしまうと、お腹いっぱいになってしまい次の店に行く気力が失せる。

寿司店には申しわけないような気がするが、単品で頼んで「はしご」をしてみる。

それが粋だと勝手に思っているが割高になるのは仕方がない。

寿司徹の店主は若いころは図案家で、今ならデザイナー出身の寿司職人だ。

上や特上を頼むと「あいよ」と声をかけて握り始める。

そして「よいしょ」と有田焼の大皿に綺麗に盛り付けられた寿司が、カウンター越しに客の前に出てくる。それを見て心の中で「わーっ」と盛り上がる。

まな板に載せられる寿司が多いからインパクトがあるのかもしれない。

ここでは蛸の柔らか煮と鰯や鯵などの光物の握りを堪能した。

口どけがとても良い鰯だった。

「鰯に細かく包丁が入っているね」

「口どけを考えて板前さんが丁寧な仕事をしてくれるんだよ」

蛸の柔らか煮は専用の洗濯機で三時間以上洗い一時間程煮込むそうだ。

一人では食べきれないので三人でシェアする。

圭子は地元塩竈にある阿部観酒造の純米吟醸〈酔魚〉をいただく。

「蛸、こんなに柔らかいの初めてかも。それにこのお酒後味がさわやか」

圭子が絶賛して耕太郎は嬉しい。味を正直に口にするから冷や汗が出る思いを何度かした。

二軒目はすぐ隣の〈あをはた〉。ここはさっきの寿司徹のお兄さんの店だ。

耕太郎はマグロの三種食べ比べを注文した。

「しまった！」

昼もマグロの食べ比べだった。

ここではメバチマグロの赤身・中トロ・大トロの食べ比べだったのでほっとする。

メバチマグロの大トロが口の中でとろける。

今度は圭子が塩竈の霞ケ浦酒造で醸造の〈うらかすみ〉をグイっと。

食べ比べを堪能した耕太郎は「うまい、もう少し食べたい」と洋二に視線を送る。

（だめ、次いくよ）

とあごを横に振られてしまった。

三件目は知る人ぞ知るホルモン屋だ。

七輪の炭火が食をそそり、圭子は松島の北にある壱番蔵酒造のスパークリング〈涼音〉だが、車の洋二と耕太郎は弾ける泡音に思わずつばを飲み込みウーロン茶を飲んだ。

洋二はホルモンの焼け具合を見ながら携帯の画面を覗いた。

耕太郎も隣から覗き込む。

洋二が小声で話しだした。

「二行目には海獺《ラッコ》の文字が書かれている。入間金四郎はラッコの毛皮でも財を成したからね。三行目には鹿、八行目には馬が出てくる、怒馬とは別に」

「動物好きなのかな、金四郎さん」

と圭子は続けた。

九行詩は想像の世界を広げてくれるが謎の真相は暗闇の中だ。

ホルモン屋のマスターは話し好きだ。

耕太郎は酔いに任せ冗談半分に宝探しに来たと話しかけた。

マスターが浦戸諸島の出身で詳しいと知ったからだ。

圭子は耕太郎の足を蹴ったが後の祭りだ。

マスターは自慢げに話す。

「朴島って知ってる?」

耕太郎は右手を挙げた。

マスターが朴島は江戸時代に〈宝島〉と呼ばれ、伊達藩が財宝を隠したとの伝説のある島だと教えてくれた。

塩竈市営汽船は朴島まで航路がある。

洋二は声を掛けた。

「明日はそこをスタートにして浦戸諸島を探検しよう」

ホルモンをたらふく食べて店を出た。

見上げると満月の次に美しいとされる、十三夜の大きな月が街を照らしていた。

洋二は家に帰ってから圭子の話を思い出し、入間家のことを調べてみた。

明治時代浦戸諸島を基地として海運業で事業を成功させ、外国人とも交流があったようだ。

(外国人と交流か)

外国との交流は大先輩がいる。

江戸時代に支倉六右衛門常長が太平洋を渡り、メキシコ経由で大西洋を航海しローマに行って洗礼を受けている。入間金四郎はどのように歴史を刻んでいたのだろうか。

頭が冴えて眠れずにパソコンを深夜まで弾いた。

第二章　小望月

「おはよう」

三人がマリンゲート塩竈に揃ったが眠たそうな顔は同じだ。

「善四郎兄貴から連絡は？」

圭子は首を横に振るだけだった。

「七時十五分発で朴島に行こう。塩竈市営汽船はほぼ二時間置きに運行されているんだ」

洋二は船の説明をしたが二人は聞いていない。善四郎のことで頭が一杯の様子だ。

「おかしいな。一があるなら二が来るはずなのに」

耕太郎がつぶやき圭子が反応する。

「善四郎は1とか2とか付けたことないわ。メールは兄じゃないかも」

洋二はしばらく考えた後二人を見た。

「1には別な意味があるんじゃない？　何か思い当たることはないかい」

「英語ならｏｎｅ（ワン）、フランス語ならＵＮ（アン）、後は？」と圭子。

「うーん、日本語なら一つ、一番、第一、その後に何かあるよ」と耕太郎。

三人の周りだけは静寂が支配していたが、船内は乗船客の会話で賑やかだ。

塩竈市営汽船の中では、教科書やテキストを開いて勉強している子供が大勢いた。

船内を歩き回る男女が、挨拶を交わしながら質問を受けていた。

「きっと学校の先生ね、児童や生徒に勉強のアドバイスをしているんじゃない」

圭子はその様子を見て、こんな世界があるのかと温かい気持ちになったようだ。

浦戸諸島の野々島には小中一貫校があり子供たちはそこで降りて、寒風沢島で数人が降りると、朴島へ向かうのは私たち三人以外では五人いた。

震災からの復興は道半ばだが、工事関係者には見えない男性の二人組。

望遠レンズが重たそうな女性は、体に似合わず大きなリュックを背負っている。

それから大きなバッグを持った夫婦らしい二人だ。

「あーっ、カフェの」

洋二は声を出した。

「あっ、洋二さん。お久しぶり」

震災前、朴島にカフェがあった。そこの奥さんの真木寿美子だ。

マスターの真木吉造とは昨日法要で会ったが軽く会釈してくれた。

洋二は吉造に五月八日の夕方のことを聞いた。

「洋二さんなんでそんなこと聞くの。直会が終わってから渡船に乗って帰ったよ」

「すみません、ちょっと調べたいことがあるんで」

あからさまに嫌な顔をされた。奥さんの真木寿美子は法要には来ていない。

我々に会釈をすると自宅のある方向へ歩いて行った。

船を下りると、洋二は一人語りを始めた。

「朴島は塩竈市営汽船の終点の島なんだが目的がないとこの島には来ないと思うよ。実質四十六分で着くが市営汽船は二十分以上停泊するから、荷物を届けるくらいなら同じ船で帰れる。住民は二十人ほどで一番高いところで二十二メートル、広さは東京ドームの三倍くらいかな。人が住む島としては浦戸諸島で一番小さいが、海苔や牡蠣の養殖の関係で無人島にならず、震災前はそこにカフェがあったんだ」

洋二はその家を指さしながら思い出話を二人に話した。

「移住した夫婦が友だちに出したコーヒーとホットケーキが美味しいと評判になった。その夫婦は儲けようとは思わず、友だちが島まで来てくれるのが嬉しいと」

『一緒にお茶を飲む、楽しい毎日にしたい』、夫婦の会話を洋二は思いだしていた。

その一念でカフェの営業許可を取り震災まで営業していたのだ。

カフェだった建物を横目で見ながら、菜の花畑に続くほそ道を登りながら話した。

「塩竈市営汽船で十時五十分に着いて島内を散策し一時間後にカフェに入る。店内は広くない。席はカウンター三人くらいでテーブルは四人掛けが一つと二人用が一つ。晴れるとテラスに椅子とテーブルを出す。長年かけて集めたコーヒーカップは趣味がいい。豆はブルーマウンテンとクリスタルマウンテンだ。ふわふわのパンケーキもこのカフェの魅力であり、秘密はたっぷり添えられる絶品の生クリームだ。それから常連さんのための裏メニューである賄いカレーは、海軍の伝統をまねて毎週金曜日に作る。香ばしさが嫌でも鼻腔をくすぐり、私も食べたいと伝えれば権利が生ずるのさ。メニューはこれだけだ。いや、これだけでいい。島を散策しコーヒーを飲んでいると二時間後に次の船がやってくる。寒風沢島や野々島を巡りたい人は、渡船を呼び込んで好きな時間に隣の島に渡る」

話が終わる頃には坂道を上り詰めて、菜の花が絨毯のように埋め尽くす畑に着いた。

仙台白菜松島純二号の種を採るための畑で、耕太郎は私の番だと話し始めた。

「アブラナ科の植物はほかのアブラナ科の植物と交雑しやすいのさ。蜂や蝶が花粉を運んでもほかの品種では繋がらないのに、アブラナ科はすぐに交雑してしまう浮気な植物なんだ。しかしこの島は海で隔てられ、蜂や蝶が花を渡り歩くこともなくほかの野菜花粉を受粉することもない。それで純粋な仙台白菜松島純二号の種が採れるのさ」

畑では大柄な女性と背の高い男性が農作業をしていた。

「おはようございます。見学してもいいですか」

耕太郎は大きな声を出した。

「だめだ、私有地に入るな」

女性は背中を向けたまま、こちらを見ようともせず怒鳴った。

「なにすや、紹介されて純二号さ、会さきたんだべ」

耕太郎はムキになるとなまるのだ。

女はこちら向きになって尋ねてきた。

「どなたの紹介で」

急に丁寧になった。

「明星高校の高田先生の紹介です」

高田先生は菜の花プロジェクトの仕掛人で、生徒に松島純二号の歴史を教えている。

耕太郎は野菜繋がりで高田先生と交流があった。

「松島純二号以外の新品種も植えているんですが、菜の花を摘み取る人がいるもんで」

打ち解けて苦労話をしてくれたのは法要で会っていた真木頼子で、カフェの娘さんで菜の花農園の管理を任されている。男性は綜一郎の息子の入間綜介で法要にも来ていた。海洋汚染研究で島の自然も研究しているのは、磯根の海に島の里山から植物プランクトンの珪藻が舞い降り、牡蠣の妖精が食む食物連鎖スタートの地だと知っているからだ。

頼子は作業をしながら甲高い声で話し続けた。

「島の人が別なアブラナ科の野菜を植えられてさ。蜂とか蝶々が花粉持ってきちゃって、純粋な種になんね。種苗会社から話してあるけど青梗菜や蕪とか白菜と違うと思ってんだ。そんなときはハサミ持ってって花咲く前にちょんぎんのさ」

耕太郎はそれを聞いて変な想像をしながら言葉を返した。

「アブラナ科は人間とおんなじだなー」

頼子はどうしてかと聞く。

「浮気もんだっつうことだべ」

みんなに聞こえるように大きい声を出した。

「十五世紀の英国王リチャード三世の遺骨ＤＮＡは父親や爺さんと一致しなかった。調査したところヘンリー四世や八人の王様が父子関係が確認できなかったんだ」

「は、は、ははは」

頼子が笑い出した。

「そんじゃ、アブラナ科どこでねえなー」

我々もつられて笑った。

洋二は頼子に聞いた。

「百か年法要の後はどうされたんですか」

頼子は洋二を不思議そうに見てから答えた。

「あんた、刑事かい。警察でもねえ人がそんなこと聞いたら法律違反になんでねえの」

「いや、そんなつもりでは」

「しこたま飲んだから父親とここに帰って寝たよ」

洋二は重ねて話した。

「会ったことなかったね。カフェには何度も来ていたけど」

頼子は洋二がカフェの常連さんと聞いたからか、丁寧な言葉づかいになった。

「仙台の親戚の家から農業高校に行って、その後農業短大に行ってたからね」

道理で見かけなかったはずだが洋二は思ったことを口にしてしまった。

「頼子さんは体が大きくていいね。話し方も男勝りだ」

頼子はむっとしていた。

耕太郎は菜の花畑を歩きながら洋二と圭子の背中に言葉を掛けた。

「仙台白菜松島純二号には、先人のバトンリレーが見事に反映されているのさ。

一九〇四年（明治三十七年）の日露戦争に出征した第二師団（仙台市）の庄司金兵衛が満州で食した葉物野菜が美味しいと気がついた。持ち帰った種を友人にも分けて育てたが結球したりしなかったりで品質が安定しない。それに目を付けたのが宮城農学校や伊達家養種園に勤務した沼倉吉兵衛だ。その葉物野菜はアブラナ科だから交雑しやすいので、沼倉は品種の確立のために塩竈港の出口にある馬放島に目を付けたのさ。島の周囲は流れが急で交雑の原因の蜂や蝶は来ないだろうと考えた。仙台白菜は歴史を生き抜いてきた時代の証人のような野菜なんだ」

「耕太郎は詳しいのね、仙台白菜のこと」

圭子がほめたが話は終わらない。

「一九二〇年（大正九年）頃にできた品種が、松島白菜と命名され広く栽培されていた。関東大震災の直後に貨物列車七両に満載した仙台白菜が東京へ送られて被災者を助けた。その後、渡辺採種場の創設者である渡辺顕二が松島純一号として品種を確立し、一九二四年（大正十三年）に松島純二号を完成させたのさ」

奥へ進むと一人の女性が菜の花の撮影をしていた。塩竈市営汽船に乗っていた女性だ。

「おはようございます。菜の花を撮りに来たんですか」

圭子が優しく聞く。

「はいそうなんです。フォトジャーナリストで仙台白菜松島純二号を撮りに」

彼女は二十台代後半か、高階香織と名乗り仙台から来ていると言った。

圭子は野菜の専門家らしく返した。

「仙台白菜の視察に来たのよ。ここは種苗地として最高ね」

蜂が飛んでいるので受粉のときを撮れれば最高だが、香織もそれを狙っているようだ。

菜の花畑の一番奥は立木が生い茂り先に進めないが、畑と林の境を歩いているとうっすらと藪ツバキにトンネルらしい空洞があり、獣道らしきものが見えていることに気がついた。

洋二が合図して先頭で降りる。

人が通ったことがないのか枝が繁茂し、顔や腕に頻繁に触れて上手く進めない。

幸い下り坂なのが唯一の救いだが崖のような場所に出て、滑り落ちそうな足元を慎重に見定めながら降りていくと浜辺に出たが、高い防波堤が視界を遮って海は見えない。

津波から土地や生命を守る防波堤は、大きな壁となり海と人を隔てている。

防波堤の内側には牡蠣の養殖のために使用する、ホタテの貝殻がたくさん置いてある。

防波堤の階段を上ると二メートルほど下に青い海原が広がっていて波は穏やかだ。

振り返って内陸を見るとほぼ同じ高さだった。

三百六十度を見回したが財宝を隠すような場所は見当たらない。

防波堤を端から端まで歩いたが険しい断崖で行き止まりだ。

よく見ると少し引っ込んだ場所があることに気がついて二人を手招きした。

夏なら蔓が繁茂しているが葉が出揃わない春先だから様子がわかる。

そこには真っ暗な空間があった。ボラだ。

松島は凝灰岩で形作られる島で岩肌は柔かいから洞窟が掘られた。

瑞巌寺近くにも人が彫った洞窟にお墓が建っていた。

三人は恐る恐る洞窟に入るが、漁具置き場か漁師の休憩所のようで手掛かりはない。

降りてきた道を戻るが登りなのできつい。

菜の花畑の入り口に出たところで、歩いて来る二人の男に会った。

畑の南北に道がありこちらは南側で、二人は北側だが目的は仙台白菜だろうか。

大きな声なら聞こえるかもしれないが十五メートルくらいの距離がある。

同じ船から下りた二人に違いないが軽く会釈を交わして行きかう。

菜の花の黄色を視野に入れながら来た道を戻るように神明社に急ぐ。

「一度、家のある場所に下りないと行けないな」

洋二は地図を見ながら圭子に伝えたが返事はない。

神明社は朴島の岸壁から見える高台にあり、南側が開けていて野々島や寒風沢島が見える。

渡船が朴島に向かってくるのが見えたが乗客は男性が一人だけだ。

神明社は小さなお社があるだけの神社だが、歴史があり財宝が見つかることを祈った。

神社のお社の前を抜けると開けた場所に出て道も見えてきた。

タブノキの大木が何本もあって、見上げると葉の先端が隣の木々と重なっていない。下から仰ぎ見ると天空に描かれた道路地図に見えて、みんなも真似して天を仰ぐ。

洋二はタブノキの特徴を幹に手の平を重ねながら話した。

「タブノキは楠と同じように微香があり虫が近寄らないので線香の原料にもなるんだよ」

二人は幹に顔を近づけて深呼吸をしている。

「香り、しないわね」

圭子が白目勝ちにこちらを見た。

(しまった。その成分は幹にはなさそうだ)

どんどん進んでいくと、まるで棚田のように斜面が平らに均されている。

幅は三メートルくらいで遠くまで同じ幅に地ならしされているように見えた。

タブノキやアオキが生えているが、蔓が絡まってジャングルのようなところに出た。

洋二は地形を見ながら遠い昔の情景を話す。

「天然の良港である浦戸水道を停泊地として、仙台藩が江戸にお米を送っていたんだ。最盛期には江戸の消費の三分の一を千石船に積んで出荷している。浦戸の島々には番所のお役人や船乗り、それにその相手をする飯屋や遠方からの船乗り相手の宿屋など三千人あまりが住んでいたんだ。寒風沢島には水田が作られ朴島の均されたこの土地は野菜が作られていたと思うよ」

やがて島の西の端で海岸へ降りる小道が現れ、滑るように下りていくと平らな場所に出た。

浜は狭く漁具はほとんど見当たらないが降りた場所から奥に進むとドアがあった。

狐島の端の人気のない小さな浜になぜドアがあるのだろう。

鉄の扉は錆びてあちこちの塗装が剥がれているがドアノブはステンレス製だ。

汚れているが廻った。

（ギギー）と音がしてドアが開くが中は暗くて見えなかった。心臓の鼓動が速くなる。

「個人の所有じゃない？」

圭子は小声だ。

「ちょっと覗くだけならいいんじゃない」

耕太郎は返した。

好奇心が勝って中に入るが真っ暗闇が広がっている。

「よく見えない」

洋二はリュックを下ろし懐中電灯をだした。

「おっ、凄いね！　探検隊だ」

三〜四メートル先に階段があったが、なんと下に向かっている。

（海面下に階段が続いているのか）

幅一メートルあるかないかの狭い階段を降りる。

懐中電灯の光は遠くまで届かない。

財宝の隠し場所だろうか、金鉱の試掘跡かもしれない。

足元を照らしながら一歩一歩降りていくが、五、六段降りたとき洋二が声を上げた。

「だめだー水が溜まっている。これ以上進めない」

その先がどうなっているかわからないし、スキューバの道具でもなければ潜れない。

三人はその場で立ちすくんでしまった。

圭子が声を掛けた。「仕切り直しましょう」

その声が号令になり入り口に戻るため、体の向きを変えようとした。

狭い場所で隣もいるから、その場で向きを変えようとするが懐中電灯が点滅してきた。

「朝思い付いて慌てて持ってきたから電池古いままだったな」

開けておいたドアから光が差し込む。

お互いの袖に掴まりながら向きを変えて上がろうとした瞬間。

「バタン」

大きな音がして中は真っ暗になった。

「なに、どうしたの」

圭子はパニックのようだ。

「ドア閉まった、風かな」

「さっきまで風はなかったけどな」

「そうだ携帯。ライトがあるから」

携帯のライトは意外に明るい。
何とか身をねじらせて階段を上る。
上り切ったところで不安は的中した。
ドアが閉まっている。
よく見るとドアの下の部分には隙間があり、光が漏れているがわずかに揺らいでいる。
気のせいだろうか。外に人がいるかもしれない。
「助けてー」
大声を出す。
「助けてー」
合唱のように声を合わせる。
外は静かだが勘違いだったのだろうか。人がいると思った。
真っ暗な中で三人は悄然と立ちつくしていた。
ドアを開けようとしたが開かないのは、内側にはドアノブがない構造だからだった。
力を込めて押すがぴくりともしない。
「ドンドンドン」
ドアを叩くがびくともしない。
三人はその場にしゃがみこみ押し黙った。
携帯は圏外表示で対策を考えるがアイデアは浮かんでこない。

真っ暗な天井を見て洋二が小声で言った。

「天の川銀河、見えるかな」

耕太郎が合いの手を入れる。

「曇り空だね」

二人は上を見ているが圭子は二人を見て首をかしげる。

耕太郎がぼそぼそとつぶやく。

「宇宙には四つの力があるっていうけど知ってる？」

圭子が静かだが怒ったように言い放った。

「なに、いま話すこと」

「………………」

「……知ってる」

洋二が助け船を出した。

「愛と憎しみ、そして嫉妬と同情さ」

すかさず圭子が反応した。

「え、なにそれ。違うんじゃない」

耕太郎と洋二は笑いをこらえきれない。

圭子もつられて笑った。暗闇の中で小学生のように携帯の灯りを顔に当てながら。

十分くらい経っただろうか。

「ザク、ザク、ザク」

外で足音がする。

三人は大声を出した。

「助けてくれー」

「閉じ込められたー」

異口同音に声を出して、ドアをドンドンと叩いた。

「あらー、どうしたんですか？」

女性の声だった。

「助けてください、閉じ込められて」

ドアを開けようとしているのか、ギーギー音がする。

「きついんですよ、このドア」

と男性の声が外から聞こえた。

《ギギー　ガチャ》

ロックが外れたような音がして少し隙間ができた。

三人で勢いよく押した。

《ドーン》

ドアが開いた。

「キャー」

声がした。

外に出てみると女性が尻餅をついていた。

「あっ、すみません」

大きなリュックを背負った女性の手を引っ張り起こす。

顔を見て驚いた。フォトジャーナリストの香織だった。

「ありがとう、ありがとうございます」

もう一人いた。入間綜介も一緒にドアを開けてくれたのだ。

香織に島内の案内を頼まれて来たという。

洋二は船着き場まで綜介と一緒に歩いた。

「五月二日の百回忌法要の後は？」

綜介は疑う様子もなく話してくれた。

「あー、仙台で十九時にパーティがあって、十六時三十八分の塩竈市営汽船で帰りました」

圭子は話に割って入った。

「お礼に昼食を御馳走してあげたいわ」

圭子の提案を香織と綜介は喜んで受けてくれた。

朴島の船着き場で呼び出しの番号に電話をすると、「はいよー」と元気な声が聞こえた。

十分ほど待っていると野々島から小型船がやってくるのが見えた。

船頭の内海鉄男は直会で会った男で、赤銅色の肌と白髪で眉毛も真っ白だ。

塩竈市道となっている浦戸水道を行き来する渡船が無料なのにはビックリだ。

「市道だから通行料はいらねーさ」

鉄男の論理は明快だ。

浦戸諸島は、桂島、野々島、寒風沢島、朴島の四島の有人島と数々の小島からなる塩竈市の島々で、四島の間の海域には塩竈市道が設定され島から島へ渡るときは、港から携帯で船を呼び寄せる。

「昔は赤い旗を揚げたんだ」

鉄男は懐かしげだ。

塩竈市民でもないのにと最初は思ったが、浦戸諸島で食事や宿泊すれば船賃無料も納得だ。

「寒風沢島までお願いします」

「あいよ」

無駄な口は開かない。

船室は十名ほどが入れる広さがあり雨でも大丈夫だ。船の前方は屋根はなく六人が座れて、洋二と耕太郎が船の先端で潮風を頬に感じながら両岸の島や牡蠣の養殖棚を眺めていた。

圭子と香織は船室にある操舵室前で楽しそうに鉄男と話をしている。

綜介は中央の椅子に座って前方をじっと見据えていた。

「二人ぐらい何とかすっから」

海の気性なのか明るい鈴木幸代は十河荘の女将だ。

食堂には知った顔の先客がいた。

法要でも会い檀家の土地取引の件で話した兼城勇作だ。

圭子も優しげに声を掛けた。

「百回忌法要でお世話になりました。寒風沢島に住んでるの？」

兼城勇作と自己紹介したのは四十前後くらいのおかっぱ頭の男で作業着を着ている。

身長は百八十センチ近く鋭い眼付きが印象的だった。

「はいそうです。お寺の手伝いをしているんです。墓地の掃除とかお葬式の準備とかですね。あー、それから法要の入間金四郎さんは浦戸の大恩人なんです」

十河荘は松島湾や近海の海産物を地元の調理法で出してくれる嬉しい場所だ。

牡蠣は目の前の海で養殖しているから生きもいい。

殻付き牡蠣はマガキでつやがありふっくらして、レモンを絞ってつるっと一口だ。シラウオのゆかり煮は煎り卵白で和え最後にゆかりをまぶし味を締めた絶品。

アイナメ、コチ、そして彼岸フグのお造りは白身ならではのやさしい口触り。わさびと梅醤油のどちらかでいただくが一昨日とメニューが違うのが嬉しい。

「松島湾や近海の白身魚でメニューが構成されているのね」

圭子は出された魚尽くしの料理を見て驚いた。

「アイナメは鮮度が落ちるのが早いがらさ、居酒屋とかでは唐揚げか焼き魚ださ。ここは釣ったのをすぐにとっつあんが持ってくっから刺身にでぎんだ」

女将さんの幸代が自慢げな顔をみせると鉄男が横から話をつないだ。

「アイナメは白身の魚の中では脂みが少し強いかな。北海道ではアブラコとも言われていたが宮城では〈ネウ〉。海底の岩礁に産卵し牡が孵化するまで守っている。釣り人はそこを狙って釣りあげるのさ」

釣れる場所が岩礁など海の根元なので「根魚」ネウと呼ばれるらしい。

葱と生姜で煮付けたマコガレイは仙台湾の大型漁礁で釣れたものらしい。

カレイの旨味と煮付けた出汁の旨味が染み込んだ葱がお酒に合いそうだ。

ワカメのお浸しには鰹節がやま盛りになっていて、ツナとワカメのサラダはボリュームがあり、ワカメの茎のつくだ煮や牡蠣のつくだ煮が小鉢に盛り付けられていた。

牡蠣ごはんは牡蠣特有の汐の香りが鼻腔をくすぐり、大きなジャーにたくさんあるから何杯もおかわりでき、ワカメとじゃがいもの味噌汁も海の民宿の独特の味わいだ。

鉄男は十河荘のご夫婦とは旧知の中でみんなとは違うメニューだ。

近海で採れた魚を漬けにした海鮮丼のような漬丼《づけどん》で、仙台でも出す店が増えてきた。

鉄男は携帯に連絡が入ったら船を出さなくてはいけないので、簡単に済ませるそうだが食べ終わると牡蠣の話をしてくれた。

「昔は牡蠣の妖精がぷかぷか浮かんできてよ。それをすくって養殖業者に売るんだ。それだけでいい商売になったのよ。牡蠣は蠣の一文字だけでもカキと呼ぶが牡の文字を入れるのはなぜだかわがっかい」

鉄男はチラシの裏に文字を書いてくれた。

「もう一つ、クイズさ」

「この時期に食べてる牡蠣は牡と牝どっちだがわかっかい」

耕太郎は生牡蠣をほおばりながら手を横に振る。

「実はどっちでもねえんだよ」

内海鉄男の話はみんなを引き寄せた。

「浮遊妖精が夏になって大きくなると牡と牝が出てくる。どうもそこまでの食べっぷりで分かれるらしいんだが、どっちがどっちだがわかるかい」

「そりゃ牡のほうが食べっぷりはいいんじゃない」

と洋二。

「でも牝は産卵する役割があるからいっぱい食べるんじゃない」

と圭子。

「圭子さん正解」

鉄男は圭子に笑顔を送った。

「いっぱい食べて栄養付けたのが牝になるんだ」

「うーん、でもなんで牡蠣は牡の字なんだろう」

耕太郎は不思議だ。

「正解は白っぽいからさ。昔は色男に例えて牡しかいないと思ってだみたいだ」

香織は綜介と初対面のようだが朴島の案内や扉を開ける体験で仲良くなっていた。

「綜介さんは入間綜一郎さんの息子さん？」

「はいそうです。親父なんですが絶交してるんです」

「えーなんでー」

香織が声を上げた。

「私は環境保護活動をしていますが親父の利益至上主義には我慢がなりません」

圭子が反応する。

「そうだったの、真逆ねー」

「実家を出て野々島の民家を借りて住んでいます。移住になるんですかね」

「立派な移住ですよ、あこがれちゃう」

香織はうっとりとした眼で綜介を見ていた。

そこに若い男が入ってきた。勇作の友だちの夕島純一だった。

刈り上げた髪が特徴の頬がほっそりした顔立ちの男で、勇作と同じように背が高かった。

島の食堂は我々三人と高階香織、入間綜介、船頭の内海鉄男と、兼城勇作、夕島純一だ。

賑やかな昼食となった。

内海鉄男の話はまだ続いていた。

「ここらは水深が二、三メートルくらいのところが多くて、浦戸諸島が太平洋の荒波から守ってくれっから養殖にはいいのさ。満潮と干潮の差もあっから牡蠣が旨ぐなんのさ」

圭子が口を挟む。

「それってどうつながるの、牡蠣の美味しさと」

鉄男は鼻高々に話す。

「牡蠣は年中海さ浸かってれば一年で大きくなって出荷できるんだ。ところが干潮のとき、海面から出でっから育たない。そんで普通一年でなる大きさになるまで二年がかりさ。成長が遅いほど海の滋養を吸って旨ぐなんのさ」

確かに海面から出ている牡蠣を見ることがある。

「牡蠣も苦行をしていたんですね」

圭子は納得した様子だ。

耕太郎は鉄男に聞いてみた。

「こんな静かな海なら海難事故とかはないですよね」

松島湾で船が沈んだ話は聞いたことがない。

「それがよう」

鉄男は絞り出すように話し始めた。

香織と綜介は二人だけの話を止めて鉄男に聞き耳を立てた。

「十五年くらい前かな。学生さんが操法研究とか何とかで東松島市の東名運河から桂島に向かって漕ぎだしたんだ。カッターボート三艘でよ。出たときは波もなく晴れて穏やかだったんだが急に風雨が出てきてさ。急遽予定を変更して朴島に行き先を変えたんだ。そうしたらよー朴島の北側に鯨島ってあんだけど、その北側で岩礁にぶつかって転覆したんだ」

「そんなことあったの」

圭子が小声で相槌を打った。

「救命胴衣つけったがら泳いで鯨島にたどり着いたんだが連絡しようがない。帰ってこないことに気がついた親や先生は、遭難を考えて救助を依頼したのは夕方さ。暗くなっから、早朝から捜索開始ってことになっちまって。ここにも泊まったんだ親御さん」

「それで」洋二はその先を急がせた。

「ところが冬の寒い時期でさ、学生は鯨島に上がったものの衣服は濡れマッチもなし、火を起こす道具も持っていない。いまでいう低体温症で全員死んでしまったんだ」

「そんなことがあったんですか」

洋二はうつむいた。

内海鉄男の独演会のようになってきた。

「まるで息子のような若者が亡くなっちまったのさ」

耕太郎は綜介の表情が変わっていることに気がついた。

両の手を握りしめ下を向いて固く目をつむっていた。

話題を変えるように香織が聞いた。

「鉄男さんご家族は？　息子さんとか」

「え、あ、んー」

口ごもっていると携帯が鳴った。

「船に戻らなくっちゃ」

「次のときに聞かせてね」

「あいよ」

威勢の良い返事で席を立った。

「純一さんのこと聞いてなかったわ」

圭子は夕島純一にターゲットを移した。

「寒風沢島でお米を作っています」

「えー、この島で米作りできるの」

「酒造会社に卸すんです。島の名前のブランド米として」

「寒風沢島の人？」

「いえ関東のk市から移住してきました」

「k市なら知ってる。ご両親もそこに？」

「いや実は」

ぼそぼそと話し出した。

「母子家庭で。母が亡くなる間際に『お前の父親は浦戸諸島に住んでいるって。名前とか詳しいことは言えないって』」

空気が冷たく固まったように感じた。

「そう、じゃ父親捜しでここへ来たのね」

圭子は畳みかけるように次の話を催促した。

「何か事情もあるんだろうし無理やり探し出して『息子です』っていうのも嫌だし。でも、もし出会ったら、一発ぶんなぐってやろうと思ってます」

純一は笑いながら言った。

「ただ、親父が住んでいるかもしれない場所に居たいってのが本音かな」

「わかるー」

香織と圭子が合唱のように声を出した。

勇作と純一、それに綜介は仕事に戻った。

爽やかな感じの若者で、応援してあげたいと母性本能をくすぐる。

「いまならＤＮＡ鑑定で親子はわかるよ。二、三万円の費用でできるはずさ」

洋二は得意げに話した。

「どんな経緯で親子バラバラになったか、そっちも気になるわね。ＤＮＡ検査は現代のパンドラの箱よ。知られないほうが幸せな場合も多いのよ」

経験でもあるかのように圭子はきっぱりと言った。

残ったのは洋二と耕太郎、圭子、そして香織の四人になった。

香織は寒風沢島の酒米の田んぼを撮影したいと同行することになったが、入間家の財宝探しの話は伏せてある。

入間家の菩提寺である林松寺は、法要のときは時間ギリギリで見物どころではなかった。寒風沢水道がある方向は高い堤防があり海は見えず、これが津波から人や財産を守るための唯一の答えだったのだろうかと、悲しい気持ちで坂を上ると林松寺が見えてきた。

林松寺の入り口に白塗りに赤い紅を指したお地蔵様が目についた。

説明書きを読む。

作者・年代ともに不明であるが、

古くからこの地蔵に紅・白粉を塗って

祈願すると美しい子宝が授かるといわれており

今日なお、何時も化粧が絶えない。

結婚した女性や妊娠を望む女性、それに妊娠した女性やその母親が来ると聞いた。

赤いトタン屋根の中に顔だけ白く塗られたお地蔵様は、一瞬ハッとする不気味さがあった。

勇作が境内を掃き掃除していて、本堂入り口で住職が迎えてくれた。

年配であるが肌艶がよく黒々とした頭髪だが染めているのだろうか、もみ上げや襟足は白いものが目立つ。

「百回忌ではお世話になりました」

圭子が挨拶する。

住職さんの手招きで本堂に入ると大きな仏像があり左側には檀家位牌が並んでいる。

永代供養のためか、檀家の中でも特別扱いの入間家の位牌を見せてもらうことができた。

（一昨日は入り口のそばに座っていたから見られなかった）

金泥を塗ったかのように輝く位牌は、ほかとは一線を画した存在に見えた。

住職は私たちがここに来た目的がわかっているはずだ。

「こちらは臨済宗でしたよね」

洋二は切り出した。

「はいそうです。臨済宗妙心寺派で瑞巌寺と一緒です。臨済宗妙心寺派のご本尊は京都の花園にありましてな。本堂の東北の角の鬼門に当たる場所の軒先瓦には五芒星。南西の角の裏鬼門には六芒星が描かれています」

「あ、一筆書きの」

耕太郎は会話に入る。

「それは五芒星です。六芒星は三角形と逆三角形を重ねた感じですかね。それぞれ大切な物を守ったり外敵を防いだりするバリアーの役割をすると歴史が伝えています」

四人は大きくうなずいた。

「臨済宗は禅宗ですよね」

と洋二。

「はいそうなんです。震災復興が落ち着いたので、座禅会や島の散策を始めたところです。浦戸の海に親しんでいただけるよう、カヌーも楽しんだり精進料理のコースもあります」

「それはいいですね」

香織は参加したいようだ。

五芒星や六芒星のヒントをもらえたことに感謝して寺を後にした。

高台の縛り地蔵は歴史ある場所だから金のマークがあるかもしれない。

洋二は階段を上りながら、このときばかりと仕入れた話をする。

「縛り地蔵は場所によって伝説が違うんだ。仙台の米ヶ袋の縛り地蔵は伊達藩のお家騒動の中で暗殺計画があって、捕まった侍の弔い地蔵で怨念が凄まじいから年に一回の七月のお祭りのときだけ縄が解かれるんだ。しかしここは違う」

階段を上がってだらだらと続く坂道を歩きながら洋二は続けた。

「寒風沢は江戸時代に仙台藩のお米の集積港として賑わったのはさっき話したよね」

「大崎平野？」

香織が聞く。

「もっと広い範囲さ。阿武隈川を下って二百石のお米を小船に積んで、貞山掘を通り寒風沢島の北にある湾に運んでね。仙台藩の二千石の御城米船に積み替えて江戸へと運ばれるのさ。大型船や小型船が所狭しと浮かぶ様子は静かな風景からは想像もつかないよね」

洋二は高台から海を見下ろして、大小の帆船が浮かんでいる様子を思い描いた。

「仙台藩は当初六十万石だったが新田開発が進み二百万石の米の産地になっていたんだ。

江戸で消費されるお米の三分の一を出荷した時期もあるとの歴史だ。

船乗りさんも大勢いて歓楽街もあり夜のお相手をする場所もあって賑やかだった。

夜のお相手は海風が江戸へ向かうと船乗りが旅立ってしまう。

『どうか風よ吹かないで何日でも遊んでいて』と願懸けたんだ。そのために、地蔵さんに縄を巻き付けて縛り地蔵として祈ったそうだ」

「へー、当時の必死さが伝わってきそう」

香織がつぶやいた。

十二方位石は当時の第一級の方角石で方位磁石を当てるとほぼ正確だ。

なぜこの地に方位石が作られたか歴史がある。

「天保年間に作られたというから一八三〇年頃で、第十二代将軍徳川家慶の頃といってもわかりにくいけどお伊勢参りが盛んになって大塩平八郎の乱があった頃に造られたんだ」

「大塩平八郎、歴史の教科書で見た名前だわ」と香織が反応している。

「一七九三年に寒風沢島に住む、津田夫・佐兵衛の二人を含む十六名の乗った若宮丸は、嵐でマストを折られ流されてアリューシャン列島に漂着したんだ。帰国を希望する四人は数奇な運命をたどって、当時のロシアを横断し大西洋を南下してハワイからアリューシャン列島へと世界一周してね。その後日本海を南下して長崎に到着したんだ。そして十三年ぶりにこの地に戻ってきたんだ」

「凄まじい世界一周ね」

圭子が驚いていた。

「方角石はその後の天保年間（一八三一年〜一八四五年）の間に造られたのさ」

「支倉常長が出港したのはいつだっけ」と耕太郎。

「もっと古いよ。一六一三年とされているから二百年近く前だ。支倉常長。正式には支倉六右衛門ほど悲運の航海をした武将も少ないと思うよ。伊達政宗に命じられ二百人ほどが乗船する大きな船で出港したんだ」

宮城県から何百年も前に外国に行った人がそんなにいたのか。

耕太郎は宮城県民として誇らしい気持ちで海を見たが、金のマークは見つからなかった。

しかし、洋二は考えた。

「基準点として動くことのない十二方位石は金四郎も注目していたに違いない。きっと財宝を見つける手掛かりになるはずだ」

圭子がうなずいた。

やはり九行詩の解析が必須だと考えをめぐらせながら、寒風島の南の方角の太平洋に面した場所に足を伸ばす。

鬱蒼とした竹林が両側に続く草の小道を歩くが、遊歩道用なので車は通れない。

眺望もなく潮騒も聞こえてこないので内陸の山道かと思う。

一人では怖いような幅広い道を十五分ほど歩くと開けた場所にある砲台跡に到着した。

猫が一匹迎えてくれてなぜかほっとする。

神明社に参拝し海を臨むと鷹島の背後に舟入島が大きく見える。

切り通しを下っていると香織が何か発見したらしく写真を撮っている。

「なに、なに見つけたの？」

圭子は興味津々で香織のそばに行った。

「ほら、これ」

「キャー、これなに」

「蟬の脱け殻よ」

「えーこんなにたくさん」

耕太郎と洋二が駆けつけると、土手の下の樹木の枝に六匹分の蟬の抜け殻が残されていた。雨がかからず昨年の夏から冬を越して春まで残っていたのは、人が来ない自然豊かな場所だからと洋二は思った。

平らな土地には防波堤が築かれていてチリ地震津波の石碑が立っていた。

昔はこの辺りにも人が住んでいたのは、地図にある元屋敷の地名でわかる。

津波はなだらかな土地に押し寄せ、建物や田畑を押し流し小高い峠道を乗り越えて北側の湾に流れ落ちた。島を二つに割る津波を想像するだけで足がすくむ思いだ。

元屋敷浜は海水浴には良さそうな砂浜だったが、防波堤が人と海を隔てている。

浜にいた老人が教えてくれた。

「慶長三陸地震の大津波が襲って七十戸が流されてしまったんだよ」

老人が歴史に詳しいので驚いた。

「そんな昔にこの場所に七十戸も家があったんですか」

一軒の家もない砂浜を見て耕太郎は驚いた。

島の南端に向かって歩き大平戸山に近づく。

標高は三十メートルあるので津波は頂上には到達しないだろう。

しかし道は見えないし地図にもないから、避難のために登ることはできなかったか。

傍らに大きく造られた防波堤の上は、幅が三メートル以上あり悠々歩くことができる。

四人が大平戸山に向かって防波堤を歩くが、雲と海に浮かぶ小島の対比が面白い。

突然、水鳥が羽音を立てて飛び立つ。

防波堤のコンクリートの塊と、山の斜面の間に沼のように水が溜まっていた。

透明度が高く水中に水草が見えて虫が水面を跳ね、鳥が羽を休めるには最高の場所だ。

香織が嬉しそうにシャッターを切る音が誰もいない浜に大きく響く。

「この湾は素敵ね」

太平洋に面した名もない湾の防波堤の上で圭子は背伸びをする。

海面は透明度が高く海藻がきらきらと光って見え、湾を取り囲む島々は白い断崖の上に黒松が帽子のように乗っていた。

目の前に横たわる島は青島で一つの島の真ん中が崩れてきている。

耕太郎が思わずつぶやく。

「夫婦喧嘩して背中を向けているように見えるね」

香織が返した。

「二つの島が握手しているようにも見えるわ」

洋二は小さく話す。

「大地震が二つの島を引き裂いている構図にしか見えない」

（見る人の気持ち次第で、正反対に感じることがあるんだな）

しかしその右側の大海原に立つ孤島は美しい。

凛々しい若者のような感覚だが、地図にはその島の名前はない。

耕太郎は圭子と洋二、香織に孤島についての感想を聞いてみた。

「そうね、可愛い男の子。小学生くらいかな」

「いや、男性だけど働き盛りの三十歳くらいかな。どんな問題も解決できるエリートって感じだね」

「二十代よ、舞台俳優か映画俳優、男前の」と香織。

いろいろな感じ方があると思った。

「小学生や中学生に島を見てもらい擬人化して作文書かせたら面白いわね」

圭子は乗り気だ。

「見る角度によって印象が全然違うわ。朝日のときや夕陽でも表情が変わってくるわよね。島は人間そのものだと思うの。人は相手によって見せる態度が違うことがあるでしょう。好かれたいと思う人にはいい面だけを見せたいと思うのは人の常なのよ」

洋二が続けた。

「生業でも人は違うよ。警察官が外回りの営業のように常に口角を上げて笑顔だったらどうだろう」

ふと、善四郎のことを思い浮かべた。バンドでギターを奏でている姿は笑顔はなく、常にギラギラと何かを探す求道者のようだった。

「ブーン」

低いうなりのような音が聞こえてきたが、虫や鳥の鳴き声とは違うし風の音でもない。

その音はだんだん大きくなって向かってくるように思えた。

空を見上げるが飛行機が飛んでいる様子はないしヘリコプターも飛んでいない。

しかし空中の何もないところから音がするはずもない。

やがて黒い点が南の舟入島の方向から現れどんどん大きくなり向かってきた。

四人は防波堤の上にいて、右は海で左は樹木一本もない荒れた平地が広がるだけだ。

（まずい、身を隠すところがない）

防波堤の三十メートルほど先にある岩を見ながら洋二は声を掛けた。

「走ろう」

飛来したのは黒いドローン二機で、なぜ我々を追いかけてくるのか恐怖感が沸き起こる。

武器を装着しているのだろうか、それとも観察や威嚇のために接近しているのか。堤防が岩山に突き当たる場所があり隠れる隙間があるかもしれない。

全速力で走ったが空中のドローンのスピードでは追い付かれてしまうし、万一攻撃されたら命はない。

圭子も香織も意外に足が速い。洋二が先頭だったが圭子と香織の順に岩陰に隠れて、耕太郎と洋二は最後に岩山の根元に身を寄せた。

「ジェーン、ジェーンジェーン」

耕太郎は頭上に飛来するドローンの静かだが怖い音を聞かされて肝を冷やした。

ドローンは上空に静止してこちらを見下ろしているように感じたが、観察のためかゆっくりと高度を下げて我々に向かってきた。

堤防の上の四、五メートルの高さに静止したドローンは、我々をゆっくりと観察した後機影をひるがえし南の空に飛び去った。

肩で息をしていた私たちは助かったと眼を合わせた。

ドローンはどんな目的で我々を追いかけ、誰があのドローンを操縦しているのだろうか。発進基地はどこだろうかと謎が湧き出て止まらない。

洋二が声を掛けた。

「みんな、大丈夫？　怪我はないか？」

香織は怒った様子だ。

「あれ、ひどくない。人を追いかけるような操縦は犯罪行為よ」

圭子も同調した。

「そうよ、殺されると思ったわ」

「ドローンって空撮とかもっと平和的な利用をするものだと思っていたよ」

耕太郎の感想には洋二は反応せず自説を話した。

「武器装着のドローンの話は聞いたことがあるが大型だ。しかし威嚇操縦は間違いない。カメラが装備されていたから監視用だ。電波の届くところに基地があるはずさ」

服に付いた汚れを振り払って四人は立ち上がった。

道なりに進むと寒風沢島中央の高台に出る。

道路沿いには雑木が残るが、奥は広く平らな高台でここは津波も来なかったはずだ。

洋二はリュックの中から津波浸水地図を出して確認する。

高台は周囲には遮る高さの山はなく、畑になっていて珍しい西洋野菜が植えてある。

「この場所なら任せて」

耕太郎は得意げだ。

「震災後に遠方にいる地主を紹介されて、土地を借りて野菜を作っているんだ。洋二ならこの場所に建物を建てれば三百六十度の眺望が望めると建築士らしい発想をするだろう？」

洋二は周囲を見回してうなずくが、耕太郎はさらに続ける。

「農地法第三条のこと分かる？」

洋二以外は首を横にふる。

「土地の所有権はそのままに借地して耕作する許可をもらうんだ。それで耕作したい人が、所有者に代わって土地を利用する。耕作放棄地をなくすことにも繋がっているのさ。

ところが二週間前に返してくれって連絡があってさ。収穫まで一ヵ月以上あるんだけど」

(ガサガサ　ガサガサ)

突然道路沿いの雑木の中から背広姿の男が出てきた。

男は革靴で黒のスーツにストライプのネクタイ、髪は七三の小太りの小柄な男だ。

「ここで何をしているんですか?」

洋二は思わず聞いた。

「あっ、すみません。土地の確認で」

「土地って?」

「はい、陸前不動産建設の赤間と申します」

「土地分譲や建売の会社ですね」

洋二がすぐさま反応するのは昔の同業者だからだ。

「はい、十年前からブライダルとレストランも展開しています」

「多角経営の見本のような会社ですよね」

「いやあ、は、は、はー」

耕太郎は、男に話しかけた。

「勇作さんから話は聞いています。賃借人の濱田耕太郎です」

「そうでしたか、このたびは急な話ですみません、作物はすべて収穫してください」

耕太郎はほっと胸をなでおろす。

「この土地何かあるんですか」

香織が聞く。

「いや、何もないと思いますがあるんですか？　遺跡とか」

赤間の表情が変わった。

「役場に確認したところ遺跡地区ではないと言われましたが」

「いやそうじゃなく売買とかそういうことに関して」

「あーそっちですか」

赤間はほっとした表情になったようだ。

「先日売買契約が成立して明日残金決済なんです。あっ、濱田さん、合意解約の通知書の準備お願いしますよ」

耕太郎は渋々うなずかざるを得ない。二年前に紹介されて地主の宇津宮さんと話したときは会話が成り立っていたが、今回のことで電話すると話が上手く廻らない。勇作、勇作に任せてっからと話すばかりだった。八十過ぎだからボケていても不思議ではないが。

香織は赤間と何かを話していた。

話し終えると赤間は背広に付いた枯れ葉を払い我々とは逆方向へ歩いて行った。

先へ進むと谷の部分に水田が見え、張られた水がキラキラと光っている。

夕島純一が話していた酒米の田んぼには人がいた。

「こんにちは」

挨拶を返してくれた明るい感じの三十代の男に、洋二は純一のことを聞いた。

「今日は用事があるとかで来ていません」

「移住ですか？」

圭子が声を掛ける。

「いや塩竈からです。酒米を作ってもらっているので視察を兼ねてのお手伝いです」

農作業の手を止めて名刺を出してくれたのは井上秀樹。塩竈の霞ヶ浦酒造の課長だ。

塩竈にある造り酒屋で、霞ヶ浦之禅が海外でも評判だと新聞に載っていた。

「試飲させてくれるんですよね」

「はい、塩竈蔵で三百円の試飲専用おちょこを買って、五種類のお酒が試飲できるんです」

霞ヶ浦酒造は歴史ある造り酒屋で、伊達家五代目伊達吉村が藩主の時代の享保九年（一七二四年）の創業。徳川幕府は八代吉宗の時代で享保の改革が行われた時代だ。

井上課長は歴史を教えてくれた。

「お殿様から『奥州一之宮の塩竈神社に捧げる御神酒を作るように』と命令され塩竈神社の御神酒造りから始まりましてね。大正末期に当時の皇太子でのちの昭和天皇が宮城県に来ることになりまして、皇太子へ献上のために特上のさらに上のお酒を作ったんです。

そして当主が『金槐和歌集』に塩竈の歌を見つけてお酒の名前にしました」

塩竈の浦の松風霞むなり　八十島かけて春やたつらむ　　源実朝

「霞ヶ浦之禅は瑞巌寺百二十八代加藤老師に式号してもらい布袋様の絵は淡川康一先生に書いてもらいました」

霞ヶ浦之禅のラベルデザインが古式ゆかしいのにはわけがあったのだ。

洋二の携帯に着信があった。誰だろうと折り返すと入間綜介だった。

「あー、電話もらって」

「実は相談がありまして。明日お会いできませんか」

「いいですよ。明日の夕食時に東松島市大高森の海鮮バーベキューの店でどうですか」

綜介は何の相談だろう。

田んぼから坂を上っていくと道路工事中だった。

道路の幅を広げ側溝を入れてアスファルト舗装にするのだろう。

寒風沢島は浦戸諸島の中で一番広く車は必需品だ。

大高森のある宮戸島とは鰐ヶ淵水道を挟んで八十メートルの距離にある。

坂を下っていくと小さな船着場がある。

「おおーい」

と大声を出せば対岸に聞こえそうな距離だ。

「えっ、なんで橋がないの」

圭子は素直につぶやいた。

「この距離なら技術的にも予算的にも問題ないのに」

「ほかに何かあるんじゃないの」

耕太郎はツッコミを入れる。

「向かいは東松島市で行政が違うし、海運関係かな」と洋二は分析してみせる。

坂道を戻っていくが、ここは一本道だから仕方がない。

「周遊道路があれば景色を見ながら楽しいのにね。戻るのはつまらない」

圭子がつぶやくと香織が疲れた口調で返した。

「そう。それとレンタルサイクルがいいわね。寒風沢島は広いもの」

汽船岸壁に着いたが疲れたのか誰も口を開かない。

寒風沢島と野々島は鉄男さんの担当だが、渡船は野々島の浮桟橋に係留されている。

浦戸水道は広い運河のような海で、人工的に掘られたようにも見える。

百メートルくらいの距離だから手を振ればわかるようだ。

対岸では鉄男と頼子が話しているが、表情まではわからない。

渡船で野々島に着いたときは頼子の姿は見えなかった。

耕太郎はそれとなく聞く。

「頼子さんと仲いいんですね」

「狭い島だからみんな友だちよ。昨日の百回忌法要に善四郎が来たろう。何十年ぶりに浦戸に来たからその話さ。善四郎は中学校まで島にいたが高校生になって仙台に行った。同級生の頼子も学校は違うが偶然仙台駅のペデストリアンデッキで会ったとかで付き合っていたんだ」

洋二は驚いた。

「おっと、個人情報ってやつだね」

洋二は次の客が来るまで話しても大丈夫かと鉄男に聞いた。

「いやー。ドローンに追いかけられて命からがらに逃げたよ。危なかったですよー」

洋二の言葉に鉄男の表情が変わった。

「大丈夫だったのか？」

香織が鉄男に聞くのは別なことだ。

「道路を広げているのは何か目的があるんですか」

「そうなんだ。橋架ける話があってさ」

「えっあの八十メートル」

耕太郎は大げさに反応してみせる。

「鰐が淵水道って鰐がいたのかな。ちょっと怖いよね」

「海の怪物より陸の怪物のほうが怖いべさ」と鉄男。

「えーどんな」と圭子は、はやし立てる。

「人食ったり嘘ついたり騙したりする怪物や妖怪、いっぺ」

みんなは思い当たる節があるのか、笑い声も微妙になった。

「あははは」

鉄男がその秘密を解き明かす。

「江戸時代以前は鮫を鰐と言ったらしいんだよ、鮫はいまでもいっぺ」

「鮫か、謎が解けてよかった」

「そこによ、橋架げっぺとなったんだ。誰だって思うよな、目と鼻の先だ。愛甲先生のときに盛り上がったんだ」

洋二は興奮を隠せない。

「国会議員で外務大臣の愛甲喜一郎。アインシュタインを松島に案内したときの通訳が、愛甲先生のお父さんなんだ。親子で浦戸諸島にご縁ある方なんだね」

「んだ、愛甲喜一郎先生は桂島で生まれて小学生まで住んでいた。そんなご縁で町に移ってからも夏休みは毎年来て何泊もしてた。先生は宮戸島から寒風沢島、野々島そして桂島まで橋架けて島のみんなが便利になるようにと考えたんだ」

「なんで橋架からなかったの」

圭子は質問する。

「なんでも反対派ってのいっぺ。海がダメになるとがよそ者が入ってくっとが。当時はよ、牡蠣の妖精でこの辺りも景気よがったんだ、ほれ昼間はなしだべ。んだがら橋なんかいらねーとなったのさ」

現在なら環境保護の団体が開発反対の一大勢力だと鉄男がつぶやく。

「その後四塚大臣のときも話は出たんだ」

「そのときはどうして進まなかったの？」

「いろいろあんのさ土地の問題とか」

圭子が割って入った。

「さっき不動産屋さんがいたわね」

鉄男は腕を組んで圭子を見た。

「何か知っているんですか、土地について」

香織が珍しく突っ込むが、鉄男は口を開かなかった。

鉄男の携帯が音を立てたので、寒風沢島を見ると人影がある。

「そんでは仕事だ」

鉄男は船のエンジンを始動させ、四人は野々島を歩き始めた。

途中に金のマークの石碑がないかを確認しながら。

洋二は三人に顔を向けた。

「今日の目的地は桂島の『釣りと聚泊《じゅはく》の桂島』なんだが、無料の渡船では寒風沢島から桂島には行けないんだ。塩竈市道は野々島の尾根の部分を通っているから、そこを通って船着き場まで歩くけどいいかい？　まあ眺めもいいから」

「何分ぐらい」

と圭子。

「そうだな、ゆっくり歩いて三十分かな。途中夜泣き地蔵とかあるし」

野々島は学校の島だ。正式には塩竈市立浦戸小中学校って名でと洋二が話した。

「小規模特任校と言って自由学区で児童生徒を集めることができる、県内でも珍しい小中一貫校なんだ。在校性は四十五名だが浦戸諸島の児童は一人で、ほかの児童は市営汽船で塩竈市や七ヶ浜町や多賀城市から通っているんだ」

圭子は教育にも詳しいようだ。

「小中一貫校だから教育水準が高いんじゃない。船の中で勉強していたし。以前教員の友人に聞いたことがあるわ。中学教師と小学教師が一つ屋根の下で教育するので、カリキュラムの枠を超えて教えることができるのよ。少数精鋭でいい環境だそうだよ」

耕太郎は背伸びしながら声にした。

「環境って言えばこの環境最高だ」

「そうなんだ。アサリ採り、牡蠣剥き、海苔すきとか、海の実習はなかなか体験できない。それから、田植え体験もするんだよ、ほらさっきの田んぼ」洋二はまるで教師だ。

「へーすごいわね。子供ができたら住もうかな」

圭子は洋二を見て言った。

「孫じゃないの」耕太郎はツッコミを入れた。

「ひどーい」

高台の道を進むと周りの海が見渡せたが特に瑞巌寺方向がよく見える。

太平洋側と松島海岸の両方が見渡せる場所で、数人が立ち話をしているが頼子らしい姿も見え隠れしていた。しかしそばに行くと頼子は姿を消していた。中学生と外国の百九十センチ近い体格の若い男性が声を掛けてくれた。

「コンニチワ」

現在では大半の学校に在籍する外国語指導助手ＡＬＴの人だ。

ジミーと名乗るＡＬＴはアメリカのカリフォルニア州から来ているそうだ。

二年目だと聞いたので松島滞在の感想を聞いてみた。

「ここは人気あるんです。希望が多くて選ばれるのも大変だったんです」

カタコトでゆっくり話すところがいいと洋二は思った。

「松島観光は堪能しましたか」

耕太郎は具体的に聞いてみた。

「調べることもありましてあちこち行ってます」

「それはよかった。塩竈や仙台のことでわからないことがあったら連絡してね」

「はい、ありがとうございます」

名刺を交換して別れたが、名刺には表と裏に英語と日本語で名前や連絡先が書いてあった。

少し歩くと野々島ガーデンのプレートが見えた。

五十センチくらいの木製だが風景の絵が油性ペイントで綺麗に描かれて、趣味人が時間を掛けて作ったように思い、カフェでもあるのかと畑のあぜ道を上る。

広い空き地には大きなタブノキの太い枝に、ブランコが吊るされて風に揺れている。奥にベンチがあり眼の前に絶景の島があって、貸し切りの風景が広がっていた。

広い道に戻り進んでいくと十字路に出た。左に曲がり夜泣き地蔵を見た後は十字路を右に曲がり藪椿のトンネルに入るが、季節が過ぎ赤い椿の花が落ちる遊歩道を進むと、コンクリート土台に固定され祀られる庚申塔に出会った。

普通によく見かける石塔だが、大事にされていると思い洋二は詳しく観察していた。

「そんなに珍しい？　どこにでもある庚申塔じゃないの？」

耕太郎は洋二の背中に声を掛けたが洋二から驚きの声が上がった。

「違う、違うよ。ただの庚申塔じゃない。見てごらん」

圭子と耕太郎が眼を凝らして石塔を観察していると、洋二が背後から声を出した。

「持っている剣の先が十字になっている」

「ほんとうだ、見つけたね。洋二」

キリシタン伝承と関係があるのだろうか。

藪椿のほそ道を歩くと高台に熊野神社があるが、神社の建物ではなく神社会館のようだ。峰の狭い土地いっぱいに建っている建物は閉まっていて、入り口のガラス戸越しに覗いてみると広い座敷と神殿が見える。高台だから避難所も兼ねているのだろう。

洋二は口を開いた。

「ここにはキリシタン仏があるんだよ。熊野神社のオオナムチノ神の奥にある厨子に、キリシタン仏があると文献にあったんだが」

会館にはそれらしい説明書きはなかった。

「隠れキリシタン結構いたのかしら」

圭子も興味があるようだ。

「よくわからないけど少なからずいたと思うよ」

凝灰岩を上手く彫って作られた階段を降りると集落だ。

野々島の船着き場の近くに、鉄筋コンクリート二階建ての立派な建物がある。

塩竈市役所の支所で浦戸諸島開発総合センター、通称ブルーセンターと呼ばれている。

展示室もあり浦戸の写真展が開かれていた。

休憩を兼ねて見学させてもらったが、会場には中年の男性がいて説明してくれた。

洋二は親切そうな雰囲気の男にキリシタン神社のことを聞いてみた。

「熊野神社ですね。熊野信仰は修験道や山伏が始まりで熊野大社が総本山だと思います。滝とか大岩、島なんかの自然崇拝からスタートして、神も仏もの八百万の神々を信奉する心の広さがあったんでしょうね。例えばキリスト教もイスラム教もみたいな」

「熊野神社ってそうだったんだ」

と香織がうなずいた。

「宮城県は支倉六右衛門がいますからね。一六一五年に洗礼を受けているんです」

耕太郎は聞いてみた。

「どのぐらい信者がいたんですかね」

「仙台藩のお米を江戸に出すために、この島々に三千人もの人がいたと言いますからね。仮に一パーセントとして三十人。私の勘では三パーセントは下らないと思いますが。隠れキリシタンですから詳しい資料はないんです。聞いたところでは戒名には個性的な文字が使われていることがあると」

「どんな文字ですか」

と洋二は重ねて聞いた。

「仏教寺院ではあまり使われないと聞きましたが天とか心や空とか。黒部ダムの映画で有名な俳優の戒名に『天』の文字が入ってると聞いたことがあります」

香織はわかったと相槌を打ち、黒部ダムの破水帯と戦う有名な映画俳優を思い描いた。

圭子はハッとして声をあげた。

「天麟院よ、戒名ってほら」

洋二は携帯で撮った写真を開いた。

「天麟院殿瑞雲全祥尼大姉。五郎八姫の戒名だ」

「やっぱり確定ね」

互いにうなずき合った。

男は構わず続けた。

「それからトランプの四つのデザインがありますよね。ハート、クローバー、ダイヤ、スペード、どこかに使われている場合があります。墓石の底に彫り込むとか」

耕太郎は眼を輝かせた。

「ハートで思い出したけど明月院の支倉六右衛門の御廟にはハートがあるよね」

男は続けた。

「キリスト教とハートは聖心崇敬という重要な関係にあって、十字架とともに大切な文様だったようです」

洋二は心の中で思った。

（トランプに使われている絵柄はキリスト教と密接な関係があったのか。入間氏は外国とも貿易していたからキリスト教に関わっていたのではないか）

男は蔭田島の見学を薦めてきた。

「桂島の入間金四郎翁が毎日愛でた花魁島の愛称の島なんですが、たび重なる大地震で先端が崩れ落ちましてね。当時の三分の二くらいの高さなんです。しかし桂島から見るよりも千代崎展望台から見る方が私は好きですね。昔の写真を見ると女優の山本富士子を思わせるんです、最近なら鈴木京香ですかね」

照れたように話されては行くしかない。十五分くらいだ。

集落を抜けて寒風島方向へ歩を進めると大きな防波堤にぶつかり海は見えない。

そこを右に折れて半島の先に展望台があるが、歩き疲れた我々には遠く感じられた。

香織が提案する。

「防波堤に登ってみましょうよ、花魁島見えるかも」

三十段近い階段を上ると花魁島が見えた。防波堤の縁に腰をかけてしばし眺めた。

海面から垂直に立つその島は船にたとえると舳の部分が見え、白い岩肌から高い鼻が誇らしげに私達に向かっている。頂上の黒松が髪のようにアクセントになり鼻筋の通った美人を思わせる姿は松島一かもしれない。

海からでは見られない絶景に松島の秘密を垣間見た気がした。

「金四郎は亡くなる前にどんなことを考えたんだろうね」

防波堤で休憩しながら洋二は誰にともなく話した。

圭子が答える。

「やっぱり、実業家だから末永く事業が続くように願ったんじゃない。事業って三十年寿命説とかあるじゃない。繁栄の手助けになればと思って財宝を子孫に託したのかも」

みんなはうなずきながら次の目的地へ腰を上げた。

海の塩竈市道最後のコースである野々島の船着場から石浜港へ渡船で渡る。

船頭は鉄男さんではなく別の人だ。

香織は明日の準備があるとかで塩竈市営汽船で帰る。

洋二は桂島の歴史にも詳しい。

「石浜には浦戸諸島唯一の郵便局があるんだ。一八八四年、明治十七年には石浜郵便局として開設し、その後桂島郵便局になったのは入間金四郎氏の功績だと思うよ」

郵便局の脇を通り山裾の道をたどると千本格子が美しい家がある。

一階は改装されているが二階部分はそのままで、昔は料理屋をしていたのだろうか。

石浜神社の案内があるので階段を上りながら洋二は話した。

「歴史ある神社で室町時代（一四四四年頃）の花園天皇を主祭神にしている」

拝殿は大きく両側から迫り本殿への通路はほかの神社と比べると狭いようだ。

特に金のマークは見つからないので集落に戻り入間邸跡を目指す。

坂道を上ると右手の高台に楕円形の最上階を持つ建物が『釣りと聚泊《じゅはく》の桂島』だ。

聚泊とは〈人が集まり楽しみ泊まる宿の意味〉で洋二が命名した。

下ったところで空き地に出た。

入間金四郎邸跡と書いてあるが建物の基礎とかが残っているだけで建物はない。振り返って海を見ると花魁島が正面に見えたが、大きな船を横から見るようで、朝日が出るときに見れば最高だろう。

入間邸跡の海岸続きにボラが暗く見えていた。

古代から祖先を祀ったり漁業道具を収めたりお宝を隠しているとの伝説もあるが、人の住まない島には船で行くボラがあり、見えない場所なので伝説が生まれるのだろう。

邸宅跡の築山らしいところに石で作られた逆U字のデザインのオブジェがあった。下にある礎石と一体になっているように見えるが、大きな岩から掘り出したのだろうか？

急に圭子は大きな声を出した。

「わかったわ」

耕太郎はオウム返しに訊いた。

「わかったの？」

「この石碑のデザインでね」

洋二は圭子を見ないで暗いボラを見つめていた。二人の影が見えたからだ。

朴島ですれ違った男に似ているが、二百メートル近く離れた場所で何かを探している。

洋二は振り向くと胸元で小さく右手をボラの方向へ向けた。

ボラの入り口は海面すれすれで、近くにボートが見え二人が乗り込んで発進させた。

圭子も耕太郎も洋二を見る。

今度はドローンではなく二人の乗ったボートが、波を立ててこちらに向かってくる。

入間邸宅跡には昔使ったと思われる岸壁が健在で、ボートなら楽に横付けできそうだ。

洋二は素早く判断した。

「上に行こう」

入間邸跡地の奥の竹藪にある階段を指さした。

「また、階段ね」

圭子はため息だ。

入間邸跡には別な道があるが急峻な島だから階段だ。

息を切らせながら階段を登っていくが、あの男たちには見えなかっただろうか？

竹藪に両側を挟まれたジグザグの階段を登り切ると遊歩道に着いた。

なぜ、男たちは向かってくるのか。朴島で戸を閉めたのはあの男たちだったのだろうか。

雨ごいのために祀られた雨降り石を見ながら、島の中央部へ急ぐと右側に階段が見えてきた。

墓地のようだが圭子は躊躇なく奥へ入ると、石組の囲いの中に石塔が二つあった。

入間家の墓前で祈りをささげるが、戒名が個性的で「天」の文字が印象に残る。

圭子は祈りをささげた後でつぶやいた。

「天の文字も見えるし財宝探しのポイントであるのは間違いないわね」

洋二もすかさず反応する。

「金の文字もあるし見晴らしもいいから、五芒星や六芒星の頂点の一つになりそうだよね」

耕太郎は言いたかったことを先に洋二が話したことで悔しそうだ。

「松崎神社に行ってみよう」

洋二が声を掛けた。

坂を登り切ると広い遊歩道があったが、尾根道だから木立の間からの見晴らしがいい。

古い建物の裏に出ると観光地図には載っていないがお寺の不如庵だ。

格式はあるはずで住所が庵寺一番地となっている。

お地蔵さんのユーモラスな表情に癒され、力がみなぎったところで松崎神社へ向かう。

島の尾根道は津波被害を免れたと見えて、古い家並みがほっとさせる。

つづら折りに上ると松崎神社があり、白崎山展望台百メートルの案内看板があった。

塩竈神社十四末社の一座であると誇らしく説明がある。

石浜神社にもあったが松崎神社にも梵鐘があり、海上無難と大きく鋳られている。

津波襲来のときに鐘を連打するのだろうか？

参拝を済ませて白崎山展望台へ向かうが、神社の裏は断崖絶壁になっていて怖い。

タブの木と藪椿のトンネルが歓迎してくれ、しばらく進むと白崎山展望台に着いた。

松島湾を一望でき幽観・扇谷が正面に見えるが、右手奥の高い山は富山観音か。

手前の島は地図を照らし合わせると、福浦島や雄島と思うが遠すぎてよくわからない。

「ここから見る松島湾もなかなかね」

圭子は満足げだ。

緑のトンネルをさらに進み二度森展望台に来た。

手前に見えるのは地図では小さいが、目の前では大きく存在を誇示する駒島だ。

左側にある金島は金四郎と関係ありそうな、訳ありの怪しいネーミング。

手前に大きく広がるのは大藻根島で、昔対岸の七ヶ浜と領海争いがあった。

奥は馬放島だが人が住まない島としては、浦戸諸島では一番の大きさで灯台がある。

沖をよく見ると小さい四つの島が津波に負けずそこにあった。馬放島から順番に、火伏島、材木島、モンド島、岩礁のようになドウラン島だ。健気に波間から顔を出している。

崖沿いの小道を進むと出くわした真新しい階段は、震災の後で造られたようで海岸からの避難にも使うのだろう。降り立って堤防の上に出ると太平洋が広がっていた。

振り返るように見ると仁王島があり、セメントで補修して何とか威容を保っている。痛々しいが某デパートのライオン像に似て、観光の目玉の一つだから地元も必死だ。南の方角の小さい島は水島で左側にある大きな島が舟入島だ。

ドローンはあの島から来たのではないだろうか？

二つの島が寄せ合い一つの島のようになっていて、島と島の間に船を入れて休ませたことから舟入島と名付けられた。

遠くから眺めると鯨のように見えるが坑道のような穴が掘られていて、その先は海に向かっていると聞いたことがある。海底に向かってどんな理由で掘ったのか。金鉱脈の試掘だったのではないか。それとも石炭採掘の世界遺産軍艦島のように掘ったのか。

金の文字は見つけることはできないが、見逃してしまったのだろうかと急に不安になる。

津波の跡が残る太平洋に面した海岸を背に宿へと向かう。

予定より早めに「釣りと聚白の桂島」に着く。シェフでもあるオーナーは洋二が案内した松島湾や浦戸諸島の風光明媚さと、魚の新鮮さ豊富さを知って関東から移住を決意した。

魚好きの陽気な男は変化を好む気性で意気投合し、洋二は食とツーリズムマイスター、食素材コーディネーターとして、居抜きで借りてオープンする宿のネーミングやメニュー作りを手伝っていた。洋風のメニューは漁師風の食事が続いた三人にはありがたい。

圭子は船着き場の雑談の最後で今日泊まる宿に鉄男を誘っていたが、渡船の仕事の後に一仕事あるので遅れて来るそうだ。津波の影響が少なかった桂島北側に一人で住んでいて気楽な稼業だと話していた。

半年前にオープンしたが予約の取りにくい人気店になり洋二も鼻高々だ。

今日のディナーはどんなコースを考えてくれたかと心配と期待で胸が高鳴る。

ワインは地元の秋保ワイナリーの白ワインを合わせた。

アンティパストは季節の野菜のバーニャカウダ。胡瓜・人参・ミニトマト・セロリ。ニンニクをゆっくり加熱し臭みを取って牛乳と合わせ調理しているから上品な香りだ。

人参のイタリアンサラダはバジルとレモンの香りが食欲を増してくれる。

プリモ・ピアットはボンゴレビアンコ、地元のアサリを使っていて鮮度がいい。

セコンド・ピアットはアイナメとトマトのアクアパッツァ。

オリーブ、ブロッコリーを載せて。

脂の乗ったアイナメの出汁が染み込んだスープが絶品。これでパンをいただく。

デザートは雲丹プリンだ。濃厚な雲丹の味が締めにふさわしい。

最後のクリスタルマウンテンのコーヒーはオーナーが好きな銘柄らしい。

濃厚な味わいの中に甘味が感じられ酸味はさほどでもなく美味しいコーヒーだった。

耕太郎はコーヒーを飲みながら洋二にアリバイの件を聞いた。

「百回忌法要に来た人の中に善四郎を拉致した犯人はいると確信しているんだね。しかしみんなアリバイを主張していたじゃないか」

「誰かが嘘をついている。これから暴くのさ」

洋二は圭子と耕太郎に向いてニヤリとした。

「手掛かりはあるのかい」

と耕太郎。

「いや、ない」

二人はコーヒーを口に運びながら窓の外に眼をやったが、洋二は沈黙を打ち破って昨夜調べた内容を話しだした。

「入間金四郎は関東の出身だが父は長州の出のようだ。明治四年に北海道や三陸の各地から浦戸を経由して東京に航路を開き、コメなどの輸送や外国との貿易で財をなしたようだ。石の浜に郵便局を開設したのも入間金四郎の力だ。それに特筆すべきなのがラッコの毛皮を採取していたことだ。現在であれば動物愛護団体の反対で事業は実施できなかったろう。当時は清朝やロシアとの緊張が増して軍隊用の耐寒コートの準備は急務で、ラッコは密集した体毛を持つから耐寒コートの材料としては最適だった。さっき見たボラでラッコの毛皮を保管していたらしい」

「えっ、そうだったんだ」

圭子は物悲しい顔になった。

「榎本武揚や土方歳三らが率いる幕府艦隊が三千人の将兵とともに石浜に錨を降ろしたのは明治元年（一八六八年）。その三年後に入間金四郎がこの地で事業を開始したのさ。大正の初期に亡くなっていることを考えると二十代で事業を興していたのかと思うよ。明治維新の中でそれができたのは新政府上層部か軍に強いパイプがあったからだと思うんだ。もっと深く調べていくと祖父の入間正一郎に当たった。西郷隆盛、坂本竜馬をもてなす豪商で金四郎はその末裔に違いない」

昨日の調査で寝不足になっていたが確証を得たことで眠くはなかった。

圭子は感心した様子で洋二を見つめていた。

「それから謎の九行詩の解明も」

洋二はそう言って画像を開き、二人も冷めたコーヒーを飲みながら携帯を開いた。

文字列を眺めるが謎は深まるばかりだ。

最後の文字は何と読むのだろうか？　手掛かりがまったく掴めずお手上げだ。

洋二は苦し紛れに津波浸水被害地図を開き同じ文字がないかを調べていた。

東日本大震災では塩竈神社の男坂近くまで浸水しているが、その場所は江戸時代に芭蕉が松島に出港した場所だった。浦戸諸島は被害に遭っている場所と被害が少なかった場所が明確に分かれている。桂島や寒風沢島の太平洋側は、ほぼ壊滅的だが、桂島の北側は津波被害を免れた。津波の被害が予想される場所に財宝を隠すことはないのではと思うが。

林松寺住職の話では五芒星・六芒星も考えられるがポイントは何だろう。

金四郎が百年前に考えるとして菩提寺や墓所が考えられるが、ほかはどこだろう。

洋二は二人に話した。

「明治時代末期に計画した可能性がある。金四郎が亡くなったのは大正時代の初めだよね」

洋二は地図に顔を寄せ塩竈神社と瑞巌寺に印を付けたが、その後は皆目見当もつかず、頭をかかえこんだ。

耕太郎は二人を見て話した。

「延喜式はどうかな。平安時代の儀典書のような書物で、そこには歴史ある神社が載っている。松島湾に近い神社をメモしたが塩竈神社は載っていないんだ。どうも別格らしいけどね」

延喜式はネットでも見られる。

ネットでは塩竈神社に末社が二十近くあり松崎神社もそうだ。

塩竈神社のボランティアガイドの吉井に連絡を取ってみた。

遅い時間だったが嫌な声一つ出さずに答えてくれた。

「末社ね。松島湾を守っていて一番わかりやすい神社があるよ」

「教えて」

「塩竈神社さ」

「えっ、何言ってるかわかんない」

「同じ名前の神社があるんだよ」

「そうか、どこ」

「奥松島に行く途中、東名《とうな》の岬に小高い山がある。丸山って名前の山なんだけどね。そこに塩竈神社があるんだが末社とは別なんだ。仙台藩士が塩田を開き塩竈神社の分霊を祀った歴史があるのさ」

確かめに行くしかないと洋二は思った。そこに金の印があるかもしれない。

「ありがとう。それでね末社以外に気になる神社ってどこかある？」

試しに聞いてみた。

「そうだなー、塩竈神社の神域である領地がね、吉田川まであったのさ」

「吉田川って大郷町の？」

「そう、その地を納めていたのが羽生天神社さ」

「ああ、有名なスケート選手の名前の」

「菅原道真公を祀っているが、神社の名前に地名を入れて明治五年に村社になったんだ」

「そうかわかった。ありがとう」

地図を見ながら洋二はお礼を言った。

吉井の言う場所は地図で確認すると神社の記号が書いてあった。

東名の丸山にある神社のマークと塩竈神社を繋いでみる。

一本の線は松島湾に蓋をするような形になった。

そして羽生天神社は塩竈神社のほぼ真北に位置し、丸山の塩竈神社から見ると北西方向。

地図に向き合い三ヵ所を結んでみる。

「おおー」

同時に声が出た。綺麗な二等辺三角形が出現した。

松島湾は七ヶ浜の半島と宮戸島の間とすると南東の方角に開いた湾だ。

その湾に合わせるように二等辺三角形が形作られている。

「ね、三角形の中心は瑞巌寺じゃない」

圭子は興奮したように指さしたが、重心に当たる場所は瑞巌寺を中心とする辺りだ。

伊達政宗が瑞巌寺を守るために六芒星の位置に寺社を配置した可能性もある。

「試しに羽生天神社から垂線を引いてみよう」

洋二は定規を当てて二つの塩竈神社を結ぶ線に垂直に一本の線を引いた。

「間違いない。瑞巌寺と雄島を通っている」

その線を海側に延長していくと松島湾に浮かぶ小島に当たった。

「この島の名前は金島と書いてある」

「えっ、ほんと」

圭子は興奮気味だ。

さらに線の通る位置を観察し洋二がつぶやいた。

「それからほら瑞巌寺の北に神社のマークがあるね。微妙にずれているけど」

耕太郎が声を出した。

「入間善四郎兄貴が行方不明になったところだ」

善四郎兄貴はどうしているのだろうか。

洋二は圭子に向き直った。

「その後善四郎兄貴から連絡は」

圭子は首を横に振る。

「連絡もメールも何一つ来ないわ」

「それはおかしい。以前のメールに《1》と書いてあったから、《2》が来ると思っていたが、まったく連絡がないのは心配だ」耕太郎は二人の顔を見た。

「便りがないのは良い便り……ってこの場合は当てはまらないね」

耕太郎はつくり笑いした後深くうなだれた。

洋二は独自の推理をしてみせる。

「《1》にはそれ自体に意味があるんじゃないかな？　2や3のナンバリングのための1ではないと考えたら」

圭子も別な推理をしてみせる。

「なぜあのとき、善四郎兄貴は瑞巌寺の奥に行ったのかしら。あの場所が財宝の隠し場所と考えたのかも」

耕太郎が負けじと会話に入り込む。

「善四郎兄貴は法要の前に宝探しを手伝えと俺たちに連絡してきた。九行詩を事前に見てヒントを摑んでいたのではないか。葉山神社と九行詩を結び付ける漢字があるはずだ」

圭子は九行詩から眼を離さず答えた。

「場所を示唆する文字があるわね。海、東、それから〈囲〉も盆地やくぼ地と取れるかもしれないわね、あの場所は囲まれているから」

善四郎が行方不明になった場所のことを指しているのは明白だった。

耕太郎は思わず声を上げた。

「大銀杏、あの大銀杏の根元に宝を隠したかも」

「いまは大銀杏だけど、当時は谷間の畑で、鉄道も通っていない」

耕太郎はいい目の付け処と思っただけに落胆は大きかった。

「〈鹿に囲まれた智〉とあるが、この智は〈地〉の意味かもしれない」

謎解きが具体的になってきた。

圭子は続ける。

「鹿に囲まれた場所ね。馬、海獺もいるわね」

洋二は低い声になりつぶやいた。

「九行詩の馬などの動物と現実の歴史ある場所をどう結び付けるかだ」

五芒星や六芒星にするためには幾つものポイントを探さなければならない。

それからお寺はどうだろう。

この地には瑞巌寺を中心として、臨済宗妙心寺派のお寺が多いと住職さんが話していた。

「臨済宗妙心寺派のお寺も探そう。この松島湾周辺の」

調べ始めた洋二はたくさんあるのに驚いた。

浦戸諸島から見える範囲に絞っても、臨済宗妙心寺派は二十四の寺院がある。

これでは大変だ。全部廻っていては相当時間が掛かりそうだ。

何かキーワードはないか。

洋二は地図をじっと眺めていたが、関係者の話が走馬灯のように押し寄せてくる。

瑞巌寺を中心として北東には正室愛姫の菩提寺の陽徳院。南西には孫の光宗を祀った円通院三慧殿。その隣は長女の五郎八姫を祀った天麟院の神聖な空間がある。その周りを取り巻く神社や仏閣の配置もにらんだ。線で結び付けて五芒星や六芒星が浮かび上がってくるのではと何度も試みたが上手くはいかない。地図を放り投げて天井をにらんだ。

(金四郎は財宝を隠すために同じような地図を見ていたに違いない)

圭子は地図を拾って眺め始めた。

「ほら見て。鹿渡や鹿森山があるわ」

洋二と耕太郎が顔を寄せて地図を見る。

「瑞巌寺北の方角の東名近くにある半島には、龍や蛇の地名があり七ヶ浜は雀島がある」

手掛かりを摑んで嬉しそうな圭子を見て、耕太郎も負けじと浦戸諸島の周辺を見て言った。

「海には鷲《ワシ》とか鷹《タカ》とか鷺《サギ》なんかの鳥の名前が多いね。野鳥の宝庫だけのことはある。それから、鮫《サメ》や鰐《ワニ》、それに大鯨島もある」

洋二も地図に顔を寄せた。

「奥松島に花魁島があるぞ、大高森に行ったときにチェックしよう」

洋二も耕太郎に頭がぶつかりそうなくらいに顔を寄せる。

圭子はあきれて椅子に座って二人を見つめていた。

洋二が声を上げた。

「ここ、ここ。見て。わかったかも」

一呼吸して声を出す。

「ハートだ。天だ」

奥松島の宮戸島そして東名の丸山にある塩竈神社の近くにハート型の島がある。島の名前は天慧島だ。名前に天が付いているから怪しい。

耕太郎は洋二の声を聞いて、圭子のさっきの言葉を思い出した。

「圭子さん、さっき入間邸跡で『わかった』と声をあげていたじゃない」

二人は一斉に圭子を見た。

「実はね、あの逆U字を見て思い出したことがあるの。学生時代に一年間イギリスに留学していたことがあってさ」

「へー」

みんなは尊敬のまなざしだ。

「ストーンヘンジがあるロンドンの東のほうへ旅行に行ったのよ」

イギリスと聞いて二人は身を乗り出して聞いている。

「そのときにレイラインを見て回ったの」

「レイラインって聞いたことがある。富士山とどこを結ぶ線とか」

耕太郎は相槌を打つが、圭子は続けた。

「そうそう、その場所も岬の教会と途中の小山にある教会とがストーンヘンジよりももっと大規模なストーンサークルと一本の線で結ばれるの。それがレイラインの始まりなのよ」

洋二は結論を聞きたいようだ。

「それが入間邸跡の逆U字とどう関係するんだい」

「前置きが長くてごめんね。レイライン上にある教会と逆U字のデザインが似ているのよ。入間金四郎は外国貿易で世界各地と繋がっていたんでしょ。イギリスの有名な教会の話とか絵画を見せられたんじゃないかしら。もしキリスト教の洗礼を受けていたら遠くの地のキリスト教会を思い描いて石工に造らせたかも。中庭なら安全でしょ」

説得力ある話にうなずくばかりだった。

耕太郎はググってみた。

「グラストンベリーのことだね」

「そうよ。岬の教会はセント・マイケルズ・マウント。グラストンベリーから世界遺産のエイヴベリーに向かうセント・マイケルズ・ライン。中心ともいえるグラストンベリーは大地のエネルギーが集まるイギリス最大の聖地よ」

「へー、出雲大社か伊勢神宮だね」

耕太郎はツッコミを入れるが二人は聞いていない。

圭子の話で入間金四郎の隠れキリシタン説は急に現実味を帯びてきた。

五芒星、六芒星、ハートのデザイン、それに「金」のマーク、レイラインのキーワードも手に入れたが、金四郎は松島湾にどんなデザインを描いたのだろうか。


鉄男が遅れてきたので話題の中心に引っ張り出した。

圭子は鉄男の盃に地元のお酒〈寒風沢〉を注ぎながら昼の続きとばかりに質問を浴びせる。

寒風沢島のお米で吟醸のお酒は、口の中に広がる美麗さと滋味深い渋みが特徴だ。

鉄男は地元塩竈のお酒で口調は軽やかだが中身は重かった。

「もう四十年近くなるが、塩竈魚市場で知り合った女と結婚したんだ。ところが亡くなったばばあが嫁に厳しくてよ。まあ俺も海の仕切りのことだからばばあに任せてよ」

次の言葉を待ちきれない。

冷酒をぐいっとやってからうつむいて話してくれた。

「二年後に関東の実家さ帰っちまったのさ」

涙声になっている。

悪いことを聞いてしまったと圭子の表情が示していた。

「それっきり連絡取れね。ばばあにも『連絡取っこどねえ』と」

鉄男は顔をぐちゃぐちゃにして大声で泣きだしてしまった。

気まずい雰囲気になってしまった。

「何か手掛かりないかな」

圭子は泣き顔に声をかける。

涙を払って鉄男は絞り出す。

「結婚したんでねえかな、別な男と」

高台にある宿は見晴らしがいい。塩竈の夜景や松島の光が煌めいている。

しかし鉄男の目には涙でにじんだ風景となって映っているだろう。

深い海に会話は沈んでしまったが圭子はサルベージをあきらめない。

「でも帰る前に子供ができてたってことはないのかな」

圭子は重ねて鋭い指摘をする。

「二年間何もないってことはないでしょう。新婚さんなんだから」

鉄男は心なしか顔が赤い。お酒のせいだけではないようだ。

「そりゃ、まあ。綺麗だったしな。することは一つさ」

耕太郎は飲んでいたコーヒーを危うく吹き出しそうになった。

「何か手がかりはない？」

圭子は追及の手を緩めない。

「連絡ねえからな」

「そうそう奥さんの名前は」

「……キミエだ」

鉄男は朝が早いからと帰った。

洋二は食堂から星空がきれいなバルコニーに出たが、人の気配にふりむくと、圭子もいた。

「耕太郎は？」

「部屋に入ったわよ、オーナーと朝釣りに行くらしいわ」

「早起きなんだ。それにあくびしてたもんな」

高台のペンションのベランダは遮るものがない素晴らしい闇夜の空間が広がり、見渡すと左手は塩竈の街で光が煌めいている。

右は松島瑞巌寺方向だろうか、日中は観光客で賑わうが夜の人通りは少なく、街灯とホテルの窓から漏れる光がしっかりと存在を主張している。

「洋二は奥さんと上手くいってるの？」

「いろいろあって別居中なんだ。離婚するかもしれない」

「そうなんだ」

「圭子は？　旦那が亡くなって何年？」

「もう八年になるわ」

「これからひと花咲かせなきゃ、耕太郎どう？　あいつバツイチになって十年は経つかな」

「洋二は友だち思いなのね」

圭子は洋二に顔を近づけてささやいた。

「離婚したら私と付き合ってみない」

洋二は胸の奥から鼓動が聞こえてきた気がした。

「あ、あの。耕太郎は」

「コウちゃんとはただの友だちよ。何度か食事したけど」

「そ、そうか。じゃ離婚が決まったら連絡するよ」

「ふふふふふ」

不思議な笑い声で圭子は去って行った。

（……キスすればよかったか）

思わぬ告白に洋二はどうすればいいのか分からない。親友の彼女なのに。

小望月が蔵王の山へ隠れそうだった。

夜空では北斗七星が天頂近くまで迫ってきていた。

第三章　十五夜

この宿は朝釣りコースがオプションになっている。

と言ってもオーナーが趣味と実益を兼ねて朝釣りをする船に乗せてもらうのだ。

「耕太郎さんはよく釣りするの？」

「年に四、五回かな。二十代の頃は毎週大型漁礁に行ってたよ」

釣り竿や仕掛けと餌が付いて三千円は高くないし、岸壁ではなく船で穴場に行ってくれるのが楽しく、魚信が釣り竿を震わすあの瞬間がたまらない。

朝四時に起きて花魁島の近くに停泊し、仕掛けを下ろすが狙いはカレイだ。

砂地の海底だから根掛かりが少なく、竿を引くタイミングを教えてもらい魚信を楽しむ。

釣果は持って帰ってもいいし、お昼であれば料理もしてくれる。

静かな波の中オーナーと二人で海面のウキを見つめるが、時折漁船が目の前を通り過ぎゆらりゆらりとなるのも意外に心地良い。日の出時刻をだいぶ過ぎたが花魁島の背後から朝日が昇り、朝霧の中で神秘的な最高のパワースポットじゃないかと思った。

特別に頼んで遅い朝食に釣果を出してもらったが、カレイのムニエルはこれまでに食べたことがない極めつきの味だった。自分で松島湾から釣り上げた魚だからというのもある。

朝食で三人が顔を合わせた。

気のせいか洋二を見る圭子のきれ長の目が、昨日と違う気がすると耕太郎は思った。

今日は忙しいぞと洋二は我々に宣言する。四大観の一つは昨日登ったからあと三つだ。

石浜港から塩竈市営汽船に乗ると、明るく挨拶する夕島純一と乗り合わせた。

圭子は塩竈市営汽船の三人掛けの奥に、純一を追い詰めて母親のことを聞いている。

洋二と耕太郎は後ろの席でにやにやしながら聞いていた。

「ねえ昨日のお昼の続きなんだけどね」

「えっ、なんでしたっけ」

「ほらお父さんのことよ」

「あーほんとにいいですから」

「でも見つかればいいでしょう、お父さんに会えれば」

急に純一が怒ったように言った。

「しつこい人だな、構わないでください」

声が大きくなり語気強かったので、ほかの乗客も純一と圭子を見ていた。

塩竈港にもう到着だが、右側に航路標識が立っている。

水深二・三メートルで海底から自立している標識を見ながら耕太郎は洋二に話した。「この標識が好きなんだ。赤い帽子を被って雨の日も風の日も見守ってくれている。密かに《塩竈ン》（シヲがマン）と呼んでいるんだ」

しかし、洋二に反応はみられない。

乗船者が荷物を手に取り降りる準備をしていて、通路に並び始めた人もいる。

圭子は最後のチャンスとばかりに聞いた。

「お母さんはなんていうの、名前？」

純一はさっきの態度が悪かったと反省したのか神妙な声で言った。

「……キミエです」

先に純一を行かせて三人は最後に船を下りる。

圭子は獲物を釣り上げた漁師のような目で我々に迫った。

「ねえ、聞いた？　お母さんの名前！」

「うん、鳥肌だった」

何とかしたいが純一のあの態度では、無理にＤＮＡ検査などできるはずがなかった。

「そうだ十河荘の女将さんに聞いてみよう」

洋二が電話をかけると女将さんはすぐに出た。

「鉄男さんの奥さんと純一君のお母さんの名前が一緒なんです」

「えっそうなの」

女将さんも初耳らしい。

「鉄男さんは過去に触れたがらないし、純一は父親はどうでもいいから構わないでと」

「やっぱり気になるわよね、外野は」

女将さんは察しがいい。

「そうなんですよ、なんか他人事じゃなくて。ＤＮＡ検査で親子鑑定が可能なんですが、二人とも応じてくれる様子はないんです」

「ＤＮＡ鑑定って血液とか髪の毛ですよね」

「はい、口の中の粘液とか爪でも可能です」

「うーん」

女将さんは何かを思い出そうとしているのか電話の向こうで唸った。

洋二は祈るような気持ちで時間の経過を過ごした。

「そうだ、思い出したよ。歓迎会が開かれたんだ。純一さんが寒風沢島に来たときにさ。長時間の宴会で疲れてさ、手を後ろに着いて背伸びしたら画鋲が手の平に刺さって」

「えっなんで画鋲が」

洋二は聞いた。

「後ろの壁にポスターが貼ってあって、風でも吹いて画鋲が畳に落ちたんだと思うよ」

「そうだったんですか。その画鋲は」

「純一さんの刺し傷を消毒してから画鋲は同じ場所に戻したはずだな」

「そうですか、また伺いますから」

「ちょうど、旦那が塩竈とか東松島市に仕入れに行くんだ。持って行かせっから」

「ありがとうございます」

あとは鉄男のＤＮＡをどう入手するかだ。

四大観の残りの三つと吉井に聞いた神社や、延喜式で名だたる神社を巡ることにした。

入間金四郎の時代にあった寺院などが、五芒星・六芒星の手掛かりになるはずだ。

最初の七ヶ浜半島の鼻節神社は、猿田彦命《サルタヒコノオオカミ》の鼻が高く節があったことに由来する。

「枕草子にも『はなふちのやしろ』と出ているんだが謎の漢詩に猿は出てこないね」

みんなはうなずきながら参道を歩く。

大きな鳥居を潜り参道を五分程歩くと左手の神殿に着くが、参道と直交する右手の階段を降りると波の音が聞こえてきて、もう一つの鳥居があった。

鳥居の片額は三角形で沖にある大根《おおね》大明神の瑶拝所だ。

近くの海面には岩礁が見え隠れして白波が立っていたが、大根大明神は東日本大震災で海面下に沈み現在は海底に鎮座する。

神奈川県の先端に位置する三浦市は、東京からの京浜急行が手前の三崎口で終点。三崎港へはバスかタクシーで行くが、この町も同じような風景で最寄りの鉄道駅は多賀城か塩竈だ。塩竈港から車を十五分ほど走らせれば三浦半島のような景色と海が見える。利便性ではなくリゾート性を重んじた街は、湊浜、松ヶ浜、菖蒲田浜、花淵浜、吉田浜、代ヶ崎浜、東宮浜の七港あり、漁港もあれば海水浴やサーフィンのメッカの港もある。

洋二は急に大きな声を出した。

「そうだ！　七ヶ浜町にキリスト教宣教師の保養所があるはずだ、高山外国人避暑地だ」

車を脇道に入れて調べ始めた。

「一八八九年、明治二十二年には外国人居住者専用として七棟の住居があった。当時からトマト、セロリ、ビーツ、パセリ、ルバーブ、ズッキーニ、ラズベリーがこの中で栽培されていたんだって」

「すごーい、日本で最初に西洋野菜を作っていたのかしら」と圭子。

「当時礼拝堂もあったはずだ」

「入間金四郎が全盛期の頃だね」

耕太郎も遅れまいと突っ込む。

外国人避暑地に足を延ばしたが、〈私有地に付き、関係者以外立ち入り禁止〉と書いた板が入り口フェンスに貼ってある。

「俺たちは関係者か？」

「困ったな。どうしようか」

車の中でみんなは黙ってしまった。

洋二が沈黙を破る。

「いい考えがあるよ。ジミーに紹介してもらおう」

名刺を出して連絡を取った。

「ハーイ、コンニチワ、ドチラサマデスカ」

カタコトだが爽やかな日本語は耳障りがいい。

「七ヶ浜の高山外国人避暑地のことで、教えてほしいことがあるんです」

「ハーイ、一度行きました。自然を生かした作りで森の中に家があるんです」

「そうでしたか、友人がいるんですね」

「ハーイ、友人じゃなく知り合いです」

「教会なんかありましたか？」

「おーチャペルですね、あったと思いましたが」

（やっぱりそこで礼拝をしていたんだ）

予想が当たって心臓の鼓動が大きくなる。

「それって、何教会なんですか？　カトリックとかプロテスタントとか」

「それはわからないですね」

「助かりました。ありがとう」

高山外国人避暑地に教会があることが確認できたが、見たい欲求は高まる一方だ。

もしかして、金のマークがあるかもしれない。

洋二が考えこんでいるので耕太郎は肘で軽くこづいた。

「直接確かめるしかないね」

洋二が意を決したようだ。

「えっ、入っていいの？」

と圭子。

「ジミーの紹介ってことで」

入り口の手前の道路が路肩を広く舗装しているのは、サーフィンの見物客のためだ。

〈私有地に付き、関係者以外立ち入り禁止〉を見ないようにして足を踏み入れた。

入り口を少し入ったところに家々の配置図があり、チャペルの場所も確認できた。

道路とはいえないほそ道は登山道のようで勾配がきついのは、山の傾斜そのままに別荘地として作られたからではないか。

もしかして明治時代そのままなのかと思うような風景は、中世ヨーロッパを思わせ森の中にひっそりと家が隠れている。

チャペルのあると思われる方向に歩き出したとき、家から人が出てきた。

赤ら顔の男性は一メートル九十センチはあり、見下ろすように向かってくる。

「ドチラサマデスカ？」

流ちょうな日本語で話しかけてきたが、英語だったら一目散に逃げ帰るところだ。

「はい。浦戸諸島ALTのジミーさんの紹介できた教会の研究をしている者です。この中にチャペルがあるというので」

「ココハシユウチデス。カンケイシャイガイ、タチイリキンシデス」

「あー、そうなんですか、もし許可が必要なら取りますから。どこに行けばいいですか、浦戸諸島の外国語指導助手ジミーさんの紹介なんですが」

洋二は二度紹介と言って食い下がったが、相手は困った赤ら顔になって我々を見ている。

「クリスチャンデスカ」

（そうきたか、嘘をつくと後が大変だ）

「いえ、仏教徒です」

「オウ、ブッキョウ」

「はい。キリスト教会にも興味がありまして、写真を撮らせていただけないですか」

厚かましくこちらの希望を伝えた。

しばらく考えてから赤ら顔は言った。

「シャシンダケネ、オーケー」

案内してくれるようだ。

急な坂を手招きしながら登り始めた。

「団地じゃないわね。山ね」

圭子の独り言だ。

数日前に雨が降り斜面は濡れていて、草の生えていない土の部分はぬかるんでいる。

二十メートルほど登るとなだらかな部分に出た。

しかし周りの木々が鬱蒼として見晴らしは良くないし教会も見えなかった。

「コノサキデス、ホカノイエノシャシンハ、トラナイデ」

そう言って下りの斜面に差し掛かった。

そのとき親切な赤ら顔は、足元の泥で滑って尻餅をついてしまった。

お尻から太ももの辺りまで泥が付いている。

「大丈夫ですか」

両手を広げて大丈夫と示してくれた。

滑った場所を遠巻きに草が少し高めに生えている所を降りた洋二だったが、

「あっ～」

洋二も滑って尻餅をついた。お尻は泥だらけになった。

「ハ・ハ・ハ・ハ」

洋二は笑った。

圭子も耕太郎もつられるように笑った。

赤ら顔も笑ってくれたのでほっとする。

みんなで大笑いになった。

坂道はなだらかになり、左側が少し高みになっている場所に差し掛かった。

赤い屋根の家を指さして赤ら顔の男性はこちらを向いた。

「アソコデス」

指をさした場所には赤い屋根の平屋建ての建物があるが、普通の教会とは少し違い民家を改造したように見えた。近くに行くと入り口の上に十字架が見えたので何枚か写真を撮る。

写真を撮ると手招きで戻るように催促された。

（ほかの住人に見つかると無断で入れたことが知られて迷惑がかかるのだろう）

帰り際に聞いてみた。

「カトリックですか。プロテスタント?」

「ドノシュウハデモ　ミサ　デキマス」

「わかりました。ありがとうございます」

急な坂を上り、そして下ってお礼を言って別れた。

洋二は高山外国人避暑地の教会を確認できたことで、意気揚々として二人に説く。

「キリスト教にも宗派がある。カトリック、プロテスタントはヨーロッパの西側で広がった。東ヨーロッパからロシアに掛けてはロシア正教があるんだ。そう言えば石巻にはハリストス正教会もあるし宮城県最北の栗原市金成町にも同じようにハリストス正教会がある。仙台市内を南北に貫く二番町通りのみやぎの銀行の隣にも教会があったはずだ。どの宗派だったのだろう。入間金四郎は千島列島でラッコ漁をしていたから、ロシア人との交流があったかもしれない。松島湾の近くの教会も調べたほうがいいな」

二人はうなずかざるを得ない。

「震災前ね」

洋二はまた昔話をする。

「七ヶ浜町には美味しいラーメン屋さんがあってね。代ヶ崎浜の〈中島ラーメン〉って言って火力発電所の向かいにあったんだけど美味しかったな。それから東宮浜の〈ミール〉はいつも海鮮タンメンを頼むんだ。こいつも絶品さ」

どちらの店もいまはない。思い出だけが洋二の心の中に住み着いている。

四大観のある七ヶ浜町多門山展望広場公園に着いた。

「恐ろしく長い名前の公園ね」

圭子がつぶやいた。

広い芝生の公園を通り抜けると展望広場からは塩竈の街や遠くには仙台の高層ビルが望め、奥には雪の蔵王連峰が見えるが、手前の原油貯留の丸いタンクが印象的だ。

「横浜みたい」

圭子が携帯を取り出す。

右手奥には廃車置き場があり観光気分を失わせるが、奥へと進むと松島湾が見えるところに、四大観の一つである〈偉観〉の多門山があり階段を降りていくと毘沙門堂があった。

多門天とは仏教の教えをたくさん聞いて精通しているの意味らしく、毘沙門天は武神であることから坂上田村麻呂が気に入って各地に祀ったようだ。

目の前の馬放島は無人島で、白い灯台が行きかう船の安全を守っている。

手前には地蔵島と昨日泊まった桂島、さらに奥には寒風沢島が見えた。

金のようなデザインはどこにも見つからないが、探し方が下手なのかもしれない。

七ヶ浜にはきっと一ヵ所はあるのではないかと、三人で手分けして探すことにした。

しかし本当にそんな物があちこちにあるのだろうか？

それとも財宝を隠している場所だけに、金のマークがあるのかもしれない。

七ヶ浜から塩竈に戻るが耕太郎は仕事があるので、夜の再会を約束して別れた。

洋二は昼食を松島湾を眺望できる絶景地にある海津庵に予約している。

特製のカキフイと穴子のひつまぶしを圭子に食べてもらう予定だが、少し早いので二人でちょっと寄り道して、海津庵近くの展望台に行く。

ほそ道をさらに奥に進むと広場があり〈瑞宝が丘〉入り口と書いてある。

枝枯れ被害の跡はあるが木々が適度に伐採され、残った黒松が見事な枝ぶりだ。松島の海へとなだらかに下っているが、下がるほどに眺望がよくなり松島湾の島々が迫ってくる。

圭子は半島のような地形を海面に近づくように降りていくが、周囲の海の景色と松の絶妙な配置が見る者を引きずり込んでいくようだ。

「こんな景色に出合ったことがない」

圭子は携帯を取り出して写真を撮っていた。

どんどん松の根元の海が手に届きそうなところまで下っていく。

「下の部分が波で削られているから、端には行かないようにねー」

注意したが聞こえただろうか。

「素敵ね。最高ね……あーー」

悲鳴にも似た大きな声が聞こえた。足を滑らせたか圭子？

下は海だ。慌てて圭子がいたところに走り寄った。

海面は見えるが落ちたところの直下はえぐられていてよく見えない。

「おーい大丈夫か」

と声をかける。

「大丈夫よ」

返事が来たが姿は見えない。

洋二は圭子の姿を確認しようと松の根に足を掛けて身を乗り出した。

そのとき足元の根っこがボキっと音を立てた。

「アー」

洋二も滑り落ちた。三メートルは落下したと思う。

落ちたところは斜面になっていて足を付けたが滑ってしまった。

両手の指を熊手のように斜面突き立てて滑り落ちるのを食い止めた。

体制はそのままに首だけ振り返ると海だった。

「フー」

大きくため息をしたところで数メートル先の圭子に気がついた。

「やー圭子さん、俺も落ちてしまった。変な格好で恥ずかしいよ」

「私だって同じ格好してたのよ」

圭子も斜面に手をついて見せてくれた。

（なんと心優しい圭子）

いままでとは違う感情が洋二の中に湧き出してきた。

「ごめんね、巻き添えにしちゃったみたいで」

「いや、俺が悪いのさ。前もって注意しなかったから」

崖下で二人は歩み寄り土色の手を取り合った。

「靴が！」

洋二の革靴は斜面の赤土に埋まっている。

圭子のパンプスも泥まみれになっていて二人は大笑いした。

「そんなの平気よ」

「誰か助けに来ないかしら」

「二時間後に来てくれるといいね」

「どうして」

「ここから見る松島の海が綺麗です」

「やだー口説いてんの」

圭子はあきれて上のほうに目をやった。

上を見ると松の根っこがむき出しになって庇のように大きく張り出している。

赤土の斜面は急勾配になっていて、登ろうと手足を掛けても崩れ落ちるだけだ。

圭子もこちらを見て首を横にふる。

携帯は繋がらない。どうしようかと考えていると音が聞こえてきた。

だんだん大きくなる音は船外機の船だった。

「どうしました？　落っこちてしまったんですか」

船外機の船頭が声を掛けてきた。

なんと朝の市営塩竈汽船で会った純一だ。

「あー、純一さーん」

手を振って大きな声で応えた。

「さっき、女性の甲高い悲鳴を聞いたので」

小舟の先端を斜面の喫水のところに付けてくれたので濡れずに船に乗ることができた。

「ありがとう」

口々にお礼を言った。

「下がえぐられている場所が多いですから危ないですよね」

純一は漁師に頼まれて牡蠣棚の見回りや修理をしていた。

圭子はお昼を一緒にと純一に聞いた。

「わかりました。食堂はどこですか」

「あの松林の中の海津庵です」

洋二が指さした松林の中に料亭のような造りの建物が見えて、純一はびっくりしている。

「浜田漁港からは近いですね。お昼まで間がありますから寄り道していきませんか」

松島湾の島を案内してくれた。庵《いおり》島の先に笄《こうがい》島が見える。

「笄って」

洋二が誰となく聞く。

息を吹き返したように圭子が教えてくれた。

「髪漉きの道具のことなのよ」

「へー、知らなかった。大奥の島かな」

笄島の先で不思議な光景に出合った。

「馬の背です。手前の小さいのは子馬です」

純一が教えてくれる。

海面から出ている部分が馬の背中に見えることからその名前になった。

幅は狭いところは二メートルあるかないかで、海面までの高さは三メートル、長さは二百メートル強。一番細いところの通路部分は六十センチくらい。両側に海が迫っていて、足を滑らせれば間違いなく松島湾の中だ。

「小さい子供には危ないけど若い二人なら最高ね」

「吊り橋効果だね、間違いなく」

揺れる吊り橋でも動じない二人は軽く笑った。

洋二は圭子の横顔を見て、先ほどの手のぬくもりを思い出した。

さらに箕輪島、兜島、在城島、鎧島が近いが、箕輪門、兜、城、鎧と武家屋敷並みだ。

三人は浜田漁港から歩いて海津庵に向かった。

松島湾に落ちそうな崖の上にその店はあるが、県立公園になる前に作られたと聞いた。

松島湾の穴子を使ったひつまぶしと、牡蠣料理が有名だが「鯛めし」も単品で頼める。

洋二はメニューを見て思い出した。

「芭蕉が塩竈を訪れたとき『湯漬を喰』と曾良が日記に書いていたんだ。以前あった芭蕉のシンポジウムでどんな料理か聞いた。『湯漬け飯を喰』とはきっとおいしい食事だったに違いないと思ってね。曾良の日記に『喰』くらうと書いているのは知っている限り二ヵ所あり、もう一つは有耶無耶の関でうどんを喰らったときなんだ」

壇上の先生はこう教えてくれた。

「おそらく鯛めしか鯛茶漬けを食べたのではないでしょうか」

（海津庵で芭蕉も食していたかもしれない鯛めしを鯛茶漬けにして食べてみたい）

定番のあなごのひつまぶしと単品のカキフライ、鯛茶漬けも一つ頼みシェアする。

あなごはこんがりとした焼き色だが柔らかく味わい深くて、和食党にはうなぎの独特のたれより自然に近い味付けで好まれるのではないか。

全体を適度に混ぜ合せて4分割し小皿に取り分けるが、最初はそのままでいただく。あなごのカリッとした食感が小気味いい。

純一は心から喜んでくれた。

「こんなに美味しい昼食は生まれて初めてです」

「あら、気に入ってよかったわ、ひまつぶし」

圭子は真面目な表情で話した。

洋二と純一は顔を見合わせて吹いてしまった。

「ひつまぶしと同じように四つの味わいを楽しむことができるんだ。最初はそのまま」

洋二は自慢げに話した。

「二番目は葱や芹、三つ葉などの薬味と山葵でいただく。あなごの旨味と薬味の相性が抜群だ。そして三番目は西洋わさびと薬味で味の変化を楽しむ。最後に出汁で茶漬けにするのさ」

圭子は話を聞かないで窓から見える景色に見とれていた。

穏やかな海面に絵のように小島が浮かぶ。凝灰岩の古びた岩肌と黒松の対比が美しい。

「この店素敵ね」

「県外から来た人は結構案内しているよ」

「私だけじゃないのね」

しまったと思ったが遅かった。横目がきつかった。

純一は午後の仕事があるからと先に店を出た。

圭子は純一の席にある使用済みの爪楊枝と口を拭った紙ナプキンを、丁寧に別の紙ナプキンで包んだ。

「画鋲からDNAが検出できるかわからないじゃない?」

「やるな、圭子」

鯛めしがきた。

「芭蕉の気分になって一句捻ってみる？」

圭子はやる気満々だが、洋二は松島に世界の偉人が来たことを話したくて仕方がない。

「アインシュタインが松島に来てね。ニュートンと同じようにフリーメイソンなんだ。日本に来て松島を訪れたのはミッションがあったからだと思うんだ」

「どんな」

圭子は興味を示してくれた。

「フリーメイソンは十六世紀末にできた秘密結社なんだ。石工の組合が元祖らしいけど」

「そう言えば雀踊りって」

圭子は石工で反応した。

「そうそう圭子は何でも知っているね」

「仙台城を造ったとき完成を祝ってお殿様の前で石工が踊ったのが雀踊りさ。それでね、ニュートンはキリスト教の中でも神のみを崇めるユニテラン派で、その一派はフリーメイソンの集団でもあったのさ。ここからは仮説なんだが入間金四郎が当時諸外国と貿易をしていて著名人との交遊もあったとすれば、フリーメイソンに誘われても不思議じゃないんだ。いやもっと違う言い方をすれば入会することで事業の拡大ができたと思うんだ」

「うーん、何か証拠はあるの？」

圭子は嫌なところに切り込む。

「現在、調査中」

洋二は松島の海を眺めながら残りのコーヒーを飲んだ。

「でね、ニュートンが加入するフリーメイソンにアインシュタインは当然加入したのさ。当時の知識階層ではニュートンは神だからね。アインシュタインは名前がまさに石工って感じさ。ドイツ語でアインは一つの意味でシュタインは石だから『一つ石さん』なんだよ」

「石工って、あの石のモニュメントも」

圭子が小声でつぶやく。

「そう。入間邸跡にあったモニュメントは石工の作品だ。圭子はいいところに気がついた」

洋二は圭子を持ち上げながら話を続ける。

「アインシュタインは松島に〈ミッション〉があったと思うんだ」

圭子は口を挟んだ。

「東北帝国大学が呼んだからでしょ」

「表向きはね。アインシュタインは大正十一年に訪れているが松島の月を眺めて、『おーむー、おーむー』と言ったんだって」

「なにそれ、オームの法則を発見した？」

「オームーン、オームーンさ。それだけ感動的な月だったのさ」

満月を思い描いて洋二は自慢げだ。

「日本に来るには船旅で何ヵ月も掛かったんだが、ノーベル賞受賞の電報が入ったんだ」

「ほんと。じゃあ最初にお祝いしてくれたのは日本の人たちだったのね。ミッションは？」

「アインシュタインは個人的な問題を抱えていてね」

「なに？」

圭子は催促した。

「いま風に言うと不倫さ。別な女性との結婚を考えていたけど妻は離婚に応じてくれない。彼はノーベル賞は必ず貰えるから賞金を慰謝料にあげると奥様と約束したのさ」

「すごい手形切ったのね」

「見事にその手形は落ちた。それで再婚できたんだけど賞金は全部持っていかれるから、お金はいくらでも欲しかったんじゃないかな。それでアインシュタインのミッションはね。フリーメイソン繋がりで松島の財宝の話を聞いてきたと思うんだ。彼のひらめきや知識で財宝を発見すれば妻に賞金を取られても平気だからね」

「そのときに松島で月を見たのね」

「涙を浮かべて松島の月を眺めていたかもしれないな。松島の月にはその力があるのさ」

「そして、妻に渡すノーベル賞の賞金のことも考えて泣いたのかも」

圭子は意地悪そうに返したがあることに気がついた。

「さっき、一つ石と言わなかった？　アインシュタインのこと」

圭子はテーブルの上に人差し指を出してみせた。

「そうか、《1》と繋がる」洋二は思わず圭子の手を握った。

あわてて握った手を離した洋二は満月の松島の話をする。

「風のない日は波静かで満月は海面に一筋の光の道を作るんだ。月の道といって」

洋二は言葉に詰まった。

「上手く表現できない。松尾芭蕉も俳句にできなかったんだ」

「えっ、『松島や　ああ松島や　松島や』じゃないの」

「うん、芭蕉じゃないんだ。江戸時代の狂言師の田原藤太が面白おかしく言ったのさ。まー、わかりやすいよね。現代では広告のキャッチコピーのようなもんさ」

「芭蕉はお墓の中で怒っているかもね」

「怒れる芭蕉、鶩芭だね。九行詩に繋がりそうだ。もう一人の外国人の話があってさ」

圭子も身を乗り出す。

「マッカーサーなんだ」

「進駐軍ね。マッサーカー」

「いや、マッカーサー」

「私、そう言わなかった？」

洋二は洒落なのか勘違いなのか難しい判断を迫られる。

「そう、東北は本部隊のフィリピン第十一師団が来ている」

「えーマッサーカー元師は進駐する前フィリピンにいたのよね」

「そうなんだ。つまり自分の子飼いの軍隊を松島を含む東北に進駐させている。第十一師団は横浜から車列を連ねて松島に来たんだ。当時のヨーロッパ風の松島パークホテルを常宿にして活動したんだ。ほら、昔の松島水族館の辺りで、いまは松島離宮がある。当時の進駐軍の記録はほとんど表に出ないので真実にたどり着かないが、俺の想像ではフリーメイソン繋がりで得た情報を元に、マッカーサーが財宝探しに子飼いの軍隊を派遣したんだと思うんだ」

「面白そうね」

と圭子は笑顔を寄せてきた。

洋二はこのときばかりと圭子に力説した。

「金四郎が財宝を隠し九行詩を残したとき、仕事でそばにいた外国人が松島湾の財宝の秘密として仲間に話したかもしれない。その話がどんどん大きくなってアインシュタインが探しにきたり、マッカーサーが子飼いの部下を使って財宝探しをしたかもしれないんだ。マッカーサーはフィリピン時代に、フリーメイソンの会社に出資して大儲けしている」

「アインシュタインやマッサーカーが宝探しに来ていたってことね！」

圭子はびっくりして声を上げた。

洋二は圭子の間違いを指摘しようと思ったがあきらめた。

二人は北へ向けて車を走らせた。

国道四十五号を北上すると松島の島々が見え隠れする。

開けた場所に差し掛かると右に見えるのが雄島だ。

「今晩は満月だ。雄島に行ってみる？」

「え、夜？」

「雄島から見える月。亀島と鯨島の間の月が、芭蕉が言ってた本物の月かもしれない」

「月の道って何度か言ってたけど」

「是非見せたいんだ」

洋二の提案に圭子は深くうなずいた。

（圭子と二人っきりで松島湾の月の道を見られる。洋二は心の中で小さくガッツポーズした）

「じゃあ次は富山観音に行こう。松島湾を囲む里山では一番高いと思うよ」


濱田耕太郎はみやぎの銀行松島支店にいた。

急な話だったが借りていた農地の返還を迫られていたのだ。残金決済時には賃借人の合意解約通知書が必要だ。私は地主の宇津宮氏が署名した通知書にその場でサインすると伝えてあった。電話で意志が通じないことへの不安からそう提案したのだ。

二週間前に兼城勇作から連絡があった。

「濱田耕太郎さんですね。檀家の宇津宮さんから連絡がありまして、浦戸の土地のことで」

勇作が塩竈に出てくるとの話だったので、塩竈港の観光船発着所を兼ねたマリンゲート塩竈二階のイタリアンの店で待ち合わせた。窓から出港前の松島湾観光汽船の仁王丸や塩竈市営汽船しおじが、賑やかなイラストで歓迎してくれる。

耕太郎はお寺の手伝いなので年配者を想像していた。

勇作は話好きな性格なのか聞かないことまで教えてくれた。

「私は瀬戸内海の出身で、塩竈に住んでいるとき知り合った海上保安庁の友人に紹介されて、浦戸諸島寒風沢島のお寺に就職したんです。お寺の庫裡の奥の三畳ほどの納戸を改造した小部屋が私の部屋でしたが、朝と夜は食事が出たのでいい職場ですよ。お寺の内外の掃除やお墓の掃除、お葬式、法事の段取りや応対など忙しいときは忙しいが、暇なときのほうが多いかも。そのときは島内を回ったり渡船に乗って浦戸の島々も隅から隅まで歩きました。手伝いをして三年が経ち、現在は近くの民家を借りて気楽な一人住まいです」

お寺では檀家さんにも顔が売れて頼みごとをされることまであると話してくれた。

（そうか、お寺にいるだけで信用されるんだな）と耕太郎は思った。

「ある日お寺に高齢の客人があったんです。関東に住む檀家で寒風沢島の高台に土地を所有する宇津宮耕造さんです。季節外れだがお墓参りに来たと言ってました。住職が不在だったので対応してその後も何度か連絡を取り合ううちに、島に所有する土地の管理や固定資産税の相談をされるようになりました。奥さんは亡くなり息子さんは海外で、家には一人で住んでいて相談する人がいなかったようです」

勇作は宇津宮家に泊まらせてもらったことが何度かあるという。

「先日の話ですが島の土地を全部売ってしまいたいと言い出しました。固定資産税も年金暮らしには厳しい。それに誰かがあの土地を上手く利用してくれれば地域の人も喜ぶだろうと。昔は草刈りしたり土地の管理もしていたがこの歳じゃ無理だし、土地を貸している人がいる。濱田さんと言ったかな。勇作のほうで連絡取ってくれないかと」

勇作は改まって切り出した。

「濱田さん、宇津宮さんの土地全部買ってもらえるとありがたいんですが」

耕太郎は即答した。

「そんなお金はないし交通の便を考えて返したいと思っていたところなんです」

勇作の目が輝いたのを耕太郎は見逃した。

そうと決まれば話は早い。浦戸諸島に架橋話が出ているから高く売り抜けるチャンスだ。

勇作は以前会った不動産会社の赤間の顔を思い浮かべた。

宇津宮から来てほしいと電話があり、行ってみると開口一番に切り出された。

「もう、一人で暮らすのは無理だ」

サービス付き高齢者住宅というのがあって、そこなら三食出してくれるし見守り看護もあるらしいからそこに引っ越したい。保証人になってほしいとの依頼だった。

(遠くの息子より近くの他人か)

勇作、勇作とまるで息子のように声を掛けられて悪い気はしなかった。

家の鍵も預けられ「あれとこれを持って来てくれ」と頼まれた。

知人であり介護者であり保証人のようであり、まるで息子のようだった。

売却のための土地の権利証、実印、印鑑証明書、取引に必要なものはほぼ揃った。

あとは登記委任状だけだ。

介護保険のために必要とか難しいことを言うと、「勇作、勇作に任せているから」と信用して署名してくれた。

ぼけ症状は前にも増してひどくなってきた。

口座を地元のみやぎの銀行に設けた。

通帳は勇作が代理人になって作りに行った。

本人に確認の電話をするという。

（想定内さ）

「勇作、勇作に任せてあっから」

送られたキャッシュカードで入金されたお金を下ろすだけだ。

宇津宮の自宅に郵便局の不在通知が来たが、勇作はカギを預かっていて出入り自由だった。

固定電話で再配達の入力をする。認印を用意してキャッシュカードを受け取った。

土地売買のため司法書士の本人確認があった。法律改正で厳しくなったそうだ。

サービス付き高齢者住宅の一階に応接室があり宇津宮と司法書士の面談だ。

「土地売却の件で確認に来ました」

「あーー勇作に任せてるから」

事前に吹き込んでおいた。

（司法書士が難しいことを言っても、全部、勇作に任せてあると言ってください）

シナリオどおりにことが進んだ。

（遠くの息子より、近くの他人さ）


圭子を乗せた洋二の車が国道四十五号を北に向かうと、みやぎの銀行の駐車場に香織がいた。

お金を下ろす用事もあったので駐車場に入る。

「やあ、香織さん」

と洋二が声を掛けたが表情が全然違う。

紺色のスーツは昨日とは違う雰囲気だ。「ごめんなさい、ちょっとダメ」

連れらしい男性は黒のスーツ姿で目つきが鋭く、髪はスポーツ刈りだ。

「あの男、花の写真を依頼している雑誌社じゃないわね」

圭子の人を見る目は鋭い。

香織と一緒に急いで銀行へ入っていく。

寒風沢島で会った不動産会社の赤間も来た。

「あー、昨日島で会いましたね」

明るい男だ。

「これから取引ですか」

「はい、そうなんです」

短く答えると銀行へ入って行った。

銀行のＡＴＭコーナーでお金を下ろし、車に戻ろうとすると林松寺の勇作がやってきた。

「どうも」

「こんにちは」

勇作はそそくさと銀行に入って行った。

その後なんと耕太郎が来たではないか。

「どうしたの、耕太郎」

圭子が親しげに声を掛けたのは、スーツ姿だったからだ。

洋二も見たことのない姿だったから圭子も同じに感じたのかもしれない。

「いや、仕事で。今朝話したじゃないか。夕食会場には合流するから」

そそくさと銀行に入っていった。


土地残金決済の日だ。

委任状、土地権利証、納税証明書、印鑑証明書、書類は完璧だった。

司法書士の面談も済ませてあり、勇作は宇津宮の代理人として堂々と振る舞った。

入金は宇津宮の口座だ。

「こちらに口座を作られたんですね」

不動産業者の赤間が勇作を見た。

関東に送金だと確認に時間が掛かる場合があるから、赤間にとっては好都合のはずだ。

（何も問題はない。何も悪いことはしていない。犯罪などでは一切ない）

勇作は心の中でそう自分に誓った。金額が大きかったこともあるが買い主や司法書士、銀行の支店長に見破られまいと必死だった。

濱田耕太郎も合意解約の通知書を見て宇津宮氏の署名を確認し署名と捺印をした。

手続きは完了だ。

ボケていても名前や住所は忘れずに書けることを勇作は知った。

定期的に宇津宮氏を訪問して様子をみよう。そんなに長くは生きないだろう。

お金は生活費でも下ろしたように、少しずつ定期的に出してばれないようにしよう。

取引きが完了し勇作は島に戻るため、仙石線高城駅方向に歩き出すと目の前にレクサスが止まった。

赤間が助手席の窓を開けて明るく声を出した。

「塩竈港まで乗っけて行くよ」

スモークガラスの後部ドアを開けると、見たことのない高齢の男性が乗っている。

乗るとすぐに走り出し、磯崎にある長崎の出島のような人工島で車は止まった。

周囲は海で出島に人影はない。

そして隣の男は口を開いた。

「おめえ、地主をだましてっぺ」

男は陸前不動産建設社長の岩淵だった。

勇作はドアに体を預けてレバーを握ったが開かなかった。

ロックが掛かっていて運転の男を含め赤間と岩淵社長の三人ににらまれた。

勇作は命の危険を感じた。

「いや代理だ。委任状もある」

赤間が助手席から首を曲げて鋭く言い放った。

「宇津宮さん、ぼげでっぺ」

（しまった、ばれたか）

社長が低い声を出した。

「いいんだ、誰にも話はしない。手数料は五十パーセントだ」

下ろしたお金の半分を口止め料として支払うことになってしまった。


その数日前、刑事二課で五十部巡査部長は電話中で、隣には高階香織巡査がいる。

五十部巡査部長に林松寺住職から相談があったのは、檀家の宇津宮氏の土地の件だった。

五十部の指示で高階は捜査を開始。

農地法の届け出の相手方である濱田耕太郎に端緒を見い出し内偵していた。

しかし寒風沢島で不動産業者との対応で、容疑者ではないと捜査対象を見失っていた。

その後住職からの連絡で手紙を見せられて、一挙に容疑者が浮かび上がった。

住職の話では兼城勇作が怪しいという。

以前宇津宮氏が来たとき応対したのが勇作で、ある日手紙が住職の元に届いた。

兼城さんにはお世話になっています。

家の片付けのことで相談していましたら、

わざわざ来てくれて力仕事をしてくれました。

土地売却の件も親身になってやっています。

遠くの息子より近くの兼城さんが頼りになります。

今後も宜しくお願い致します。

住職の話では宇津宮氏の一人息子がオランダの大学にいると聞いた。

五十部は自慢げに香織に向きあった。

「オランダの息子と連絡が取れたよ。調べるのにさほど時間は掛からなかったんだ。息子さんはSNSに登録していて、友だち申請承認の後で付随の連絡ソフトにメッセージを入れたら返事が返ってきた。便利な世の中になったもんだなー」

香織は五十部に釘をさす。

「便利さと危うさは裏腹ですけどね」

個人情報をさらしてしまうことが問題になることは多い。些細な日常の出来事や日々の食事風景の写真、家族の写真や孫の写真をSNSに出す人がいる。

お披露目したいのだろうが、個人情報をさらけ出していることには違いない。

それが悪事に利用されないと誰が保証できるか。

しかし、今回はＳＮＳの利点が上回った。

連絡を取ったところ土地売買の話は知らないと言われた。

所有者が売ると言い、買い主が買うと言えば売買契約は成立する。

司法書士や銀行が間に入るから、息子さんが立ち会う必要はない。

しかし、入金された通帳やキャッシュカードは、誰が保管し引き出すのだろうか？

宇津宮氏は施設に入っていて、こちらに来るのもままならない。

残金の支払いのときは誰が代わりに来るのだろうか。

オランダの一人息子は話を聞いていないと言ったから別人が来るはずだ。

五十部巡査部長は住職に説明した。

「土地売買契約による残金決済や所有権移転は適法に見えたとしても、代金の入金口座の通帳を誰が管理し誰がお金を引き出すかで、犯罪を構成するか決まります」

五十部巡査長は冷静に分析してみせた。

隣の香織もうなずいた。

五十部巡査長は香織に指示した。

「兼城勇作の内偵だ」

香織は敬礼して署を後にした。

洋二と圭子の車は北上すると、富山観音入り口と書いた看板のある場所に差し掛かった。

細い道をたどっていくと富山観音の階段があり数台分の駐車場がある。

奥には砂利道があるが地図には載っていず、カーナビにも表示はない。

「上に行けるかわからない。途中で引き返すのは嫌だから、車を停めて階段を上がろう」

洋二は圭子の横顔を見た。

相当な段数があることは地形が示していたし、天候が変わり急に雲が厚くなってきた。

階段も鬱蒼とした木立の中でちょっと怖い雰囲気だ。

二人は一言も話をしないで黙々と階段を上っていくが何か出そうな気配だ。

途中何度か休みながら登り切ると、頂上には朱に塗られた観音堂が祀ってあった。

屋根の上に大きな龍が祀られていてこちらをにらんでいる。

洋二は急に怖くなって目をそらせた。

「ねえ、龍が祀られているってことは龍神様じゃないの！」と圭子。

「そうかもね、それがどうしたの」

「龍脈といってね、日本のレイラインがそうなのよ」

「ほんとに！」

「そう、発見かも」

この観音堂は平安時代に坂上田村麻呂が造らせたが、その後伊達政宗の娘・五郎八姫《いろはひめ》が改修させたとある。屋根の新しさから見て五郎八姫の改修の際に、あの大きな龍神が祀られたに違いない。

海に面する崖に展望台があり厚い雲の下に島々が見えて見晴らしがいい。

「松島が全部見えたわ、素敵」

松島湾に横たわる長い島がある。

「あの島はなんていう島かなぁ」

洋二は地図を見て言った。

「九島かなぁ、細長い島だね」

「龍のようね。九頭龍伝説から取ったのかな、島の名前」

すぐ下の建物は大仰寺だ。

地図を見ると眼下に神社があるようだが、鬱蒼とした森になっていてお社は見えない。

瑞巌寺第百世の洞水和尚が開山して明治天皇・大正天皇がここで休憩したとある。

境内入り口で百円を納め本堂の紫雲閣を左に見ながら庭園に入る。

急斜面に作られているので展望台から見るように松島が一望できた。

大高森から浦戸の島々、瑞巌寺、塩竈神社、七ヶ浜多門山まで百八十度の視界だ。

「なぜ芭蕉はここに来なかったのかしら」

「歌枕になっていないからさ」

洋二は自慢げだ。

「奈良・平安時代に歌われたところが宮城県内で五十ヵ所近くあるがここは入っていない。しかし不思議なのは松島の後に緒絶橋に行くはずだったんだけど、違う場所に行ったのさ」

「え、緒絶橋ってどこ？」

「大崎市古川にあり歌枕になっているんだ。嵯峨天皇が寵愛した白玉姫《おだえひめ》が、皇后の妬みで流されて、やむなく生涯を過ごした場所なのさ」

白玉の　をだえの橋の名もつらし　くだけて落つる　袖の涙に　　藤原定家

「芭蕉と曾良は、松島から古川に行く道がわからず石巻に行ってしまったんだ」

「ずいぶん方向が違うわね」

「そうなんだ」

洋二が続ける。

「曾良の旅日記にあるけど喉が渇いて湯冷ましを求めたが通りの家々は相手にしない」

「え、冷たいの。旅の人に」

圭子は聞く。

「そんなことないと思うけどね。ところが途中で親切な武士と遭遇し、その武士が口利きして湯冷ましを飲むことができた。その武士が石巻方向へ案内してしまうんだ」

「そうなのね」

洋二は力説した。

「伊達政宗の時代は最初は六十二万石だったが新田開発を進めていてね。一六八九年に芭蕉がおくのほそ道に旅立った頃は、大崎沼干拓などで百万石は優に超えていたはずさ。その増やした場所が緒絶橋のある古川方面なんだ。新田開発を幕府や芭蕉たちに見られたくなかったんじゃないかな。だから古川方面への道をたずねられても教えないように、農家にかん口令を敷いたんじゃないかな。仙台藩の武士が偶然を装って巧みに接近し、石巻方面に誘導したと思うんだ」

「そうなの」

圭子は驚いている。

「鳴瀬川河畔を遡れば古川方面の鹿島台に繋がるから、難しい道じゃないはずなんだけど、上手くカモフラージュしたかもね」

「へーそんなことまで」

「芭蕉と曾良の幕府スパイ説は結構有名な話なんだ」

境内を出ると通路の先に広場があって車が何台か止まっている。

車で近くまで登れるようだ。

「まぁしょうがないわね、下りは楽だから」

圭子は洋二を慰めるようにつぶやいた。

洋二は車で登って来れなかったことを詫びた。

階段は先ほどより一層暗くなってきた。

「何か、出そう」

後ろを付けてくるような足音がする。

振り返ると誰もいない。

降りて行くと同じように階段を降りる足音がした。

何気に振り向いて足元を見ると、白いハイヒールを履いた女性の足が見えた。(気がする)

圭子は黒だ。

二人は顔を見合わせた。

誰もいなかったはずなのに。

急に気温が下がったように震えが止まらない。

辺りの景色が暗くなり生臭い感覚に襲われ、眼前の階段も見えなくなってきた。

静かにしかし足早に駆け降り、素早く車に飛び乗って猛スピードで走り抜けた。

広い道路に出て初めて圭子が口を開いた。呼吸も止めていたような表情だった。

「きっと幽霊」

「心霊現象のホットスポットだって聞いたけど、こんなのは初めてさ」

冷や汗が出た。

洋二はハンドルを握る手で額の汗を拭った。

圭子からリクエストがあった羽生天神社へ二十分で到達と、カーナビが教えてくれた。

初めて通る山道もナビのお蔭で意外に楽に行ける。

「ねえ、どう思う」

助手席でググっていた圭子は聞いてきた。

「ハブテン神社、天が入っている」

「え……〈ハブテン〉じゃなく〈はにゅう天〉じゃない？」

「あ、そうだわね」

洋二は得意げに圭子の耳元でささやく。

「圭子は舌足らずなのか言い間違いが多いが美人だから許す！」

圭子が口をとがらせながら笑ってくれた。

明治五年に村社になったこの神社の場所は羽生《はにゅう》地区だ。

神社の名前に天を付けたところに、何かしらの意志を感じざるを得ない。

心が躍りアクセルを強めに踏んだ。

高台の家々の中に目立たないように羽生天神社はあったが、参道や鳥居の両脇は民家が押し寄せるようだ。

神社の境内に入ると右手に社務所があり左手に水場で、正面の神殿は厳かな雰囲気だ。

平日なので社務所は閉まっているが、五色の吹き流しが風に舞っていて銀盤を舞うアイススケートの選手のようだ。

神殿左の大きな板碑が太い樹木にめり込んでいる。

「こんなの初めて」

圭子も見たことがないようだ。

どこかに隠れキリシタンの十文字はないか、金の印はないか探し回る。

境内はほとんど見廻ったが隠されたマークは見つからなかった。

帰ろうとしたとき閉まっていた社務所のドアが開いた。

色白で細身の女性が戸口から顔を出した。

「こんにちは！」

洋二は元気よく声を掛けた。

ビックリしたような顔をされたがすぐに挨拶を返してくれた。

「こんにちは、お参りありがとうございます。平日は早めに閉めるので」

圭子は挨拶を返す。

「こんにちは。静かでいいところですね」

「はい、スケート選手のグッズを求めに来る方も多いのですが、平日は少ないですね」

木村紗友里と名乗った二十代後半に見える女性は巫女さんだそうだ。

この神社の例大祭はテレビでも放映されるほど有名だ。

寓数年に行われるお水入りは男衆がお神輿を担いで腰まで浸かりながら沼に入る。

奇数年は女性の出番で神社の境内で踊りを奉納する。

社務所を閉めて帰り支度なのだろう。

巫女さんの白と朱の着物ではなく白に近い薄いベージュのワンピースだ。

「実は郷土史の研究をしていまして」

洋二は本来の目的は伝えなかった。

「隠れキリシタンの関係なんですが」

「はい」

紗友里は丁寧に答えてくれる。

「この神社はその件で何か関連ありますか？」

紗友里は少し考えてから話してくれた。

「神殿脇の大きな木がありますね」

訛りがまったくなく声も優しい。

圭子がすぐさま反応する。

「あー石碑が咥えこまれちゃったとこね」

洋二はあきれた。

「おいおい、咥えこまれたって、なんか変だよ表現が」

「ほほほー」

紗友里が笑った。

「それは昭和五十三年（一九七八年）六月十二日にあった宮城県沖地震で、板碑と樹木が寄りかかり密着してしまったんですよ」

横から見るとまるで人文字を表しているように寄り添って見えた。

美人の巫女さんとの緊張関係が、少しほぐれたようだと洋二は思った。

「その後ろに小さな祠がありますがご覧になりましたか？」

「いえ、あー見逃しました」

そばまで行って気がついた。

大樹の影には隠れるように高さ四十センチくらいの子安観音があった。

大きな板碑とそれを食らいこんでいる樹木に隠れて気がつかなかったのだ。

「その観音様をよく見てください。手に持っている杖の上の部分」

二人はひざまずくように身をかがめ顔を観音様に近づけた。

（こんなところで圭子の体温や息づかいを感じることになるとは）

古い石像で苔も付いているし、浮き彫りのようになった観音様や杖の凹凸がはっきりしない。

「そうだ携帯で撮ろう。そして拡大すればいい」

画面を見て洋二は声を上げた。

「やっとわかった。杖の上部は十字の文様になっているよ」

圭子と洋二は震えにも似た感覚で十文字を見つめた。

やはり圭子の推理は間違いなかった。

神社に天が付いていることと、キリスト教との関連性があるのかもしれない。

紗友里は「何か参考になりましたか」と謙虚な振る舞いだった。

詳しく聞きたいと言うと、閉じていた社務所を開けてくれた。

富山観音堂では幽霊に憑りつかれそうだったが、今度は女神様の降臨のようだ。

お札やお守りの他にスケート選手の写真が飾られているのは一味違った雰囲気だ。

「隠れキリシタンや瑞巌寺を守る六芒星や五芒星のことで調べているんです」

(それが解明されれば宝探しに近づけるはずだ)

「はいその件でしたら」

紗友里はいきいきと答える。まるでカウンター越しにアドバイスする係員だ。

「五芒星相談室ですね」

三人が大笑いして緊張の糸が解けた。

「松島は歴史があり神社仏閣も多いんです。瑞巌寺を中心として臨済宗妙心寺派の寺院や神社は松島周辺にたくさんあります」

「そうなんですよ、多すぎて」洋二は紗友里に合わせた。

「五芒星や六芒星も組み合わせで何種類もできますが目的が何かということです。そして目的の五芒星ができ上がったら、しっかりお参りをすることで目標に近づくのです」

「そうか、そうですよねー」

圭子は大きくうなずいた。

「通常は魔除けとしての意味合いが強いのです。旧日本陸軍の礼装帽子には五芒星が描かれていましたし、明治三十三年に制定された長崎市の市章も五芒星なんですよ。私は恋愛や仕事や人間関係にも、おまじないとして自由に使っていいと思うんです」

紗友里の説明を聞いて肩の荷が降りたような気持ちになった。

「そうか、自由なんだ」洋二もうなずく。

「はい、目的に合わせて組み合わせましょう。目的はなんですか」

二人は目を合わせる。

紗友里は妥協を許さない性格のようだ。

「うん、まあいろいろあって」圭子は適当にごまかそうとする。

「それでは五芒星の目的が達成できません」紗友里は断言する。

「……おんなとおとことか、あっ金運とか財運ではダメ」

圭子が聞いてきた。

「ダメじゃありません。それは私も願っています」

「あははは」

みんなで笑った。

洋二は試しに聞いてみた。

「あっ、それから隠れキリシタンのこと詳しいですか？」

洋二が聞きこむ。

「はい、多少ですが。神社に勤めながらおかしいでしょう。ご先祖がそうだったので調べたことがあります。現在は問題ないですが当時は命がけだったようです。特にこの辺りは六右衛門の影響もあったのか多かったんですよ。隠れキリシタン」

「ああ、支倉六右衛門さんですね」

「はい、ご存知ですね。それなら話が早いです。さっきの観音像なども禁教時代を生き抜いてきた存在ですね。伊達政宗がキリスト教布教の許可後わずか一年で、一千八百人が洗礼を受けたそうです」

「一年で。凄い人数ですね」

洋二は感心して話を聞いていた。

「日本人は元々多神教徒ですが、禁教で弾圧を受け隠れキリシタンになったんです。明治六年に解除されるまで密かな信仰だったんです」

「私、実は」

紗友里が神妙な態度で話してくれた。

「山奥に当時キリスト教の礼拝堂のような施設があったのを発見したんです」

知ってしまった秘密を誰かに話したくて話したくて仕方がない少女のようだ。

さっそく案内してくれるという。

県道を松島方面に少し戻って信号もない丁字路を右折する。

住宅が五、六軒あるところを過ぎると、谷には細々と田んぼがあり斜面には畑がある。

奥へ進むと両側に森が迫り平地はほとんどない。

ナビを見ると安戸《やすど》だ。支倉六右衛門が晩年住んでいたと言われる場所だ。

目的地の黒須地区に到着し路肩の広いところに車を止めて徒歩で向かうと、小さな谷間に肩を寄せ合うように十軒ほどの集落がある。

紗友里が静かな声を出した。

「途中に安戸地区がありましたが、そこは支倉六右衛門隠遁の地と言われています。ここが隠れキリシタンが住んだと思われる黒須（クロス）地区です。この集落に入る道の延長線上、後ろ側」

と、紗友里は振り向いた。

洋二と圭子も振り向く。

小川を挟んでその場所は藪というか鬱蒼とした森だ。

杉の高木に囲まれた場所に低い雑木の部分があるのがわかる。

「あの森の中の低い木々の中にそれはあるんです」

携帯の地図で確認すると小川を挟んで森の中に家の印がある。

「発見されないように森の中に作ったようです。その場所に行くには谷筋のほそ道を登って遠回りするように行かないとたどり着かない。当時は幕府に発見されないようにどこからも見えない場所に作ったようです。周囲の地名もここを挟んで上が〈上安戸〉、下が〈下安戸〉となっています」

「建物はあるんですか」

洋二は聞いてみた。

「何十年も使用されなくなっていましたが、現在は農家が牛を飼ってるようです」

「牛小屋か」

洋二はキリスト生誕の場所をイメージして森を眺めた。そして地名のクロスにも興味が湧いてきた。

「場所がわかれば十分です。ありがとうございます」

洋二には十分だった。

もう一度鬱蒼とした森を見つめながら洋二は聞いてみた。

「あとは何かご存知ですか」

「そうですね、二つあります」

「えっ、ほんとに」

洋二は絶句した。

「支倉六右衛門はご存知でしたよね」

「はい円通院で見てきました。三慧殿」

「実は、支倉六右衛門にはお墓が四ヵ所あると言われていまして、後から作った場所が多いのです。案内したいのは六右衛門の子孫が代々祀られている墓苑です」

「教会ですか」

「いいえ、臨済宗妙心寺派のお寺なんです」

「お寺」

「ご存知と思いますが瑞巌寺は臨済宗妙心寺派のお寺で、そこから周囲にどんどんお寺を広げて行ったんです。慶蔵寺は六右衛門の生誕地とも近く子孫も寺子屋で教えていたので、この寺に墓苑を作っていると思うのですが特徴がありまして……、支倉家の墓苑は見えない場所にあるんです」

「えっ、そうなんですか」

　圭子は驚いている。

「そうなんです。現在は観光地のように林が刈り払われてたどり着きやすいですが、子孫は幕府に見つからないように、お坊さんに頼んで林の奥に埋葬してもらったのではないでしょうか」

「じゃそこに行ってみよう」

　洋二は嬉々として聞いた。

「もう一つは？」

「上下堤教会はご存知ですか」

「教会ってキリスト教会ですか」

　と圭子。

「富山観音の近くなんですが、東松島市の上下堤にハリストトス正教会があります」

　洋二が聞いた。

「えー。ハリストス正教会が松島にあったんですね。いまでもその建物はあるんですか」

「現在の建物は一九七四年（昭和四十九年）に建て替えられましたが、場所はほとんど変わらないと聞いています。そこに行ってみますか？」

奥松島に行く途中でもあるし、行かない手はない。

「本当に！　是非そこにも案内してくれませんか」

黒須地区の礼拝堂跡や支倉六右衛門一族が埋葬された墓苑、そしてハリストス正教会。この地はキリストの慈愛に包まれた場所なのかもしれない。

そして、紗友里に会ったことも夢のようだ。

道順は慶蔵寺から上下堤ハリストス正教会を経て、丸山の塩竈神社がいいコースだ。

黒須地区からは山合いのほそ道を通ると近いという紗友里の言葉で後を追う。

山の道は獣道を大きくしたような道路としては怪しいほそ道だ。

普段の通行はあまりないようで、恐る恐るといった感じでハンドル操作をする。

間違えば崖から転落しそうで緊張しながら走った。

まもなく山を越え平らな場所に出て、曲がってすぐにお寺のある場所に来た。

「さっきの裏山なのね」

と圭子。

「そうひと山越えた感じだね」

慶蔵寺は山奥の凛とした空気の中にあったが人の気配はない。

庫裡には誰かいるのだろうか。物音一つしない。

紗友里に案内されて本堂の前を通りお墓の脇を抜けて奥へ行く。

奥へ続くほそ道は下草を刈ってあるので歩きやすいが、曲がりくねった道を登るからどこに墓苑があるのかわからなかった。

「やっぱり」

「えっ」

「隠れだ」

「そうね」

道がカーブしているから通り過ぎた本堂も見えなくなったが、平らな場所に出ると年代物の墓石が十基ほどあった。

掲示板の説明がありがたい。

「六右衛門のお墓は当時の状況では公にできなかったと思うんです。しかし子孫がこんなに祀られていますので、歴史的にも重要な場所だと思います」

手を合わせてお祈りしたが金のマークはなかった。

十分ちょっとで畑の中の上下堤ハリストス正教会に着いた。

「歴史書には詳しく出ていませんが、明治六年（一八七三年）二月二十四日に明治政府は、キリスト教禁教を解除したんです。当時の明治政府は外圧に負けて禁教の高札を廃止しただけで、キリスト教の布教を許可したわけではないと言っていますが。それでも隠れキリシタンの人々は、周囲の目もあり表立った活動はできなかった。おそらく黒須の場所はその時代に使われていたと思います。そしてニコライが函館に来たことで状況は変わりました。明治十三年（一八八〇年）に石巻ハリストス正教会が完成したんです。翌年この地に教会を建てたのは一条氏という大地主です。なんと十三歳の息子さんの一条貫助が仙台で洗礼を受けたことがきっかけなんです」

「その子供のために一条家が土地を提供し教会を建てたのね」

圭子は感心していた。

「歴史を振り返ってみると素敵なことだと思いませんか」

紗友里は神社では巫女だが、眼の前にいる彼女はキリスト教の伝道師のようだ。

小さな可愛い教会で平日は閉まっていて中の様子はわからない。一八八一年（明治十四年）なら入間金四郎が働きざかりの頃だ。きっとこの地を訪れていたに違いない。

洋二は紗友里にある質問をした。

「塩竈神社ってもう一つあるのご存知でしたか」

「もちろんです。東名の丸山にある塩竈神社ですよね。そこも一緒に案内しましょうか」

やはり知っていたか。

吉井が教えてくれたもう一つの塩竈神社へ向かう。

紗友里が先頭だから初めて行く場所でも安心だ。

仙石線踏切を右折し東松島市の宮戸島へと進むが、この地の津波被害は甚大だった。

東名運河から海側はいまは一面の野原だが、この場所にはたくさんの家があり田畑があり家族の生活があった。野蒜の山の麓まで津波は押し寄せ、小学校の講堂の舞台の部分に避難していた児童が津波に流されたが、講堂の壁にある梯子をよじ登ってキャットウォークに避難した児童は助かったと聞く。津波がそこまで来るとは誰も思っていなかったのだ。

右手の小さな山が次の目的地である第二の塩竈神社だ。

塩竈神社と書いた石塔が二つに折れて草むらに埋もれていた。

東日本大震災の恐ろしさや津波の怖さ、そして遅々として進まない復興をワンカットで見せてくれた。狛犬は右側に二体置いてあり神域を守る役割が果たせず悔しそうだ。

紗友里を先頭に参道の階段を上ると岩肌に大きな切り込みがある。野蒜石の採掘跡だ。

凝灰岩の野蒜石は加工し易く土台や倉庫の壁として江戸時代から重宝された。

境内を登る階段はコンクリート製から途中で石材に変わっているが、津波の被害を受けたのだろうか？

高い位置の元々ある階段の石材は石巻の稲井地区産の石材であれば、瑞巌寺や雄島に建立された板碑にも使われている。

贅沢だがやはり塩竈神社のプライドだったのかもしれない。

荒れてはいないが手入れもされていない状況は見る者には苦痛だ。

「寂しくて一人じゃ来たくないわね」

金のマークを探したがそれらしいものは見つからない。

丸山の塩竈神社を後にして宮戸島に向かった。

通称大高森と言われる宮戸島は、広い橋が架かってからは島のイメージはない。紗友里の案内でその橋の脇を右に折れると、不思議な光景が見えてきた。象だ。象が二頭キスしている。自然石の造形美が存在感を持ってそこにあった。

紗友里は教えてくれた。

「知られていないんですけど、私はこの造形好きです。それからもう一つ」

防波堤の道を進んで崖のところまで来てから車を路肩に止めた。

「ここも面白いですよ」

紗友里は堤防を上がったと思うと海面に向けて駆け下りる。

洞窟の半分と言っては変だが、大きな爪のような岩が何本も屋根のように突き出ている。

その長さは四、五メートルはあるか。

その下の部分がちょっとした広場のように平らになっていた。

「ゴジラの爪って私は言ってます。勝手に」

自然の造形がこんなに面白いとは思わなかった。

「素敵ね。さっきの象さんといいゴジラの手も」

「ゴジラの爪です」

紗友里が横目をむいた。

洋二は爪に手を絡めておどけてみせる。

「食べられちゃう」

「ゴジラだって加齢臭のお爺さん食べないわよ、食べるなら若くてきれいな。ねえー」

圭子と紗友里は見合って笑った。

「ちくしょー」

洋二はすねてみせるが二人は車に向かっていた。

まだ時間があるので大高森に登ることにした。

疲れた顔の圭子に（宝探し、宝探し）とおどけてみせる。

（仕方がない）と言った顔つきで圭子はにやけてみせた。

昨日は二万五千歩だ。今日はどのくらい歩くか。

十五分くらいで標高百五メートルの山頂に着くと、展望台から見る松島湾の眺望は格別だ。

富山観音は少し高いが手前の山々が目に入り、大高森は目の前が海なので迫力が違う。

地図で見ると手前がツク島で大きい島は寒風沢島、重なっているのが朴島か。

宮戸島は貝塚が有名だ。入り組んだ地形が静かな波と災害から守ってくれるから、東日本大震災でも津波の被害はほとんどなかった。

縄文の時代からそんなことを知っている人間が長く住み着いていたのか。

大高森を降りると急にお腹が空いてきた。紗友里も誘って海鮮レストランに向かう。

耕太郎は先に着いて席を確保していた。

洋二は紗友里を紹介してこれまでのことを自慢げに話した。

「いいなー、こんな美人の巫女さんと一緒で」

紗友里はクスクスと笑って耕太郎を見た。

席に着いてメニューを見ていると、入間綜一郎がお供を連れて入ってきた。

「また会いましたね。昨日のカフェもこの海鮮レストランもイルマグループなんですよ」

ドヤ顔の綜一郎は政界進出の噂もあるが、市民の目からはイメージが良くない。

洋二と圭子そして紗友里が席に着いて、メニューを見ていると入間綜介が来た。

我々を見つけて手を挙げてやってくるので、紗友里を紹介しようとしたが店の奥に陣取っていた綜一郎が目ざとく綜介を見つけた。

「綜介、ちょっといいか」

綜介が顔をゆがめた。

父親の綜一郎は早口でまくし立てているが話の中身まではわからない。

綜介が少し大きめの声で言い放つとこちらのテーブルに戻って来た。

紗友里が声をかけた。

「大丈夫ですか？」

心配して綜介の顔を覗きこむが、悔しいのか涙を拭っている。

綜介に巫女の紗友里を紹介したと思ったら、一瞬で仲良しになったように二人は小声で話していて、綜介は何度かうなずいていた。まるで幼馴染のようだ。

入間綜一郎は防衛隊で一佐まで昇り詰めている。

テーブルにいる五人の内で綜一郎以外の制服姿の二人は元部下の防衛隊か？　背筋を伸ばして緊張した顔だ。

この近くには防衛隊の施設が二つある。松島航空防衛隊はブルースカイで有名な空軍の教育隊で、もう一つの宗里町分屯地は弾薬庫だが目立たず存在に気づく人は少ない。

あとの二人は外国人で、年配者は英語だが若いほうは日本語だから通訳将校か。

海鮮バーベキューが売りのこの店は奥松島の地名のとおり国道からだいぶ奥で、さらに奥には風光明媚な場所がいくつもあるが、ふらっと立ち寄るというよりは目的を持った観光客が来るのみだ。しかしこの店は繁盛している。

セットメニューが三種類。前日お昼までの予約で二名以上のルールさえ守ればお値打ちの新鮮な魚介が目の前に出される。

食べ放題はないがドラゴンコースは大食漢のスポーツ選手でも残しかねない。

洋二と耕太郎そして綜介はポセイドンコース、圭子と紗友里はマーメイドコースだ。

ボリュームが違うだけで出される中身は一緒だと予約したときに聞いた。

俺たちは蒸し牡蠣二十個とホタテ三枚、赤海老二本を平らげ、牡蠣めし、海鮮サラダと海鮮味噌汁を堪能した。

綜介の相談ごとはなんだろう。

綜一郎たちは早々と店を出ている。

少し離れたところに空いていたテーブルを見つけて、綜介と二人で話した。

「洋二さんたちが入間金四郎の財宝を探していると、百回忌の夜に聞いたんです」

「えっ、誰から？」

「それは言えないんですが」

「先祖の財宝なので参加させてもらいたくて。でも本音は親父に負けたくないんです」

「わかります。でもちょっと待ってね」

洋二は別テーブルに圭子を呼んで相談した。

耕太郎と一緒に話をしたのは綜介の加入を勝手にオーケーとは言えないからだ。

「あら、そうなの。イケメンだからいいんじゃない。綜介さんなら」

圭子はあっさりと参加を認めたが耕太郎は不満だ。

「そんな、イケメンが条件なの？」

「そうだったわ、洋二と耕太郎は外れて」

「えーー」

二人は本気とも冗談ともわからぬ、圭子の気まぐれに翻弄されている。

耕太郎は不安を口にした。

「私たちは松島の五芒星・六芒星の研究をしていることになっているよね。だけど、宝探しとはっきり言ってきたんでしょ」

「山分けする人がどんどん増えてきたから心配なのね」

と圭子。

耕太郎は笑い半分で声を大きくした。

「まるで圭子は海賊の親分様だね」

洋二は冷静に念押しする。

「紗友里さんにも本当のことを言ったほうが良くない？」

圭子はしばらく考えてから言った。

「綜一郎に負けないためにはスピードが第一。そのためにはみんなの協力が必要ね」

親分ばりに胸を張って宣言する。

「ここは私に任せて」

拍子抜けしながら三人は綜介と紗友里の座るテーブルに戻った。

圭子は満腹になったお腹をさすりながら紗友里と話していた。

「紗友里さんのこと、もっと知りたいな」

「えー私ですかー」

まんざらでもない様子で話し始めた。

「大学ではフランス文学専攻だったんです。小学生のときに星の王子様を読んで」

「えー、ロマンチック」

「フランスに留学したんです。一年間ですけど」

「ほんとー、凄いね」

「もう少し五芒星・六芒星の話を教えてくださらない？」

圭子は急に下手に出ている。情報を引き出そうとしていることは明白だ。

「五芒星、パンダグラムですね。英語ではペンタグラムです。アメリカの国防総省ペンタゴンで有名ですよね。無限循環エネルギーが生まれるとの伝説があります。ほら一筆書きできるでしょ、この力で永遠に守り抜くとの意味があります」

紗友里はそう言って、テーブルに五芒星を書く真似をした。

「六芒星はエグザグラムですね。英語ではヘキサグラム。六芒星の六ヵ所の角からエネルギーの放射による攻撃力を意味します。イスラエルの国旗がそうです。三角形が二つ組み合わされているところに意味がありまして下の三角形は物質的なこと、上は精神的なことを意味するとされています」

圭子がたまらず口を挟んだ。

「男女を表すとの説もあるわね。下の三角が男性で上の三角が女性なんだって。交わっているところが神聖なのね」

紗友里は恥ずかしそうな表情になった。

「確かに諸説あります。例えば六芒星は三角形が二つ重なっている図形なんですが一筆書きできるんですよ。五芒星と同じように」

「えーうそ」

圭子が声を上げた。

紗友里はバッグから手帳を取り出すと白紙のページを開き我々の前で書いてみせた。

最初に一角を書いてその後大きい三角形を描く手法だ。

「おー」

みんなはそれを見て歓声を上げた。

「六芒星が男女を表すとの説があったけど、紗友里さんの六芒星はどうなの？」

耕太郎はずけずけと個人情報に切り込んくる。

「私ですか？　……私バツイチなんです」

「夫が結婚式で亡くなって」

耕太郎と圭子は驚きの顔になったが綜介は表情を変えない。

「建物の照明器具が落ちてきて、私を守って夫になる人が怪我をしてしまって。その後の手当てが遅れて出血多量で助からなかったんです」

「三・一一のとき？」

洋二は目の前にいる紗友里が、震災のときの純白のウエディングドレス姿と重なっていた。

「はい」

紗友里は小声になった。

「けやき通りで？」

「はい、なんで知っているんですか？」

「あのとき通りがかったんです。助けられなくって」

「仕方ありません。あの状況では――そのまま、まさか亡くなるとは……教会に……あの建物に殺されたんです……」

急に綜介が声を上げた。

「やっぱり又従妹のさゆりちゃん……」

「綜介さんいまごろ気づいたの、ハハハハハ」

綜介は目を白黒させて紗友里を見つめていた。

「何年ぶりかな、紗友里ちゃん」

「中学の夏休み以来だね」

綜介は遠くを見るような目になった。

（好きだった）

初恋だったが親の都合で紗友里は引っ越してしまっていた。

それ以来の出会いだった。

紗友里も懐かしさを隠せない。

「三家族でキャンプしたのよね、牡鹿半島で。小学生や中学生、子供は八人。全員で十四人で三つのテントを張ったのよね。綜介が二人で近くの林に〈冒険〉と称して入り込んで……迷子になったわね。結局父母が助けに来てくれたけど真っ暗になっていて、こっぴどく叱られたわ」

「あのときは御免」

綜介は軽く頭を下げた。

（……二人きりになりたかったんだ）

「入間姓じゃなかったじゃない」

圭子がたずねた。

「母が入間姓だったので。日曜日に百回忌法要があって謎の文章が開示されたと聞きましたが、父母は日程が合わずに欠席だったんです。そこに皆さんがいらっしゃったので宝探しご一行様かと」

「なーんだ、すっかりばれていたんだね」

大笑いになってしまい、店員さんがこちらを見ていた。

洋二は入間邸跡で撮影した石のモニュメントを紗友里に見せた。

「桂島の入間邸のモニュメントですがロシア正教会の入り口や窓のデザインと、カーブの仕方に酷似するところがあると思うんです」

「えー、イギリスのレイラインにある教会と同じだと思うわ、実際に行って見ているし」

圭子は負けていない。

「上下堤のほかに石巻や金成にもロシア正教会があります。函館や東京の神田にも。それから、仙台のみやぎの銀行本店の隣が聖ハリストス教会なんです。その建物の入り口デザインとも似ています」

洋二は腕組みをして話を聞いている。どっちに軍配を上げていいかわからない。

現代は便利なツールがある。

耕太郎はグーグルストリートビューにアクセスしてみやぎの銀行本店辺りを見る。

「ほんとうだ、アーチの先端がまあるい」

二番町通りから眺める教会を見て洋二は声を上げた。

「確かにアーチのカーブに微妙な差があるよね」

画面で見る教会のデザインの違いに釘付けになった。

「イギリスのほうが先端がとんがったアーチだね、ロシアは丸い形だ」

「入間家のモニュメントを見ると」

洋二が携帯を操り写真を出した。

「うーん、ロシアが近いかもね」

圭子がうなだれたのを洋二は見逃さない。

「きっと石工さんの気分じゃない。まあ、どっちでもいいわ。財宝さえ見つければ」

洋二は圭子のドライな割り切り方にドキッとした。

(俺たちは宝探しの過程を楽しんでいるかも。しかし圭子は結果がほしいだけか?)

紗友里が会話を再開してくれた。

「六芒星でしたよね」

紗友里の前向きさに、みんなはほっとした表情になった。

地図を出して六芒星から検討に入る。

コーヒーを頼んで話を始めた。

「塩竈神社と丸山の塩竈神社、それに羽生天神社で綺麗な三角形になるね」

「そう、下の三角形ね」

「じゃあ上の三角形だけど、どこかあるかな？　明治時代に存在感を示していたところ」

「そうね、神社仏閣だけでは難しいかも」

「……」

みんなは黙り込んでしまった。

確かに上の三角形、水平線になる場所は、小高い山々が連なる地域が多い。

「ちょっと待って」

洋二は大きな声を出した。

「下の三角形が神社とすれば、さっきの男と女の例えで、違ったジャンルなら？」

「確かに洋二さんの言う通りかも」

と紗友里は微笑んだ。

「そうすれば慶蔵寺や黒須の礼拝堂、上下堤ハリストス正教会が当てはまるじゃない」

「うん、すると下の頂点に位置するのは？」

耕太郎はみんなに問うた。

全員が地図を見た。下のほうは全体のバランスから考えて七ヶ浜町辺りだ。

「きっとここだ！」

洋二が叫んだ。

「高山外国人避暑地だ。礼拝堂も確認済みだし入間金四郎も交流があったと思う」

耕太郎は親切な外国人が尻餅をつきながら案内してくれた様子を思い出していた。

洋二は六芒星の下の頂点を探り当てたのだ。

紗友里は七ヶ浜町の高山外国人避暑地の中にある礼拝堂を撮ったと聞いて驚いた。

「あの中は立ち入り禁止じゃない？」

「うん、そうなんだけど、俺たちの探求心が勝ったってことかな」

洋二は自慢げにそのときの様子を紗友里に話した。外国人と一緒に尻餅をついてしまったところは笑ってもらえた。

線を結んでみるが形の良い六芒星にはならなかった。

五芒星はどうだろうか。それから当時のキリスト教布教はどうだろうか。

紗友里にその話を振ると、いきいきと話し始めた。

「江戸時代、日本へ伝道に来たキリスト教は、イエズス会とフランシスコ会があるんです。イエズス会は武闘派とも称されて勇猛果敢に布教しますが、フランシスコ会は清貧を旨として活動しているんです。イエズス会のエスカイノはご存知ですか？」

紗友里の得意分野のようだ。

「金銀島の？」

洋二は頭の片隅にある知識を引きずり出したが当たっているかどうか。

「はい、そのエスカイノは国を代表して日本にやってくるんです。ところがオランダが幕府に告げ口をしていたんです。イエズス会は宗教を隠れ蓑にした侵略だと。幕府はそれを聞いてキリスト教禁教へ転換したんです。しかし幕府は南蛮諸国と貿易はしたかったから長崎にオランダ商人の出島を設けたんです。そこに遅れてやってきたのがフランシスコ会なんです。ポルトガルはアフリカ南端の喜望峰を回りインドへ。フランシスコ会が属するスペインは新大陸アメリカから太平洋を渡ってフィリピンへと地球を東西に分けて布教活動をするんですが、当時日本国の所在は南蛮諸国の中では明確になっていなかったこともあり、スペイン、ポルトガルどちらの縄張りにもなっていなかったんです」

「そんなことがあったんですか」

耕太郎はため息をついたが紗友里は続けた。

「そんな背景を知ってか知らずか、伊達政宗はサンファンバウティスタ号にフランシスコ会のペテロとイエズス会の息の掛かったエスカイノを乗せてしまう。当時、エスカイノは、幕府との交渉が頓挫して、政宗に救われるように仙台に来たんですね。船のリーダー格はペテロで、エスカイノは船室こそ六右衛門の隣でしたが、単なる乗船客としての扱いだったんです。それが面白くないエスカイノはメキシコの王に伊達政宗や日本の悪口を散々言ったので、足止めをされてその後のスペインやイタリアでも交渉が上手くいかなかったんです。つまり二つの宗派の縄張り争いの犠牲になったのがサンファンバウティスタ号であり支倉六右衛門なんです」

「えーひどい話ね」

　圭子が相槌を打つ。

「それが原因の一つでサンファンバウティスタ号の欧州歴訪は失敗したんです。六年後に戻ったときキリスト教は禁教で六右衛門は命の危険にさらされました。歴史に《もし》は無いのですがエスカイノかペテロのどちらか一人が乗船していれば交易の話がトントンと進んで伊達政宗の未来や仙台藩の未来、そして日本の未来も違っていたと思います」

「そうだったのねー歴史は深いわね」

　と圭子。

　耕太郎は紗友里に聞いてみた。

「入間金四郎は明治時代の人だし、その頃日本にイエズス会はいたのかな」

「上下堤ハリストス正教会はロシア正教会の教会です。フランシスコ会やドミニコ会なども布教活動を進めましたが、イエズス会が布教を再開したのは明治も末期頃ですね」

「じゃ、入間金四郎が信仰したのはイエズス会ではなくフランシスコ会かロシア正教なんかが考えられるのかな」

「そうですねおそらく。浦戸の隠れキリシタンは支倉六右衛門の影響でフランシスコ会系だったのではと推測しますが、ロシア正教会もこの地に力を入れていましたのでその辺りはよくわからないところです」

「ロシア正教会といえば日露戦争があったから、排露運動があったんでは？」

耕太郎は突っ込んで聞いてみた。

「はい、おっしゃる通りです。ロシア正教会のニコライ大司教はあくまでも日本に住むキリスト教徒であり、皇軍の戦勝を祈念するとしてこの地を離れませんでした。日本政府も毅然としたニコライ大司教の立場に共感して、排露運動でロシア正教会を襲う暴徒から彼らを守るため警備の官憲を配置したんです」

「そんなことがあったんですかー」耕太郎は感心した。

話に夢中だったため一番乗りで来たのに閉店間際までいることになった。


今日は満月だ。

洋二は圭子と月の道を見るために雄島に向かう。

耕太郎も話のタネに雄島に一緒に行くことになった。

紗友里と綜介は現地集合で参加するという。

洋二はつぶやく。

「耕太郎、今日は仕事だったから家に帰ってゆっくり休めばいいのに」

「いやいや、芭蕉様もアインシュタイン様も見たならば俺様も見なきゃ」

「は～あきれるわい」

雄島の前には広い駐車場があり、島に近いところへ停めたが街灯がやけに明るく感じる。

駐車場から雄島への道に入ると、海面から昇る満月は煌々と我々を照らしていた。

「満月ってこんなに明るいのね」

圭子はほそ道を歩きながら声を掛けた。

耕太郎は漆黒の闇で構成される不気味な島に膝がしらの震えを覚えている。

「一人じゃ、絶対来ないよ。夜に」

耕太郎は、か細い声になっていた。

赤い欄干の渡月橋を渡ると左側には神社があり、右へ細道をたどると海側のベンチに行くことができる。月明かりも味方してくれ洋二の後を着いていったので迷わなかった。

圭子を真ん中に三人でベンチに座ったが、狭いベンチなので腰のあたりが張り付くようだ。

波静かな松島湾では、海面のささやかな揺らぎが生み出す月の道が光り輝く。

海面のさざ波に映る月の〈ひかり〉が、一直線に伸びる様子は何物にも代えがたい光景だ。

「かぐや姫が月に戻るときは、きっと松島の月の道で行くのね」

圭子がロマンチックに話した。

耕太郎は圭子と付き合っていたから、俺の彼女とばかりに口説き文句の一つもと思うが、言葉が出てこない。洋二も誘ったからには月にまつわるロマンチックなセリフでも言えればいいと思ったがそんな準備はない。

洋二はやっとの思いで口に出した。

「松尾芭蕉は詠めなかった」

耕太郎もやっと口を開く。

「俺様も詠めない」

圭子はすかさず突っ込む。

「ちょっと、芭蕉様と一緒なの」

「あ、いやいや、つい洋二のボケに」

「芭蕉様をボケツッコミに利用するなんてひどい」

「ごめんごめん」

賑やかになってしまった。

島々の松が月光に照され島影と相まって、陰翳礼讃《いんえいらいさん》の世界となっていた。

ここからあの世とやらに行けるのだったら、行ってみたいと思わせる。

だから極楽浄土が松島の雄島にあると、過去の人々は感じたに違いない。

海面のキラキラした反射光を見ると魔法に掛けられた気持ちになってしまうが、その魔法は見る人によって違った思いを感じさせてくれることだろう。

しかし誰しもがその感動を言葉にすることができない。

雄島の月の道は体験するしか方法はないのだ。

紗友里と綜介も来た。

紗友里は真夜中に来るのは初めてだと言った。

二人は恋人のように寄り添って月の道を見ていた。

「いいなー、若いって！」

ささやいたのは圭子だった。

帰り道に月影から年配の女性が現れた。

朴島のカフェの奥さん寿美子だった。

「寿美子さん、洋二です」

洋二が声を出した。

「えっ、どうして洋二さんがここにいるの」

「寿美子さんこそ、なんで。こんな時間に来たんですか？」

「……満月命日なんです」

「え、満月命日って聞いたことない」

「亡くなった日が満月だったので勝手に創りました。雄島と朴島の間で亡くなったんです」

「え、誰、誰が亡くなったの」

寿美子は大声で泣きだした。

「息子です……」

洋二はうずくまって泣いている寿美子さんに寄り添った。

「寿美子さん大丈夫ですか」

「洋二さんにこんな姿を見せちゃって」

再び大声で泣きだしてしまった。

泣き止むと満月命日のことを話してくれた。

「十五年前、学生だった長男が松島湾でボートの転覆事故に遭って。近くの島に流れ着きました。救助隊が早めに出動すれば助かったと主人は言っていましたが、この時間から救助活動をするのは『岩礁が見えないから、二次遭難の恐れがある』と責任者の岩淵氏が断固拒否したんです。翌日に捜索を開始したんですが、前の晩はとても冷え込んで息子たちは低体温症で亡くなったんです。暗くなるまでの一時間でも捜索してくれたらと思うと悲しいし悔しいです」

鉄男が話していたことだ。

浦戸の島々から瑞巌寺のある松島観光桟橋まで船なら二十分、寿美子が主張するように一時間あれば救助できたかもしれない。

「当時の岩淵氏の判断を恨んでいると？」

寿美子さんは大きくうなずいた。

カフェを朴島で始めたのは、遭難場所に最も近い人が住む島だったからだそうだ。

船外機の小舟で月命日には必ずその場所に行って祈っているうちに、（なぜ息子は死ななければならなかったのか）との疑念が湧いてきて、ことあるごとに聞いたが結果は同じだったそうだ。

綜介が急に声を出した。

「弟もです。カッターボート遭難ですよね。あの事故から父が変わってしまったんです」

紗友里も突然口を挟んだ。

「教会、欠陥教会を作ったのが同じ岩淵氏の陸前不動産建設なんです。ブライダルビジネスに進出してガソリンスタンドを買収しあの教会を作ったんです。後から聞かされた話では地下ガソリンタンク撤去後の埋め戻しと地盤補強に手抜きがあったそうなんです。それであんな風に天井が崩れ大きな照明が落ちてきて……」

紗友里も泣き崩れてしまった。

雄島の月影は過去の深い悲しみを浮き彫りにしてしまったのか。

慰めの言葉もなかったが、三人にしてやれることは何もないのだろうか。

雄島から見る満月に願掛けすると願いが叶うとの話もあったが……。

洋二は宿に帰る車の中で雄島での寿美子の会話を思い出していた。

（船外機の小舟で……）

今夜の宿泊先である奥松島の月浜にある民宿に戻った。

第四章　十六夜

奥松島の月浜は太平洋に面した湾で、震災後は民宿が五軒になった。

震災後八メートルの津波が襲ったが、全員が避難できたのはチリ地震津波からの学びが役に立っていると、月浜の東端にある民宿浜風荘の主人が言う。

大きな蒸牡蠣が甘く、メバルの煮付けも絶品で、昨日歩いた距離を胃袋が検知して〈ひとめぼれ〉をお代わりとの指令がきた。

大高森にある歴史ある場所を紗友里が案内してくれるというが、車には綜介も乗っていたので香織は不機嫌そうだった。

案内された道はきれいに整備されているが、篠竹が鬱蒼としトンネルのように弓なりになっている。

政宗が鹿狩りをしてその肉を料理しようとした伝説のボラがあった。

石造りの階段を上ると鐘撞き堂で、階段を登りきると医王寺薬師堂がある。

慈覚大師作の薬師如来をご本尊に日光菩薩、月光菩薩、十二神将、不動明王、毘沙門天が奉安されていると案内に書いてあるが、伊達政宗公が建立しただけに格式高い。

本殿は二間四方の大きさでこの中にあれだけの神様が入っているのかと思った。

お堂の裏手を獣道が上へと続いている。

「この先に山のボラがあるんです。そこを案内したかったんです」

紗友里は先頭を歩いた。

「えっほんと、そりゃ行かなくちゃ」

と耕太郎。

好奇心が抑えられない我々は奥へと歩みを進める。

通る人もいない勾配のある松林を藪こぎで登るのは結構きつい。

中腹に暗い洞穴のようなものが見えた。

「なんだろう、こんな山の上に」

トンネルのように暗い穴は、近くに来ると全容を我々に教えてくれた。

幅三メートル弱、高さも同じくらいだが入り口の形に特徴がある。将棋の駒のように上の部分が尖っていて全体として五角形になっている。奥行きは四、五メートルのボラの中は綺麗に掃除され常時使われているような雰囲気もあった。中央の一角は地面から切り出したように三十センチほど高くなっていてテーブルのようだ。

圭子は目を輝かせた。

「ここは隠れキリシタンの礼拝に使われていたのかしら」

「そうかもしれませんね」

紗友里はうなずいた。

耕太郎は新説を繰り出した。

「逢引の場所だったかもよ」

紗友里の表情がゆがんだのを洋二は見逃さない。

周りは松林でどこからも見られない。

禁教時代になぜあの場所に行ったと問われれば、薬師堂にお参りして来ましたと言える。

周囲の壁は綺麗に削られていて特に切り込みや書き込みは無く、振り返ると松林の奥に海が広がっていた。

隠れキリシタンの礼拝堂として、こんなに条件が合うところはない。

「ありがとうございました。紗友里さん」

洋二がお礼を言うと紗友里が答えた。

「私たちは仲間でしょう。そんな他人行儀はいやですよ。協力し合いましょうよ」

「そうだよね、ははは」

洋二は笑って紗友里を見るが、彼女の笑顔はいつも、爽やかさをもたらしてくれる。

宮戸島の眺望ルートに向かうが、そこにも隠れの寺院があると紗友里が声を掛けてくれた。

洋二はみんなに提案した。

「これから行くコースは距離があるから、終点のところに一台を置いて出発点に戻ろう。紗友里さんと綜介さんは出発点で待機。おれと耕太郎、圭子のグループと香織さんの二台の車で終点の潜ヶ浦の漁港に行き、香織さんの七人乗りの車を置いて我々の車に乗せて出発点に戻る。互いに反対方向から歩き出し途中のどこかで合流するプランも考えたが、やはりみんなで賑やかにおしゃべりしながらのほうが楽しいよね」

唐船番所跡に登ってそこから海沿いに歩いて室浜を通り、嵯峨見台を経由し降りれば香織が車を停めた岸壁にたどり着く。

「時間はかかりますけど景色がとってもきれいですよ」と紗友里が教えてくれる。

きつい坂道を登りつめると太平洋への眺望がひらけた場所に出た。

唐人番所から嵯峨見台に向かう道は絶景の連続で、右側の海上は断崖から見事な島々をいくつも見て楽しめた。

「そうだ、花魁島があったんだ」

洋二は地図を出して海上の島々を見比べていた。

「きっとあの島だよ、花魁島」

岩礁よりは大きいが島としては小さく、船を停泊できそうな場所もない。

海上には嵯峨景の遊覧船が航行している。

「今度はあの船に乗って海から絶景を眺めたいね」

と楽をしたい耕太郎は提案する。

松林のほそ道を歩いていると、反対側から歩いてくる若い女性に会った。

モデルのように華奢で愛らしく、透き通るような肌の小顔が話しかけてきた。

「こんにちは」

「こんにちは、見晴らしがいいですね」

香織が答えた。

「私は金田華恵と申します。国際観光トレッキングコースの調査員なんです。素晴らしい景色ですね。もっと利用者が増えてほしいです」

「途中の坂道はきついけど唐船番所から先は眺めもいいしね」

耕太郎は会話に無理やり入った。

「この後どこまで行くんですか」

と透き通った声の華恵。

洋二は自慢げに答えた。

「鮫ヶ浦港に仲間の車を置いてきたんです。いいアイデアでしょう。帰りが楽ですから」

華恵は笑顔で大きくうなずいた。

「そうなんですね。同じ道を戻るのはつまらないですからね。国際観光トレッキングも周遊コースを重視しているんですよ」

「えっ。やっぱりそうなんですね」

洋二は鼻高々といった感じだ。

「またどこかでお会いできるといいですね」

華恵は笑顔を見せて歩き始めた。

そう言って互いの道を進む。

室浜に降りると防波堤や漁業倉庫らしき建物や道路の舗装もすべてが新しい。

「ここも津波でやられたんだね」

室浜から少し急な坂を登ると嵯峨見台展望台に出た。

山登りのようなきつい坂だったが、ここからの眺めも最高だ。

眼下の島にはボラが見える。二つのボラは大きな目のようだ。

まるで海の巨人が海面から顔を出して、こちらを覗き見ているような不気味さがある。

「あの場所は船でないといけないわね。きっと何かを隠していたのかも」

「いや半島から見えるからきっと漁具かなんかをしまっておいたのだろう。宝を隠すとしたら見えない場所だよ」と洋二。

展望台を後にして急な坂道を降りて行くと紗友里が声を上げた。

「ここよ。ここも隠れキリシタンの礼拝堂の可能性があるのよ」

嵯峨見台を降りる途中で小夜姫伝説の聖観音堂に出合った。

大きな奇岩の下に御堂があるようで、いまは立派な白壁に板目の建材で覆われている。

入り口の扉は固く閉ざされているが、紗友里が自信たっぷりに話してくれた。

「この場所は海側からも陸側からも、どこからも見えない場所にあるわ。隠れキリシタンの礼拝堂にピッタリだと思うの」

耕太郎は思わず声を出した。

「そうか、禁教の時代にピッタリだね」

伝説の聖観音様が海から引き揚げられ、このお堂に祀られているという。

降りていくと鳥居があり出口が見えてきて、潜ヶ浦に行く小道に出た。

その小道に華恵がいる。

唐船番所跡の入り口から潜ヶ浦に車を回したに違いない。

待ちかねたように洋二に話しかけた。

「洋二さん、さっきの周遊コースの件でもう少し情報交換したいと思って」

「えっ、ここで俺を待っていたの？」

華恵は愛らしい笑顔で答えた。

「はい、私の車に資料があります」

華恵は車を停めていた潜ヶ浦漁港に向かって歩き出したが、洋二の足が止まった。

潜ヶ浦漁港とは反対方向に怪しい暗闇がある。

「あれ、あの暗いところはボラじゃない」

華恵は無理やり漁港のほうへ向かわせようと手を引っ張って言った。

「車に周遊コースの候補地の地図があるんです。どうしても見てもらいたくて」

「わかったありがとう。でもあのボラも確かめないと」

洋二は華恵の手を振り切ってボラに向かい、みんなも洋二の後を追った。

五十メートル先の真っ暗な不気味なボラは深い谷の奥にあり、日中なのに樹林や草木も眠りについていているかのようで物音一つ響かない。

これまでとは異なった感情が呼び覚まされる（それは恐怖に違いない）。
三メートルくらいの高さか、幅は同じく三メートル、地面にはタイヤの轍も見える。
（これまでとは違う、車で入れるボラだ）
携帯のライトで少しずつ進む。暗闇の奥には何があるのだろうか。
固そうな岩をくり貫いたようなボラはデコボコしていて手作り感がいっぱいだ。
真っ直ぐではなく少し左に曲がっている。
暗闇の恐怖感が歩みを遅くし時間がとても長く感じられた。
二十メートルは進んでいないと思うが、暗闇は距離感覚も時間感覚も狂わせる。
「あの光は？」
先頭に立つ洋二がささやき立ち止まった。
顔を見合わせて謎の光をみる。
人工的な照明だろうか、光量がとても大きく眩しいくらいだ。
（ボラの奥が明るいことというとは、秘密基地か）
耕太郎は心臓の鼓動が早くなり、まぶしさに幻惑されたのかくらくらしてきた。
「何かある」
洋二は小声で伝えた。ボラの左側の壁に沿って一列になって進む。
洋二が先頭で圭子が続き、香織、そして紗友里と綜介、耕太郎が最後だ。
「万一のときは速攻で引き返そうね」

耕太郎は小声で言ったがみんなには聞こえなかったか。

抜き足差し足で十メートルくらい進むと光の元がはっきりしてきた。

緑が見える、青も見える。……樹木と空だ。

「そうか！　ボラではなく、トンネルだったんだ！」

松島や浦戸で何度もボラを見てきたし、朴島ではボラに閉じ込められた。

固定観念でボラだと思い込んでいた。

さらに歩みを進めると外の景色が視界の大部分を占める。

ボラの、いやトンネルの出口に来た。慎重に周囲を見渡す。

錆びた鉄骨が見える。重油タンクは赤錆び色になり、石油会社のマークが良く見えない。

漁業で使う大きな浮き球や漁網がある。

トンネルから出ると百メートルくらい先に岸壁と海が見えてきた。

「港じゃない」

圭子が大きな声を出した。

「しー」

洋二が静止するが圭子の言ったことは当たっている。

寂れた漁港の跡だ。廃港という言葉があるかは解らないがそんな感じだ。

両側が切り立った崖で囲まれたわずかな土地にある港はリアス式海岸の典型だ。

「津波の被害が大きかったに違いない」と洋二がつぶやく。

岸壁へ向かって進むと背後から厳しい声が響いた。
華恵だった。
「ここは関係者以外立ち入り禁止なのよ」
振り返ると眉を吊り上げた怖い表情の華恵は、声のトーンが低くまるで別人のようだ。
エンジンの音がした。まるで待ち合わせの定期船のようにボートが廃港に入ってきた。
流線形の白い船体はエンジンが船外機のようだが外洋にも行けそうな大きさだ。
スクリューを逆転させUターンのように向きを変えると壊れかけた岸壁に停泊した。
船から顔を出したのは意外な人物だった。
「善四郎、善四郎兄貴じゃないか！」
洋二は大きな声をあげた。
みんなは船に近寄ったが、船旗は黒地に唐紅で文字が描かれている。
その文字は《1》に見えた。
善四郎は俺たちを見て驚き、船を岸壁から少し離した。
船に華恵が飛び乗った。
洋二は手に持っていたジャンパーを投げ捨てて負けじと飛び乗った。
なぜか綜介も飛び乗ってしまったのだ。
船はエンジン音を上げて岸壁を離れ沖に向かっていった。
残された耕太郎、圭子と紗友里、香織はぼうぜんとその場に立ちつくした。

「え、なに、どういうこと」

圭子の声は困惑を素直に表現していたが、紗友里の驚きはさらに大きいようだ。

「綜介、綜介がなんで」

耕太郎はどうフォローすべきかわからなかった。

圭子と紗友里は耕太郎にすがるような目つきだが、香織は少し離れて冷静に状況を分析するかのようだ。

「ボートの男性とお知り合い？」

耕太郎はつぶやいた。

「うん、知らないようで知っている。知っているようで知らない。どっちでしょう？」

圭子が切れる。

「耕太郎、なにクイズみたいなこと言ってんの」

紗友里も同調する。

「そうよ、綜介を救い出して！　耕太郎さん」

「えー綜介も洋二も自分から飛び乗ったんだよね。きっと先に飛び乗った女の人の後を追いかけたんじゃ」

耕太郎は口にしてはいけない言葉を吐いたことに強い自責の念を持った。

圭子と紗友里はあからさまに怒りの表情を耕太郎にぶつけた。

香織も真相を知ろうと問い詰めるから顛末を話さざるを得ない。

「えー、行方不明じゃなかったのね」

香織は冷静だ。

圭子も紗友里もその場で座りこんで手を握っている。

親しい間柄の二人が船に飛び乗って沖に去って行くという、理解不能な出来事が目の前で繰り広げられた。一瞬の冷静な判断なのか、あの人が乗ったからとその場の雰囲気なのか。

洋二と綜介には明確な意図があったのか？

華恵が最初に飛び乗ったのは善四郎と仲間なのか？

謎は深まるばかりだ。

華恵はこの場所に来ることを阻止しようと、洋二を潜ヶ浦漁港に誘導しようとしていた形跡がある。とすればこの場所や善四郎のことを知られたくなかったに違いない。

警察に連絡しようと思ったが圏外だった。

岸壁の先の右側に高い場所があり小さな建物と階段があった。

海抜十五メートルくらいの高さで電波が来ているかもしれないと耕太郎は思い、ひび割れた岸壁を注意して歩きながら階段に近づいたが、目標を見つけたようにみんなも向かった。

狭い階段はお一人様用で、耕太郎が先頭で一列になって登る。

小さな施設には気象庁検潮所と書いてあった。

電線が山の上から来ていて無線のアンテナがあり、波の高さを気象庁に送っている。

「この高さだと津波被害にも遭わなかったかもね」

耕太郎は振り返って小さな湾内を見回すが、小高い嵯峨景の山々に囲まれた湾内は相変わらず圏外表示のままだった。

「車に戻りましょう。潜ヶ浦漁港なら携帯も通じるから」

香織の掛け声で暗く狭いトンネルを駆け抜けた。

「早く電波のあるところに移動して警察に連絡しなくっちゃ」

香織が車を止めた潜ヶ浦へ走った。

肩で息をしながら到着した場所には、漁船が二艘停泊しアスファルト敷きの広いスペースには乗用車やジープなど五、六台停まっている。

耕太郎は走りながら考えたことを告げた。

「ここは、僕に任せてほしい。心当たりがあるんだ」

綜一郎に連絡してみる。

「息子の綜介さんが船に飛び乗って……」

電話を終えてみんなに向き合った。

「綜一郎さんが『任せてくれ。警察には言うな』って」

そう言ってはみたものの、不安感は拭いきれない。

「警察にも連絡したほうがいいんじゃない」

香織はきっぱりと言った。

「しかし警察には言うなって、はっきりと……」

耕太郎も綜一郎の話に疑問を持った。なぜ警察に連絡してはいけないのか？

なにか理由があるはずだ。

「もう一度、さっきの場所に行ってみますか」

香織はリーダーシップを発揮したいようだ。

ワンボックスではないから、あのボラトンネルを潜り抜けられそうだ。

「何か手掛かりがあるかもしれないわね、そしたら綜一郎に連絡して上げたら」

圭子の話に賛同してあの暗いトンネルに向かうことになった。

耕太郎は助手席に乗り込むが、後の二人は後部座席の荷物が邪魔になっているので、香織が後部ハッチを開けて移し替え座席を空けた。

ダッシュボードの上に環境省の資料が二つ折になって置いてあった。

「環境省のＨＰから取ったのよ、仕事の関係で」

耕太郎はうなずいて目の前にある資料の文字を目で追った。

（松島湾浦戸諸島架橋計画、環境アセスメント）と書いてある。

フォトジャーナリストじゃないと耕太郎は直観した。香織は浦戸諸島架橋に反対なのか。

香織が車を切り返して出発しようとしたとき視界に男が入った。

「あ、鉄男さん」

耕太郎は慌てて車のドアを開けた。

「なんだ、みんなどうしたんだ。慌てて」

鉄男はゆっくりとした話し方で声を掛けてくれた。

耕太郎は洋二や綜介が船に飛び乗った話をした。

「うーん。そいつは怪しい」

鉄男は表情を変えて声を出した。

「舟入島だ、舟入島があやしいぞ。あそこは昔は人も住んでいたし入江が天然の港になっている。しかし現在は無人島だから怪しい船が隠れるには持って来いだ」

「鉄男さん。ここには車で来た？」私は思わずたずねた。

「そりゃ船に決まってるだろうが」

「それじゃ舟入島に連れてってくれない」

鉄男は舟入島の名前を出した手前断れなかった。

耕太郎は圭子と紗友里の手前もあり、鉄男の船で舟入島に行くしか取る道はない。

圭子と紗友里は香織の車で廃港確認の後、月浜に向かうことになった。


洋二は飛び込んだボートの中だった。華恵と綜介は最後部に立ったまま押し黙っている。

操舵席の善四郎兄貴に問いただした。

「兄貴、どういうことなんだ」

善四郎は無言だった。

海に出たが波が荒く松島湾内ではなさそうだ。

大きな島に近づき高速船のエンジン音も変わって低速にシフトしている。

島の入り江に船が着いたところで、洋二は降りるように合図され島へ上陸した。

綜介と華恵はひそひそ声で話をしているが、善四郎は相変わらず無口だ。

獣道を歩いて島の中央部へと向かうと、高台の開けたところの下に岩の割れ目がありその中に入る。石を荒っぽく積み上げて壁にしたような場所に来た。

張り出した岩がひさしのようになっていてその奥にシルバーに光るドアがあった。

善四郎はドアを開けると洋二を手招きしたが、左手の人差し指を唇に当てた。

俺に合図を寄越したようだが、その意味するところを想像する間もなく奥へ連れていかれた。

中は細長い空間だが食堂のような場所もあり、意外に広く部屋が幾つも繋がっている。

大きな岩の下の空間を使って作られている、二畳ほどの個室に案内された。

窓はないが暗くはないのは、岩肌の天井と石を積んで造られた壁に十センチくらいの隙間があり、光がふりそそいでいるからか。

聞こえるのは波の音で島の中でも海に近い場所なのだろう。

急にドアが開き飲み物を持ってきてくれた若い男がいた。

(見たことがある気がする)

三十分ほど経過した頃善四郎が顔を出した。

善四郎は相変わらず一言も話さずに別の部屋に連れていかれた。

奥の部屋は四畳間程の広さがあり、テーブルと椅子そして液晶画面があった。

両側には善四郎と華恵がいるが綜介はいない。華恵がリモコンらしき装置を押した。

画面が明るくなって人物が画面に映し出されたが、黒いマントで顔も布で覆われている。

背景は黒字で《1》の文字が浮かび上がっているが、よく見ると五芒星が浮かんで見えた。

男の目だけがギラギラと光っているのが印象的だ。

「ヤーコンニチワ、ヨウジサン」

カタコトだがしっかりとした日本語を話している。

（西洋人か中国人か、あるいは中東の人かも）

「ワタシタチハ、チキュウノカンキョウホゴ、シテマス。イッショニカツドウシマセンカ」

勧誘されたわけか。洋二は考えた。

（善四郎や綜介がいるし迂闊なことは言えない。上手く合わせて脱出のチャンスを探ろう）

「ほー、面白そうですね。具体的にはどんな活動を？」

「ハイ、ヨウジサン、ゲンパツ、スキデスカ？」

「ゲンパツ、げんぱつって、どこ発？」

洋二は言葉の意味がわからなかった。

「ゲンシリョクハツデンショデス。フクシマデ、バクハツシタデショ」

「ああ、原発、原子力発電所ね。好きも何も現代の日本には必要なんじゃないかな」

「ワタシタチハ、ゲンパツハンタイノ、シセイヲトッテイマス」

「そうですか、それは自由だけど。堂々と活動すればいいのに」

しばらく沈黙があったが問いかけには答えてくれなかった。

「セカイカラ、ゲンパツヲナクス、トリクミデス」

「お誘いありがとうございます。仲間と相談してからお返事します。そろそろ帰らないと」

「ワカッテイタダクマデ、ココニイテクダサイネ」

「いや、それはないでしょ。帰ります」

「ボートニ、トビノッタノハ、アナタノ、イシデスヨネ」

（痛いところを突いてきやがった、善四郎を追って来たと告げることはできない。兄貴の立場がわからないから）

「わかりました、検討します」

「アリガトウ、フダンノセイカツヤ、オシゴトハ、ソノママデ、ダイジョウブデスヨ」

画面の男は、右手と左手を胸の左側当たりで十字に組んで見せた。

挨拶の儀式かもしれない、慌てて真似をして同じようなポーズを取った。

しかし、心の中では善四郎や綜介を連れていち早く脱出したかった。

お茶を出してくれた男に先ほどの部屋に戻された。

（誰かに似ているな。しかし誰かはわからない）

洋二は試した。

「前に会いましたよね。確か……」

男は、急に下を向いた。

（やはりどこかで会っている。しかしそれがどこかは思い出すことができなかった）

「あの、今日はもう帰りたいんですが」

「……」

目の前の男を見て、瑞鳳ヶ丘で落ちたときに助けてくれた、純一に似ていると思った。

「純一くん？」

「……」

「純一くんだよね、ほら洋二だよ、助けてもらった」

無言のままだが表情が変わってきた。

突然ドアが開いて西洋の風貌の男が声を掛けた。

「トウヨウ三号、ボスガヨンデルゼ」

無言君は外に出て西洋男が代わりに見張り役に付いた。

「こんにちは、萬城目洋二と申します。海が近くていいところですね」

西洋男に親しげに声を掛けてみた。

「ハイ、オサカナオイシイデス」

（おお、そう来たか、これはなんとか情報聞き出せそうだ）

片言だが日本語がわかるようだ。

「アイナメ、食べましたか。美味しいでしょう」

「ハイ、ウミカラツレマシタ、オイシイゾ」

少し変な日本語はちょうどいい。正確な日本語だと日本人として自信を失うから。

「ここは何人いるの」

「オー、ソレヒミツ」

西洋男は太い唇に太い人差し指を当てた。

「メバルやソイは、釣れたかい」

話を魚に戻した。

「メバル、オイシイゾ、ソイハ　ワカラナイ」

西洋男の言うとおり、メバルとソイの見極めは難しい。

洋二は食からこの男の素性を探ってみようと考えた。

「魚ばかりでは飽きるでしょう」

「アキル、アキルトハ？」

難しすぎたか。「オー　ゲット　タイヤード　オブ　フィッシュ」

「ハイ、アキル、アキル」

「ここに来てから何週間経つの？」

「ヨンシュウカン　クライデス」

（一ヵ月前か。喰いついてきたな。もう少し美味しいえさを与えてみよう）

「仙台はお肉も美味しいんだよ。仙台牛や、伊達の赤豚、ワカメを食べた羊とか」

「オー、ブタハダメデス」

（そうか、ハラール食かもしれないな）

「今度、仙台牛御馳走するよ」

「サンキュウ、ホンドニ　ワタッタノヨ　サイキン」

洋二は松島海鮮市場を思い出した。

「そうなんだ、また案内するよ。そうだ、さっきの純一も詳しいんだ、美味しい店」

「オー、ジュンイチ。トウヨウサンゴウネ、ハナシシナイ」

（やはり純一だったか、なぜここにいるんだろう）

扉が静かに開いて華恵が顔を出した。

「西洋二号、ちょっと」

西洋男は部屋を出て洋二は一人になった。ドアには鍵が掛かっているが、華奢な造りだから体当たりすれば、打ちやぶれるだろう。

ドアに耳を付けて物音がしなくなったのを見計らって行動開始だ。

洋二は入ってきたドアに向かって体を投げ出すようにぶつけたが失敗だった。

「ドン」

（内開きだったか）

大きな音がして洋二は床に崩れ落ちて気を失った。

目が覚めるとベッドらしき台に寝かされていたが、時間の経過が解らない。

小さな空間は先ほどの部屋とは違っていた。ドアが二つある。

上のドアを静かに押してみたが動かなかった。

秘密基地の構造がわかりかけていた。縦長の空間は上から下へ洞窟を利用して作られているようだった。

下のほうにあるドアは押すと開いた。静かに進むと波の音が大きく聞こえてくる。

（海面に近い）

さらに進むと岩が大きく開いて海面が現れた。

よく見ると海底に光っているところがある。

（青の洞窟だ）

洋二はツアーで行ったイタリアを思い出した。

この海面から潜れば外に出られると思うが、何メートルあるかわからず途中で息が続かなくて溺れてしまうかもしれない。

（だから下のドアは無警戒なんだ）

海面の光る揺らぎはそう遠くないように思わせる。

（舟入島の規模からいって、そんなに長い距離ではない）と洋二は考えた。

洋二は決して泳ぎが得意なほうではないが、誰しもが二十五メートルプールくらいの距離なら、息を継がずに潜水したことがあるはずだ。

逡巡していると上のドアから華恵の声が聞こえた。

洋二は大きく息を吸い込むと光に向かって海中洞窟に飛び込んだ。

光の先は十メートルくらいと思えたが、プールと違い波があり、寄せては返す波に阻まれて思うように前に進まない。洞窟の壁に捉まり、手で岩肌をたぐるように光へ向けて進むが息が続かない。

窒息しそうだ。頭が朦朧としてきた。俺の人生もここまでか!

(Well, well, well, so I can die easy.)

光に向かって海中を泳ぎ苦しんでいるとき、《死にかけて》が頭の中で鳴り響いた。

善四郎が得意とするレッド・ツェッペリンの曲だ。

そう思ったとき、光の海面が真上に見えてきた。最後の力を振り絞り手足を動かすと海面に顔を出すことができた。やっぱり死神は俺を嫌いなのか?

(Oh, don't you make it my dyin', dyin', dyin'...)

そうだ、まだ死ぬことはできない。

洞窟の中だが外に出たようで明るさが違い、壁に捉まり顔だけ出して深呼吸する。

助かった!

気がつくとプレジャーボートが停泊している。あの黒字に「1」の船旗の船だ。

善四郎兄貴が操縦していた船は洞窟に隠されていたのか。

歴史の資料の中で太平洋戦争末期に、アメリカの本土攻撃に備えて島のボラを改造し特攻艇の基地にしたと読んだことがある。海に面したボラは上空から見えないから絶好の出撃基地で、上空の監視衛星からも発見されないだろう。

五、六メートルほど壁際を進むと波が荒くなり外海や岩礁が見える。そして小舟が向かってくるのが見えたので、思い切って深呼吸をして泳ぎだす。波があるが息ができるだけ海中洞窟よりずうっといい。船に向かって手を振り近くの岩礁に向かって泳ぎだした。

耕太郎と鉄男は月浜港を横目で見ながら舟入島に急いだ。

鉄男が最大限の出力で波間を進めていることが、船の発する唸りと振動でわかる。

「グアーグワーグワー」

舟入島は南北に長い島の西側に小さな島が寄り添った形になっていて、島と島が着いた場所が入り江になり船が停泊できるような地形だと鉄男が説明する。

潜ヶ浦漁港からは西方向に直線なら六キロほどだが、大高森の萱野岬を迂回し唐戸島を右に見て外洋を横切らなくては行けない。

太平洋を船外機の小舟で渡るのは心細いが鉄男は平気な様子だ。

舟入島の長く横たわった東側は断崖絶壁の連続で人を寄せ付けないが、北へ回れば入り江に入ることができる。

舵を切って方向を変えたとき海面に白っぽい色が浮かんだ。

周りの色とは異なった際立つ色は岩礁のそばで波にもまれている。

近くまでたどり着き備え付けの浮き輪を投げ、洋二は辛うじて浮き輪に手を伸ばす。

面下の岩礁が怖いので、地形的に荒波を作り出す海岸線を鉄男は慎重に船を進める。

鉄男は慌てて舵を切り返して白い色へ向かったが、海面に露出する岩礁だけではなく海
「洋二が溺れている」

耕太郎は大声で鉄男に知らせた。

「洋二だ！」


洋二はとぎれとぎれの声で洞窟から海に出るとき《死にかけて》が心の中に流れたと耕太郎に話した。

洋二は耕太郎の両の手を握り締め震えていた。死の恐怖と戦っていたのだ。

「洋二、大丈夫か」

「もうだめだ、最後に牛タン大盛り二人前を食わないと死んでも死にきれん」

耕太郎は醒めた目で握った手を離した。

月浜漁港に戻ると心配していた圭子や紗友里そして香織が迎えてくれた。

ずぶぬれの洋二を見て一様に驚いたが、香織は冷静に聞いてきた。

「洋二さん、何があったんですか？」

圭子や香織、紗友里には説明が必要だが、考えていないことに気がついた。

「いや、船から落ちちゃって、危なく溺れるところだったのさ」

香織の鋭い目つきをかわすと圭子や紗友里を見た。

紗友里は不安な気持ちが前に出ていた。

「綜介は、綜介さんはどうしたの」

「途中ではぐれちゃったんだ。心配ないと思うよ、華恵さんと仲いいみたいだし」

紗友里の顔が急に変わった。嫉妬というよりは怒りの表情だ。

「ごめんごめん、冗談」

紗友里は洋二の顔を平手で打った後、泣き崩れてしまった。

気まずい雰囲気を打ち破るように、耕太郎が綜介に連絡を取るが電話には出ない。

「あっ、綜介からメールが」

紗友里が涙を拭いながら声を上げた。

〈心配しないで、明日には戻ります〉

善四郎のときと同じように、いなくなってからメールがきて〈心配しないで〉となる。

「一体、どういうこと」

紗友里はいらだった表情を隠さない。

圭子も善四郎のときと同じだと感じているようだ。

善四郎兄貴のことは圭子だけには伝えなければと洋二は考えた。

圭子の耳元で囁いた。「後で」

気づかれないほどに小さく圭子はうなずいた。

月浜漁港で鉄男の友人に服を借りて、行動開始と思ったが急に腹が減ってきた。

「ブラジルプリン食べる人。手挙げて」

洋二は気分転換の意味で陽気に声を上げた。

「ハーイ」

みんな空腹だろう。大高森の展望ルートは登山に近い。

それに空気を変えないと息が詰まりそうだ。

東松島市の鳴瀬地区にあるカフェはブラジルプリンのデザートが評判だ。

耕太郎は香織の車で見た架橋の資料のことを洋二に話した。

鉄男さんから聞いた話だが、不動産業者が計画を察知して島の土地を買い漁っていると の噂もある。

鳴瀬川大橋を渡り左に折れると、住宅街の中にブラジルプリンのカフェはあった。

「ブラジルプジンはコンデンスミルクがたっぷり入っているんです。ワールドカップブラジル大会に行ったとき食べてきました」

(懐かしい。中学校の頃、酸っぱいイチゴにはコンデンスミルクだった)

カフェのオーナーは南米気質の愉快な人だ。

耕太郎は聞いた。

「ブラジルは遠いですよね、飛行機で何十時間もかかるんじゃないですか」

「おうー、大丈夫よ。庭の井戸を少し深く掘ったら、リオだったから」

みんなの笑い声がこだまして、店内はリオのカーニバル並みの大騒ぎだ。

正式にはプジンというらしいが出されたプリンを見て驚いた。

(花魁島に似ている)

プリンといってもカップには入っていない。

ショートケーキのように自立して皆の前に登場してくれた。

上の部分のプリンの層と下の茶色いココアケーキが地層のように見える。

「さっきの件でくたくただよ、甘いものなら大歓迎さ」

洋二は声を上げた。

「みんな心配してたんですよ」

香織は優しい。

善四郎のことは聞いてこない。言葉に出せない何かが支配している。

「洋二、本当に大丈夫?」圭子も声を掛けてくれた。

甘辛さが絶妙な森林鶏のバターチキンカレーを食べながら洋二は手を横に振った。

圭子は黒ゴマの香り豊かなベーグルセットで、野菜サラダが綺麗に盛り付けられている。

濃厚なブラジルプリンは全員が注文した。

プリンの優しい甘さがささくれだった心を塗り薬のように覆った。

二人の男がガヤガヤと話しながら入ってきた。

十河荘の鈴木聡夫にカフェを教えていたが、鉄男も一緒だとは知らなかった。

「宮戸島と寒風沢島の架橋シンポジウムが東松島市であってさ」

鈴木聡夫は民宿の経営者だから橋があったほうがいいに決まっている。

鉄男はあの後、東松島のシンポジウム会場で聡夫と合流したそうだ。

気仙沼の大島も橋が架かってから六倍の人が押し寄せていたと、今回の事例として出た。

鉄男はジャンパーを椅子の背もたれに掛けてトイレに立った。

ジャンパーには髪の毛とフケが付いている。

「ビンテージのジャンパーだね。鉄男さん」

洋二はジャンパーに触ってみんなに見せるように髪の毛を数本取った。

聡夫はにやりとして封筒を渡した。奥さんから話を聞いていたようだ。

開けるとティッシュに包んだ鉄錆び色の画鋲と写真が一枚入っていた。これでDNAがわかるのか心配になったが圭子のとっさの判断でナプキンや爪楊枝を確保できたのは、よかったと胸をなでおろした。

写真は純一が浦戸に来たとき撮ったと聞いていたが、中央の男は舟入島の男と瓜二つだ。

中央が純一で鉄男や十河荘の鈴木さんご夫婦、それに頼子も写っている。

封筒に入れようとしたが左端の若い女性の姿に目を留めた。

冷や汗が出て心臓が強い鼓動に変化する。

娘だ。二女の真梨子だ。

洋二にはわけがわからない。

なぜこの写真に娘が写っているのか？

日付の写る写真プリントのようで年月日がはっきりわかる。

聡夫に写真のことを聞いた。

「家内がアルバムから剥がして画鋲と一緒に持っていけって」

「この一番端の若い女性の方は、どなたかわかりませんか」

「あー、確かねー純一さんの仙台の友だちとか言ってたな。寒風沢に来る前に仙台でバイトしてたときの」

知らないふりをしてもう少し聞いてみる。

「えー純一さん、なんのバイトしてたんですかね」

「うん、宅配便のバイトだったと思うよ。その彼女も一緒だって」


忘れられない出来事が蘇った。

宅配便のバイトの男と玄関の外で話をする妻。

お風呂から上がって脱衣室で体を拭いていた洋二は、虫の知らせか風呂を出てキッチンのインターホンの受話器で、図らずも妻と宅配の男の会話を聞くことになった。

食事を一緒にしたようで次はどこがいいかと話していた。

洋二は裸で受話器を握りしめた、そのときの屈辱が思い浮かんだ。

店の外に出て、娘に電話を掛けた。幸い番号は変わっていなかった。

真梨子の声だ。

「どうしたの」

「実は至急会って話したいことがあるんだ。会えないかな」

「急にどうしたの」

「うん、会ったときに話すから」

「仕事があるから」

「お昼の休憩とか夜とか、朝でもいいよ」

「そんなに大事な用事」

「頼むよ、何とか時間取ってくれないか」

「わかった、後で電話するから」

電話は切れたが体が動かなかった。

店に戻ってコーヒーを飲むが味がわからなかった。

美味しかったブラジルプジンも、さっきと違うほろ苦い味わいになっている。

みんなは電話の後、洋二の様子がおかしいことに気がついたようだ。

「大丈夫？」

「え、ああ、なんともないよ。そうだ、橋を架ける話教えてよ。橋は架かっちまったかい。あは、は、は」

なんとかぼけて話題を架橋問題に転換したが、娘に懇願するような電話をかけたことを父として恥じた。

娘からメールがきた。

今日の夜八時なら時間取ると書いてある。場所は仙台駅そばのロイヤルホテルカフェで、ペデストリアンデッキと同じフロアだからわかりやすい。

気を取り直して洋二は財宝探しの新しい情報をみんなに話した。

「この近くに気になる場所があるんだ。五芒星、六芒星に関係するんだけど」

地図を広げた。

「支倉六右衛門のお墓は公式的には支倉メモリアルパークだよね。近くに十文寺と地図にある。当時寺社がキリシタンの隠れ蓑になっていた可能性があるんだ。地図を東にたどっていくと十文字の地名があるでしょう。石巻街道と鹿島台から古川に行く街道が十文字に交わっているとも考えられるが、隠れキリシタンの何かの目印かもしれない。そしてもっと凄いのは」

洋二は地図の中を指を滑らせ一つの場所を指さした。そこは東松島市の鳴瀬川河畔だ。

「十階杉の地名がある。十戒と同じ呼び方だ。近くなので行ってみないか？」

反対する人はいない。

謎を解き綜一郎より早く財宝を見つけたい一心で車を飛ばし五分。

十階杉地区には数ヵ所の神社や祠があるが、最初に調べたのは赤い鳥居が目立つ薬師如来で小高い場所にある。登ると小さなお堂があり手前に小さな石像が何体か立っている。注意深く見て十字架や金の文字がないか確かめた。

「ここにはないね、次に行こう」

もう一つの場所は鳴瀬川から少し奥に入ったところ。くねくねと曲がりくねった道路を進むと民家の脇に隠れるように鳥居がありそばに菩提樹がある。鳥居を潜ると菩提樹の足元に石像があった。洋二は顔を近づけて詳しく見ていたが声を上げた。

「あ、あった。あったぞ」

みんなも顔を近づけて確認する。手に持つ剣は十字剣だった。

「やはり、十階は十戒で、五芒星・六芒星のポイントなのか」

洋二は財宝の存在に少し近くなったと感じた。


夕方になり紗友里と香織は家に帰ると言った。

紗友里は綜介のことで頭が一杯だが、メールに〈明日帰る〉とあり動きようがない。

残った三人は仙石線高城駅の近くにあるカフェに入って五芒星・六芒星を考えてみる。

神社仏閣とキリスト教、混合型も含め三つくらいパターンを作ってみよう。

まず該当しそうな施設に○印をすることにした。

塩竈神社が二つ、羽生天神社、富山観音堂と大仰寺、医王寺薬師堂上の隠れキリシタンの礼拝堂と思しきボラ、潜ヶ浦聖観音菩薩、多門山の毘沙門堂、鼻節神社、高山外国人避暑地、扇谷の金支堂、それに上下堤ハリストス正教会、黒須の隠れキリシタン集会所、安戸の常長の生家。

「浦戸諸島にもあるわよ」

冷静な圭子だ。

「まず、桂島の入間邸跡の逆U字とお墓、そして寒風島の十二方位石、林松寺、菩提寺だからね。それから野々島の隠れキリシタンのところね」

それでいろいろ線を引いてみよう。

「綺麗な五角形よ表れてくれ！」耕太郎が必死に線を引いている。

洋二は電車の時間があるので抜ける。

相談があると娘から電話が来たことにしてある。

「悪いな、よろしくね」

耕太郎は地図とにらめっこで、目を離さずに手を挙げるだけだった。

仙石東北ラインは、二〇一五年に高城駅から東北線に乗り入れることになった。

途中の本塩竈や野球場のある宮城野原駅は通らない。

仙石線なら十五の駅を通過するが東北本線では五つの駅だから快速電車のようだ。

十九時三十分仙台駅行きに乗り揺れに体を任せ、入間家の財宝を思い描いていると仙台駅到着のアナウンスがあった。

十九時五十三分に仙台駅に着いたが、ここから待ち合わせ場所までは五分ぐらいか。


別居した妻の洋子と、二女の真梨子がいた。

ブレンドコーヒーを頼む。

「元気か、しばらくだな」

「大事な用事って何？」

「ちょっと待ってくれ、コーヒーが来るまで」

二人はそれには答えず、コーヒーを啜っていた。

コーヒーが来た。

一口飲んで、ふっーと息を吐いてから、一枚の写真を出した。

「この写真のことで教えてくれないか」

真梨子と妻の表情が、容疑者が証拠を突き付けられたように一変した。

「え、何、これ」

「この端っこはお前だよな」

「どうしたの、これどこで手に入れたの？」

「うん、それは後で話すから」

「お前、この真ん中の男と付き合っていたのか？」

妻が口を挟んできた。

「そんなこと、あなたに関係ないでしょ」

「いや、関係があるかもしれないんだ」

洋二は低い声で、二人をにらみながらつぶやいた。

「まず俺の質問に答えてくれないか?」

二人は軽くうなずいた。

「真ん中の男は知ってるな?」

「純一君でしょ」

「この写真の日付の前後、付き合っていたか?」

「同じ宅配便の会社でバイトしてたから。友だちよ」

「どのくらい」

「どのくらいって何回かご飯食べたし」

真梨子は妻を見た。

「お前も会っていたのか?」洋二は妻をにらんだ。

沈黙が続いた。

「どうなんだ」

「私が頼んだのよ、初めてだったから。男の人とデートなんて」

真梨子が低い声でつぶやいた。

「それで三人で飯食ったのか」

あきれた。過保護もいいところだ。

「それでその後は」

「その後って」

「うん、どのぐらい付き合っていたんだ」

「田舎おこし協力隊に応募するって言って、塩竈の浦戸諸島に引っ越したのよ」

「そのときの歓迎会の写真じゃない、それ。私も来ないかって」

「その後はどうだったんだ」

真梨子は首を傾けて当時のことを思い出しているかのようだ。

「その日から一週間ぐらいして連絡したんだけどね」

「体調が悪いから後にしてくれって言われて。でもなんか変なの」

「変?」

「電話だから声しか分からないんだけど、イントネーションが違うんだよね。純一じゃない気がするんだ。前のデートの話なんかしても乗ってこないし」

洋二はある仮説を思いついた。

「そうか、わかった。ありがとう。浦戸諸島でお客を案内しているときにちょっとした事件に巻き込まれてな、それで真相を解明しようとしてたら、お前の写真が出てきてお父さんはびっくりさ」

「えっ、でもその後は付き合っていないよ」

真梨子は口をとがらせた。

「いや、お前を疑っているわけではないんだ。複雑で説明しづらいんだが、はっきりしたら必ず教えるから待っててほしい」

妻に頼みごとをした。妻は医療系専門学校を出て検査試薬輸入会社に勤めている。最近、DNA検査を事業に加えたことを洋二は知っていた。

髪の毛、画鋲、そして、圭子から渡された爪楊枝や紙ナプキンを渡した。

「親子関係を調べてほしい」

妻は黙ってうなずいた。

洋二は冷めたコーヒーを飲み干し、財布から三人分のお金を出してテーブルに置いた。

「この後別件があるので」

「……」

二人は何も言わず洋二を見つめていた。

洋二は立ち上がって妻の顔を見た。

二人を置いて仙台駅から仙石東北ラインの二十時四十七分に飛び乗り、二十一時九分に高城駅に着いたが、圭子と耕太郎は遅い時間にもかかわらず待っていてくれた。

洋二は仮説を話した。

「パンドラさんのお世話になりたいと思っているのさ」

ＤＮＡ検査のことだとわかっている。

「五芒星はどう、上手く繋がった？」

待ってましたとばかりに耕太郎が地図を出してきた。

「綺麗なファイブスターができたよ」

と耕太郎は自慢げだ。

「どれどれ、教えて」

「うん、実はキリスト教会の明治時代の歴史を調べたのさ」

「おっ、やるじゃない」

「そしたら塩竈市内にも歴史の古い教会があるんだ」

「へー。そうだったんだ。さすが、耕太郎」

「キリスト教関連で作ってみたらこんな感じさ」

綺麗な五芒星が松島湾にくっきり浮かび上がった。

「おお、見事だね。後の四ポイントは？」

「うん、黒須の隠れキリシタン集会所、上下堤ハリストス正教会、それから、ほら、医王寺観音堂の上のボラ集会所、そして高山の外国人避暑地、そして、塩竈のキリスト教会さ」

「うーん、そうかー。さっきの十階杉は」

「それも重要な手がかりだと思うが、五芒星・六芒星にはバランスがね」

「そうか、あとは寺社仏閣だね」

「とりあえず、ここまでなんだけどね。何度試しても、中心は松島湾の海の中になるんだ」

洋二は、地図を指さした。

「海の中ねー、そうだ、気になる島があるんだ。五芒星の中心に鐘島っていう島があって、金島とも呼ぶが怪しいとにらんでいる。そして俺がハート島と名づけている天慧島だ。天の文字が怪しい。明日船をチャーターして行ってみないか」

圭子も眠い目だったがぎらついてきた。

鉄男にメールすると、明日も非番で海の仕事の予定だったが、そっちを優先するよと温かいメッセージが来た。

今夜は松島湾沿いにあるホテル龍宮松島に宿泊だ。

窓からは眼下の庭園越しに、翁島や九ノ島そして福浦島が眺望できる。

洋二は圭子と耕太郎にこれまでのことを話した。ほかの宝探し仲間には秘密だと釘をさして、善四郎のことや綜介そして純一の背景にある組織のことを話した。

「綜介が加入している世界湾岸自然保護クラブが怪しい。財宝探しに参加したいと言ってきたが、クラブは《1》のフロント組織でもっと大きな野望を持つ組織だ。本当の狙いは原発阻止なのかもしれない。《1》がボートの船旗にあったし、舟入島で見せられた液晶画面の人物の背景にもあったが、ネットでは出てこない。そこで綜一郎に聞いてみたんだ」

「えっ、綜一郎」

圭子は声を上げた。

「綜介の件もあるから。なぜ、綜介がボートに飛び乗ったか？　俺は善四郎兄貴がいたから飛び乗ったが、綜介が飛び乗った動機は華恵が飛び乗ったからか？　紗友里がいながら」

圭子は腕を組んで首をひねるばかりだ。

「綜介の動機がわからないわね」

耕太郎は廃港でのことを思い出していた。

「あのとき紗友里は〈綜介がどうして〉と驚いた表情だった。で、綜一郎は何と？」

洋二は謎の正体を解き明かそうとする。

「捕鯨反対の世界的グループがあるだろう。捕鯨船の漁を邪魔したりするグループの活動資金は、畜産の世界的団体が出しているとの噂がある。

それと同じように、原発反対のグループがあるだろう。それは世界的なオイルマネーから資金援助を受けている。私が液晶画面で見た人物はその一味だと思うんだ。その仮説を綜一郎に話したのさ」

耕太郎はその次を聞きたくて身を乗り出した。

「それは、一般には知られていない秘密活動組織《one Existence》（一つの存在）らしいと綜一郎は判断している。彼は防衛隊の特殊ルートからの情報だそうだ。くれぐれも他言無用と釘をさされたけどね」

「それで、《1》だったのか！」と耕太郎。

「やばい話ね」

圭子は小さくつぶやく。

洋二は話を続けた。

「綜介は海鮮バーベキューの店で『宝探しを手伝わせてくれ』と申し出てきた。どこからその話を聞いたんだと問いただしても答えない。つまり綜介は《1》に加入していて、俺たちの宝探しに潜入を試みたんじゃないかな」

「紗友里かな」

との耕太郎の言葉に洋二は反応した。

「いや、紗友里じゃない。華恵と繋がっていたのかも」

「じゃ、華恵はどこから情報を得たんだろうか」

洋二は腕を組み返した。

「それが謎なんだ。九行詩が開示されたのは三日前。もしかして、その前にお寺から秘密が漏れたのかもしれない」

耕太郎は謎解きを試みる。

「お寺から？　それなら勇作か。お寺の仕事で入間金四郎の百回忌法要の準備を手伝っていたと言ってたし、九行詩を事前に見ることも可能なはずだ。勇作と綜介の二人の男が謎解きの鍵を握っているかもしれない」

洋二は真剣な耕太郎を茶化す。

「二人は華恵の妖しい魅力に取りつかれたかも、お前もかブルータス」

耕太郎は突っ込むが、

「古いぞよ、シーザーサラダ」

ツッコミに圭子は、両手を抱えて（寒い）仕草になり二人の笑いを誘った。

洋二は煌めく海面に点在する島々の月影を見つめていた。


舟入島で、華恵は激怒していた。

「東洋一号、警備失敗の責任は命をもって償ってもらうよ」

仲間になりかけた洋二が逃げ去った報告を受けたからだ。

「武器庫のアレを今夜積み込む」

西洋二号と三号に指示する。

華恵は思った。

（秘密が漏れた。ぐずぐずしていられない。明日にはすべてを終わらせ撤収しよう）

第五章　立待月

「ドドドド、ドドドドド」
軽やかなエンジン音の船に朝一番で飛び乗った。
洋二と耕太郎そして圭子の三人が、鉄男の船外機の小舟で出港した。
「湾内はこれで平気さ」
船から見る松島は格別の景観だ。
翁島、九ノ島と千貫島だ。
小さいが形の良いこの小島には一本の松の木がある。
その盆栽のような島を伊達政宗は松島の島々の中でも特に気に入っていて、
〈あの島を城に運んだ者には銀千貫の褒美を遣わす〉
とジョークを言ったから千貫島と命名された。
千貫島を左に見て進路を南に取ると布袋島、大黒島、毘沙門島が右手に見えてきた。
恵比寿島はその陰にあるのではっきりとわからない。
双観山のある半島を過ぎると入り組んだところが扇谷山だ。
四大観を海から眺めるのもいい。

松島湾は海の畑で牡蠣棚、海苔の養殖、ワカメの養殖が整然と区割りされているから、目的地に真っ直ぐ進路を取ることはできない。まるで交差点を左折するように東に進路を変えて金島に向かう。

金島は鐘島とも呼ばれて四つの穴がありボラに当たる波が鐘のような音を立てる。干潮なのでその穴は小舟なら潜り抜けられそうだが無理はできない。

「宝を隠すには船を付ける場所もないしここは無理かなー」

金島をぐるりと一周してから天慧島に向かう。

途中の名もない島に目を見張るものがあった。

「ボラが見える。大きなボラが」洋二が叫ぶ。

地元の鉄男でもこの辺りは通らない。

慎重に近づくが海底には海藻が見える。最近、食用として脚光を浴びているアカモクだ。富山大学の林先生が一九九八年にアカモクのエキスが、エイズウイルスやヘルペスウイルスの増殖を抑えることを発見し食用になった。

穂先がスクリューに絡んでいる。

「まずい」

鉄男がエンジンを止めて手をスクリューに入れてアカモクを一つ一つ剥がしている。

船は波任せで揺れている。

海の深さは二メートルか三メートルくらいで、透明度が高く海底までよく見えた。

アカモクを取り切ると鉄男は櫓を出して漕ぎ始めた。

ボラに近づいてくれるのはなんともありがたい。海面からの高さは三メートルあまり、幅は四メートル奥行きは十メートル以上だが、入口の形が四角いので人工物ではないか？行き止まりになっていて、太平洋戦争の遺物に違いない。

海の畑を避けるように遠回りで天慧島に近づく。鰐が淵の波静かな水道を通ると島と島の間の八十メートルは、少し大きな船を横にすれば渡れるくらいで、どれだけ狭いかがわかる。

左は塩竈市で右は東松島市。

人間が引いた見えない境界線が原因で、背を向けている現実を知らされた。

自然環境や利便さは変わらないのに、人間の身勝手さでこの地は隔絶されている。

鰐が淵水道を通り過ぎるとツク島が迎えてくれた。

ひょっこりひょうたん島を思わせるこの島は水道の突き当たりの場所に、横に大きく広がっている。太平洋から来た津波はここで矛を収めざるを得ない。

「松の木の配置が素敵ね」

圭子が島を眺めながらつぶやく。

二つの小山が繋がったように見え、山には自己主張の強そうな松が立ち上がっているが、全体として調和してドン・ガバチョや博士が生活していそうだ。

生活といえば両岸にワカメの養殖棚があり杭の根元には貝がたくさん付いている。

ツク島を右に見て朴島方向に進路を取る。

寒風沢島の長い岬の裏が、美女浦でその名のように松の枝ぶりは乙姫が手を振っていると錯覚しそうだ。

島の最北端の岬を左に見ながら寒風沢水道を横切る形で船は進む。

通合島、箱が先島を左に見ながらいよいよ天慧島とご対面だ。

地図では綺麗なハートに見えるこの島は、入間金四郎も知っていたのではないだろうか。

しかし島には高さがあり、これまで出合った数多くの孤島の中で一番に高い場所からにらむように見下ろす松は、人を拒んでいるかのようだ。

島の裏手に回ると恐ろしい光景が目に入ってきた。

二つの目がこちらをにらんでいる。

窪んだ眼光は中央の白い鼻を一層際立たせて、見る者を威嚇しているかのようだ。

これは自然ではない。誰かが岩肌を彫り込んだのではないか。

上空を海鳥が舞っている。大きなハヤブサのようで、俺たちのすみかに何の用事だと言わんばかりに「かーかー」と泣き叫ぶ。

恐怖の島だった。ハート島と勝手に命名した天慧島をどう調査するか。

島の頂上に財宝を隠すとしても、ロッククライミングの技を持った人が必要な気がする。

明治の末期から大正の初め頃にそんな技術を持った人がいるとは思えない。

天慧島の頂上に登ってみたい気持ちはまだ残っているが、洋二たちは無理だと悟った。

金四郎の時代も同じかと考えあぐねていると、洋二の携帯に着信があった。

妻からだ。

「ＤＮＡ検査の結果を出したわよ。画鋲と髪の毛は親子、爪楊枝やナプキンは他人ね。急いで検査したから、料金高いわよ」

「洋子、確かなんだろうな。間違いないか？」

「間違いないわよ」

「わかった。ありがとう。こんど埋め合わせするから」

洋二は急いで電話を切った。

（髪の毛と画鋲は親子、爪楊枝やナプキンは他人）

何度か口の中で咀嚼する。

鉄男と純一は親子だと、ＤＮＡ検査が証明している。

しかし、純一が目の前で使った爪楊枝やナプキンから出たＤＮＡは親子ではない。

頭の中で何度も繰り返す。

（写真の純一は鉄男の子供で間違いない。じゃ、純一は誰？）

やはり洋二の推測は当たってしまったかもしれない。

洋二はＤＮＡ検査の結果を圭子と耕太郎に話した。

「つまり、写真の純一さんは鉄男さんの息子？」

「そうだ、そうなる」

「じゃ、純一は誰なの？」
鉄男が割って入った。
「なんだ、何のことだ」
鉄男に話さざるを得なかった。
（まずい）
鉄男がみるみる怒りに燃えてきたことが表情から読み取れる。
「さあ、戻りましょう」
圭子が言ったときだった。
小舟が現れた。
乗っていたのは寺の手伝い勇作と純一じゃないか。なぜこんな場所にこの二人が？
鉄男は純一の船めがけて急にスピードを上げたため、我々は後ろにひっくり返った。
衝突コースを進む駆逐艦のような勢いで、瞬く間に純一たちの船の先端にぶつかった。
鉄男はひらりと飛び乗ると純一めがけて飛び掛かった。
純一は何があったかわけがわからないようだ。
二人はもみ合いになって鉄男が大声でわめいている。
船はぐらぐら揺れ動いている。
勇作は船べりにしがみつき振り落とされないようにするのが精一杯だ。
次の瞬間、船が大きく傾いて鉄男と純一は海に投げ出された。

「ざぶーん」

大きな音と波がこちらの船にも押し寄せる。

この辺りは水深五十センチくらいのようだ。

立ち上がった二人は海の中で取っ組み合いを続ける。

海が深くないと知った洋二と耕太郎も海に入り鉄男を助けた。足元は海藻なのかドロドロしていて滑りやすく海の中で何度も転んだが、岩礁に近くなると足元も安定してきて水深も浅くなった。純一の腕を二人で摑んだところでやっと静かになった。

肩で息をしながら鉄男が絞り出すように声を出した。

「純一。お前は純一か。純一じゃないのか。純一はどこにいるんだ。純一に会いたいんだ」

岩礁の上で鉄男は純一の両腕を摑んで言ったが、最後は泣き声になった。

四人の息づかいだけが波打つ岩礁の伴奏曲になり、ほかの音は耳に入らなかった。

洋二は聞こえない小さなつぶやきをもらした。

「ごめんなさい、鉄男さん。俺たちがお節介したばかりに」

鉄男は気丈に応える。

「とんでもねえとこ、見せちまったな。親バカってやつか」

耕太郎は鉄男が吐いた本音を聞いてほっとしたのかツッコミを入れる。

「親バカじゃなくバカ親なんじゃない」

「なんだと、バカ親じゃねえ。親バカなんだ」

「バカ親だよ、こんなこと」

「違うぞ、親バカとバカ親は」

鉄男と耕太郎が波打ち寄せる岩礁で口論になっている。

洋二は笑い二人も笑った。つられるように純一と名乗った人物も笑った。

私と洋二に腕を摑まれ笑っている男は、純一にすり替わった誰なのだろうか。

（家族とは）洋二は思った。

家族は姓や名前やＤＮＡが決めるのではなく、長年の生きざまが決めるのではないか。

毎日の会話や食卓を囲んでの団欒、公園で遊んだ思い出。日常の記憶の重なり合いが、家族を育み、創り出してくれるのではないだろうか。

昔、赤ん坊の取り違えがあった。大人になると似ても似つかない。調べてみるとＤＮＡが親子関係を九十九パーセントの冷たい数字で否定する。そんな事件が報道された。

ＤＮＡ検査は現代のパンドラの箱ではないか。開けてはいけない箱を開けてしまったのかと、洋二の心は小さな箱に閉じ込められたように息苦しい。


そこにプレジャーボートが現れた。舟入島で洞窟に潜んでいた船に似ている。誰か助けに来てくれたのだろうか？

操縦していたのは華恵で隣には綜介がいる。

華恵の操縦するボートが近くに来たが、背後にもう一隻大型プレジャーボートが来た。

岩礁にいた我々は誰かが救助に来てくれたかと嬉しくなったが、様子がおかしい。

黒い服の男が操縦する大型ボートには綜一郎が乗っていた。

岩礁にいる我々のところではなく、綜介の乗っているボートに真っ直ぐ進んで行く。

(我々はお構いなしかよ)

プレジャーボート同士が衝突するほどに接近すると、綜一郎が綜介の乗っているボートに飛び移った。綜一郎は海兵隊出身なのかと思うほど機敏な動きだ。

綜一郎は綜介ともみ合っている。

華恵は揺れる船を安定させようと必死に操作するが、綜一郎が飛び乗った衝撃が大きいため右に左に大きく揺れている。

「ザブーン」

激しく揉み合い綜介と綜一郎は船から落ちてしまった。

綜一郎と綜介が落ちた場所は幸い水深は浅く、溺れる程ではないが腰から下は海の中だ。

海底の岩礁に足を取られたのか綜介が転ぶように海の中に消えて、綜一郎は慌てて綜介が消えた場所に飛び込んだ。綜介の腕を掴み上げ海面に顔を出させると、白いシャツの肘に赤い色が見えた。海中で岩にぶつかったのだろう。

二人は浅瀬を巧みに歩いて我々とは違う岩礁にたどり着いた。

いち早く綜一郎の乗っていたプレジャーボートが、その岩礁に近づき二人を助け上げた。

華恵はそれを見て、舵を切り外洋に向けて走り去った。

勇作も船外機のエンジン音をけたたましくして逃げ去った。

綜一郎は大型プレジャーボートの中で、綜介に着替えを出して親子一緒に着替えた。

こんなことは綜介が小学校以来かと綜一郎は思った。着替えを終えた綜介に向かった。

「大丈夫か。腕の傷を見せてみろ、消毒するから」

綜介は気丈に応える。

「このぐらいなんでもない」

「目を覚ませ、綜介」

「親父、なんで俺のことを」

言葉をさえぎるように綜一郎が言った。

「お前は洗脳されている、あの組織に」

「そんなことはない、なにかの間違いだ。俺はある方の依頼で……」

綜一郎は綜介の話に耳を貸さず早口でまくし立てる。

「頼子さんか、それとも別な友人か。高校までは良かったが、大学に行ってから人が変わったな、綜介は」

綜一郎と綜介が二人で話すのは何年ぶりだろうか。入間金四郎翁の百回忌法要でも話をするどころか、目線も合わせず完全なる父子断絶だった。

わずかな行き違いが長い歳月を経て積み重なり、戻すことが不可能な亀裂を作っていた。

しかし、代々続いてきた入間家を終わらせるわけにはいかない。次男が亡くなったからには跡取り息子は綜介だけだ。その想いだけで綜一郎は必死にボートに飛び乗った。

この機会を失ったら永遠に息子を取り戻すことはできないと綜一郎は知っていた。

なぜなら息子が所属している組織は世界的な裏組織であり、南太平洋や西太平洋に行ってしまえばもう二度と会えないのだ。

綜介は父親とは反対方向に顔を向けたまま、水濡れた小鳥のように震えていた。

綜一郎は綜介の背中に声を掛けた。

「お父さんは組織からお前を救出したんだぞ」綜一郎は静かだが怒った声だった。

「親父はなにもわかっちゃいない」

返す綜介。

「あの組織は最近急進的になってきて、西アジアの件や北ヨーロッパの件を影で動かしているテロ組織になりつつある。お前の信じている地球環境保全団体とは違ってきているんだ」

「……」

綜介が大きな声で吠えるように父親に向かった。

「俺は俺の道を進む。俺に干渉しないでくれ」

うめいた後に渡されていたタオルに顔をうずめた。

小さな泣き声がタオルから綜一郎に伝わってきた。

愕然とした綜一郎はどう答えていいのか分からないまま、揺られるボートから島々を見たが、その景色はどんよりとまぶたの中で二重になっていた。

綜一郎は気を取り直して綜介のうずくまった体に、呼び覚ますように話し始めた。

「お前は俺のたった一人の息子だ。黄疸だった赤ん坊のときから幼稚園の運動会で転んで膝を擦りむいたとき、小学校の入学式に行きたくないと足をばたつかせたことや、中学校の父親授業参観で無視したこと。牡鹿半島キャンプで紗友里ちゃんと山中に入り迷子になったことは全部覚えている。まるで映画のようにな。お前との思い出はお父さんの大事な宝だ。これまでも息子だしこれからもずうっと息子だ。それは誰も奪うことはできない。誰も絆を断ち切ることはできないんだ」

大声になった綜一郎の頬からは一筋こぼれるものがあった。

「弟が、弟の綜次が死んだからでしょ？　一人息子は」

「馬鹿野郎！」

綜一郎は綜介の頬を思わず張り手してしまった。

そして綜介に寄り添って声を上げて泣いた。

綜介も泣き崩れて綜一郎に顔を寄せた。涙を父に見られたくなかったに違いない。

鉄男と純一（純一のなりすまし）、そして洋二と耕太郎も圭子が櫂で寄せてくれた船外機の小舟に乗ることができた。圭子以外は全身ずぶ濡れだが鉄男は冷静さを取り戻していた。

なりすまし純一は一言も話さず、鉄男も見ようともしなかった。

これからどうすればよいか分からなかったが、間違いなく騒動の責任は洋二にある。

帰りの船は重い沈黙が支配していた。

浜田港に戻りシャワーを浴びて乾いた服に着替えた。

「話してくれてもいいよね」

洋二は決着を付けなければならない。開けてしまったパンドラの箱の。


なりすまし純一は本名を樋口剛志と名乗った。ヒッチハイクで全国を旅していた。

疲労がたまり援助も受けられず、旅を続ける自信をなくしていた。

毎日歩いていた。十キロか二十キロを。海沿いの半島に入った。

潮風が清々しい海峡にたどり着く。対岸には小さい船着き場があり、ほそい道がみえたが暗くなりつつある海辺で剛志は考えた。

ここはおそらく東松島の半島の奥深くで松島の境目だから前進あるのみと服を脱ぎ始める。

百メートル足らずに見える対岸まで泳ごうと決心し、リュックサックに着ている物を詰め込み大きなビニール袋に入れてベルトで背中に括り付けた。

月明かりの中を静かに海に入る。

多少流れはあるが泳ぎは得意で、十分も掛からずに対岸に泳ぎ着いた。

月影の林の中で体が乾くまで待って服を着たが、リュックサックは濡れていない。

歩き始めて五分も経たないところで声を掛けられた。

夕島純一と名乗る男は剛志と一学年違いで、生まれは半年ほど純一が遅いらしい。

関東地方から移住したというが、知り合いもなく地域とも溶け込んでいないように見えた。

そんな中で夜遅くに近くを歩いていた男に不信感や恐怖を感じるのではなく、同じ時間に同じ場所にいることで親しみや安心感を抱いたのだろうか。

純一は饒舌に語り始め、家に泊まるよう勧めてきた。

夜食をどうかと問われ剛志は強い空腹感に襲われ、カップの狐うどんを一緒に啜り話すうちに、友だちのような気になってきた。純一は数年前に母を亡くしたと写真を見せてくれたが、父は自分が生まれる前に別れて兄弟もいないから独りぼっちだと。

写真を見せられた剛志は純一を見て奇妙な感覚に襲われた。

（似ている。年齢も境遇も、顔や背格好まで）

世の中には自分に似ている人が必ず三人いると聞いたことがある。

ネットで自分探しと称して名前を入れてみる。誰もが一度は行う儀式だ。

予想外に自分の名前の別な人は存在していて、自分より貧しい人もいればお金持ちもいる。

剛志は隣で陽気に話すこの男に自分自身を重ねていた。

タブレットを開いてＳＮＳを見せられた。

友だちの人数は百数十人で実際に会っているのは二十人足らず。

あとは友だち申請がきたり、こちらから申請したりと会わずに繋がりを持てる。

内容も日常を記録しているので純一の性格や行動パターンが良くわかった。

「『いいね』は遠方の人が多いんだ。近くではSNSをする人はあまりいないからね」

純一は寂しげだ。

壁のカレンダーには予定がしっかり書き込んである。

生まれ故郷や亡くなった母親の写真も資料が示してくれていた。

純一は疑うことを知らない純粋な人だ。

そう思ったとき純一から突然提案を受けて剛志は驚いた。

純一も剛志の感じていたことを、同じように感じていた。

剛志はこれまでのヒッチハイクは、純一のようにSNSに出しているわけでもなく、目的もゴールもなく惰性で行っていた。一つのところに落ち着いてみるのもいいのかと思い始めていたところだったので渡りに船だ。


純一の提案を受け入れる返事は、瞬間だった。

「面白いね、やってみるか純一」

剛志には秘密があった。

母は家庭内暴力の夫から逃れ、たどり着いた中部地方の港町で男と知り合い同棲していた。そこで生まれたのが剛志だ。DV夫は妻を探し続けているから離婚届けを出すことができず、剛志に戸籍を持たせることができなかった。

現状から逃げ出したい純一と、放浪にピリオドを打ちたい剛志は握手した。

ハサミを貸してもらい髪形を純一に似せた。

様々なレクチャーを受けた。

純一がこれからどうするのか聞けなかったのは、剛志が自分のことで精一杯だったから。

明日から純一だ。


五日後に同じ島の唯一のSNS友の兼城勇作が来た。

この後勇作と因縁の関係が続くことになるとは思ってもいなかった。

写真を毎日見ていたので直感でわかった。

「やー勇作さん」

わざと無精ひげにした。

「大丈夫、体調崩したって？　なんだ少し痩せたか、野菜持ってきたぞ」

「あ、ありがとう、お腹壊したみたいで」

「まあ、無理しねえで」

「ありがとう」

気がつかれることはなかった。

これで純一になったんだ。

圭子は、剛志の話す松本清張のような社会派ミステリーに、思わず涙した。

洋二は剛志をどうすべきか迷っていた。

他人を語り他人の家に不法に滞在したことは間違いないと、松島交番に連絡を取った。

それにしても本物の純一はどこに？

「あっ、舟入島の東洋三号！」

圭子も耕太郎も洋二の次の一言に集中した。

「舟入島にいた男が純一にそっくりだったんだ」

耕太郎が突っ込む。

「いやそっちが本物だろう」

「いや、さっき警察官が連れてったのも純一だし、あっちも純一だし、背格好も髪型も顔つきまでそっくりなんだ、双子か」

「だから、剛志がなりすましていたって」圭子も突っ込む。

「だよな。しかしそんな偶然ってあるのかな」

「あったんでしょう」

圭子は冷たく結論する。

気がついたらお腹がペコペコだ。

「ほやほや飯店で、昼食にしよう！」

塩竈神社表参道入口近くにほやほや飯店はある。

出来てほやほやではなく、海鞘《ほや》をメニューの中心に据えている珍しい店だ。

宮城県の海鞘はマボヤという品種で、全国の八十パーセントの生産を占めている。

五月中旬から八月中旬が旬だが、この店では年中旬を味わえる魔法がある。

瞬間冷凍だ。

紗友里も塩竈に用事で行くと聞いていたからお昼に誘った。

シェフの遠藤さんは塩竈港の岸壁近くで、食堂を営む知る人ぞ知る名物爺さん。

この店の経営者に懇願されてここの店長兼シェフになった。

海鞘はそのほとんどを海外に出荷し、海鞘チャンジャとして食べられていた。

海鞘の落下病が海外で発生したこともあって宮城の海鞘はもてはやされていた。

しかし東日本大震災後の原発事故による海洋汚染を理由に輸出できなくなった。

海鞘栽培の漁業者はすくすく育つ海鞘の行き先をどうするか思案に暮れた。

そこでこの店で海鞘の国内消費を掲げて事業を始めたのが斎藤社長だ。

海鞘尽くしのメニューのほとんどを発案し、伝説の遠藤シェフが調理を考案した。

今日は海鞘炒飯、海鞘ラーメン、海鞘塩焼きそば、海鞘丼を頼んだ。

洋二は海鞘の唐揚げと海鞘シウマイを頼んで振る舞ってくれた。

最初は物珍しさで恐る恐るの感じだったが、その美味しさに目覚めたように食べる速度があがった。圭子はもちろんだが紗友里も海鞘尽くしのメニューは初めてのようだ。

「海鞘って酢の物しか知らない。何か苦い印象しかないわね。でも美味しいお肉をいただいている感じ。鶏のささ身に近いわね」

斎藤社長は力説する。

「生の海鞘は長距離輸送には適さないんです。採れたての旨さをお届けするのは至難の業でして、なぜなら」

食べ終わったことを、確認してから云う。

「海鞘の袋の部分を食べるんですが、中に詰まっているのはほや水といって独特の香りがします。愛好家にはたまらない魅力なんですが、首都圏などへ長時間の輸送をすると臭みに変わってしまうんです。だから当社では水揚げ後にただちに捌いて海鞘のむき身にして急速冷凍します。先ほど食べていただいた海鞘はすべて新鮮なまま急速冷凍していますので生臭さや苦みがないのです」

「そうだったのね」

圭子は海鞘の秘密を知って喜んでいた。

耕太郎は海鞘の思い出を独り言のようにつぶやく。

「鮮魚店に海鞘が並ぶと梅雨入りだなって季節を感じていたけどね」

「そう耕太郎さん。七夕の時期の七月頃は海鞘の一番美味しい時期です」

「その頃に水揚げが最大になりまして瞬間冷凍し通年で食べられるようにしています」

納得のビジネスモデルだった。圭子は海鞘の文字が九行詩になかったかと携帯を開く。

海獺はあるが、海鞘の文字は見つけられなかった。

五芒星、六芒星では宝を見つけられないのだろうか。

なぜなら五芒星も六芒星も中心は松島の海の中だから。

あるいは瑞巌寺とその一帯を守っているように見える。

隠し場所は瑞巌寺なのだろうか。

「明治時代末期や大正時代初期に、瑞巌寺の境内に穴を掘って宝を隠すことができたのだろうか。難しいよね」

「もし、隠しても誰かに見つかって掘り起こされてしまうのでは？」

「五芒星や六芒星じゃあないのかも」

沈黙が支配した。

洋二は開いた地図に点を打ち一本の線で結んでいた。

驚く表情になり声を上げげた。

「見てくれないか！　一本の線で繋がった」

全員が地図を覗き込む。


圭子と紗友里が、ほぼ同時に声を上げた。

「レイラインよ！」

今度は圭子と紗友里が注目を浴びた。

圭子は力説する。

「レイラインはイギリスのアマチュア考古学者、アルフレッド・ワトキンスが一直線上に、レイと名の付く地名が多いことから発案したのよ。イギリスの古語で光のことをレイというこうこともあってレイラインと名前がつけられたの。一番有名になったのは、イギリスの南部を横断する、『セント・マイケルズライン』よ。これは古代史家の、ジョン・ミッチェルが発見したのよ」

地図で確認すると昨日案内した十階杉と上下堤ハリストス正教会。そして富山観音、塩竈神社の龍が一直線で結ばれる。それらを結ぶライン上に福浦島がある。

洋二は観光ガイドのようにみんなに話した。

「二百五十二メートルの朱塗りの福浦橋を架けて、観光客が島内を回れるようにしている。この橋は出会い橋と呼ばれていて縁結びの御利益があると言われているのさ。雄島の渡月橋とは真逆の関係だ。新聞で読んだことがあるけど、福浦橋は大震災で壊れたが台湾の温かい義援金で修復され絆を示す架け橋になったんだ」

急いで福浦島に渡った。

入母屋の瓦屋根の小さなお堂は、古めかしいが凛として松島湾を望んでいた。

目の前には経ヶ島、引通島、左奥には焼島が見えて遠くには布袋島が霞んでいる。

振り返って弁財天をよく観察すると瓦と同じ素材で焼き上げたのだろうか、しゃちほこが建物に比べて立派だ。大棟の鬼瓦や降り棟鬼飾り、稚児棟鬼飾りは表情豊かだ。

拝礼のために葺き下ろしになっている瓦屋根の右側に「龍」がいた。

大きくはないが間違いなく龍で圭子が声を震わせた。

「レイライン、レイラインよ」

屋根の左側には塩竈神社で見たような霊獣が口を開けていた。

島の先端にある見晴らし台に行くと先ほどとは違った景色になった。

千貫島が見えた。一本松が小島の上で傘をさしているような姿だ。

紗友里が歩きながらクイズを出してくれた。

「ねえ、知っていますか？　松島には赤い橋が三つあるんですよ」

隣を歩いていた耕太郎が答えた。

「雄島の渡月橋、それにここ福浦島の福浦橋、えーと、もう一つはどこだっけ」

「五大堂に渡る透かし橋なんです」

「あそこも欄干が赤いんだっけ」

「それぞれ意味があるんですよ」

「松島に来て三つの橋を渡るときは順番に気を付けないと、大変なことになっちゃうかも」

舌足らずな言い回しが可愛い。

「え、ほんと！」

「はい、まず最初は渡月橋でこれまでの悪縁を断ち切り、福浦橋で良縁を引き寄せ、透かし橋でご縁を成就させるとの言い伝えがあるんですよ」

圭子は笑顔で声を掛けた。

「順番、大丈夫ね。あとは透かし橋さえ渡れば」

洋二と耕太郎は苦笑いで応えた。

（圭子は誰と透かし橋を渡るつもりなのか）

車に戻り、地図を見た洋二はつぶやいた。

一昨日見た幽観・扇谷もライン上にある。

紗友里が自信をもって話す。

「ここは迦楼羅、カルラよ。毒龍を退治する龍の道の守り神なのよ」

紗友里が声を上げた。

「あっ」

「洋二さんの引いたライン上に気になっていた小島があるの。赤い鳥居が見えるのよ」

国道四十五号線からも赤い鳥居が見えたので、洋二の心臓は動きを速めた。

道路沿いの千賀の浦港に船がたくさん係留されているので、洋二は作戦を思いついた。

港の海鮮販売店に行って、日持ちしそうなサバの味噌煮缶や干物をみんなで購入した。

「あのぉ、お願いがあるんですけどぉ。あの島に行きたいんですぅ」

紗友里の舌足らず作戦が図に当たった。

「子ノ島ね、わかったよ」

店のお兄ちゃんがボートを出してくれたが、男女四人が乗ったので、目を丸くする。

島の入り江に参道のような細い道筋が見えたので、船を近づけて飛び移る。

洋二が急斜面を四つん這いになって登り、みんなも同じ格好で登ってくるのがおかしく思えたが、赤い鳥居を潜り抜け何とか祠のあるところまで行けた。

龍神様だ。

外国ではレイライン。日本では龍の道。

車に戻り地図を開いて確認するが間違いない。立派なレイライン、龍の道だ。

延長線上に上下堤ハリストス正教会や、十階杉がある。

そして塩竈神社にも龍の生まれ変わりの大木がある。

福浦島の弁財天を守る龍も龍の道。

松島のレイラインを発見した。心臓がドキドキするのがわかる。

しかし、一直線のどの場所が宝の隠し場所なのかわからなくなり迷宮に迷い込んだようだ。

そのとき紗友里が地図を指さした。

「レイラインと直交するもう一つのレイラインを探しましょう。レイラインクロスです」

「そうか、その手がある」

洋二は手を打った。

塩竈のカフェ珈琲玉木に入った。窓辺にはアンティークな小物が置いてある落ち着いた場所だ。洋二は生クリームがたっぷり乗ったチーズケーキを珈琲と一緒に注文する。耕太郎はブラックコーヒー。紗友里は苺のスムージーで優しそうなピンクが似合っていた。圭子は珈琲フロートでこちらも似合っている。

洋二は地図を開いて入間金四郎の気持ちになる。

十階杉や上下堤ハリストス正教会から塩竈神社までの竜の道、レイラインを基軸として直行するラインを急いで見つけなければならない。

北東から南西にそのラインは走っているから、直行するためには北西のポイントと東南のポイントが必要になるが、東南のポイントは浦戸諸島が候補だろう。

北西は数が少ないがキリスト教関連では明治時代からの施設や寺院がある。

それらを様々に結んでみる。

これまで行ったことのない場所や、誰も知らない未知の存在がポイントになっていないだろうかと、急に不安な気持ちが頭をもたげてくる。

耕太郎は自慢げに話した。

「入間金四郎の気持ちになれば、誰かに見られない場所に隠すんじゃないかな」

紗友里も圭子も、必死な面持ちで地図の上に定規で線を引く。

後で消せるように鉛筆で書いているが何本も線が引かれだんだんわからなくなってきた。

福浦島が中央に近い位置であることに気がついて、そこを起点に基軸のレイラインと直角にラインを引いてみようと思った。

洋二が鞄から三角定規を出して驚かせたが、使うのは昔の試験のとき以来だそうだ。

線を引くと浦戸諸島の野々島のキリシタン仏の熊野神社や十二方位石を指している。

圭子は驚きを言葉にした。

「やはり熊野神社と十二方位石は重要なポイントだったのね」

そのラインを北西に伸ばすと、陽徳院をかすめて葉山神社に当たる。

そこから先は樹木生い茂る山々があり、その奥には白坂山の山頂近くを通って、大郷町の安戸地区を通る。

安戸地区には支倉六右衛門が住んでいたと伝わる。

「有力なレイラインクロスの候補だね」

ほかの可能性を探る。

金支堂や子ノ島などを起点に、クロスを書くがヒットしなかった。

耕太郎は目を輝かせて声をあげた。

「福浦島なら広いし隠すときにみつからずに済むかもね」

コーヒーを飲みながら、ガヤガヤと話が飛び交う。

洋二はまたしても九行詩だ。

以前から詩の最後の行にある《十》を気にしていた。

「レイラインとの関連を示す文字は最後に一つあるね」

「そう、十だ」と耕太郎。

しかしこの詩を解明する手掛かりはまだ見つからない。

果たしてレイラインの線でいいのか？　五芒星・六芒星はどうなるのか？

行き止まり感が半端なく、漢字アレルギーになりそうだ。

洋二はカフェの出窓に置いてある郷土玩具に気がついた。

こけしだけではなく外国の品々もある。

目に留まったのはロシアの玩具のマトリョーシカだ。

洋二は紙ナプキンに漢字の当て字で書いてみた。

的、量、子、華
「マトリョーシカってこう書けない？」

「まあそうだけど、いまやること」

圭子はダメ出しする。

「漢詩を見てたらやってみたくなったのさ」

（みんなは地図や漢詩から目を離そうとしない）

しかし一人だけヒントになった人がいた。

紗友里は何かに気がついたのか、漢詩を見つめながらつぶやいている。

呪文のように声にならない声を喉の奥から発している。

我々には「ぶつぶつ」と念仏のようにしか聞き取れない。

急に紗友里が大きな声を出した。

「わかったわ！　洋二さんわかったかも。ありがとう」

みんなは一斉に紗友里を見た。

洋二は狐につままれた表情になっている。

店の客も見ている。

紗友里は大きな声だったと、恥ずかしそうにうつむきながら小さく声を出した。

「この漢詩は漢詩じゃない。漢字の意味は意味をなさない。大事なのは言葉です」

紗友里の言葉もわけがわからない。

全員が狐につままれていた。巫女の紗友里が牝狐に見えてきた。

（このまま我々を置いて、一人いや一匹どろんと白い煙を出して消えてしまうのではないだろうか。そして宝は独り占めされてしまうのではないか）

わずか数秒のことだと思うが、その映像が頭の中を駆け巡った。

圭子がイライラしている。

「もっとわかるように言って？　言葉遊びしているようで何が何だかサッパリだわ」

女同士の意地のぶつかり合いもあるだろう。

洋二もハッと現実に引き戻されて紗友里を見た。

「自宅にロシア語の辞書があるんです。二十分以内には戻れると思いますので」

圭子は英語は分かるがロシア語はわからない。

「ロシア語って知ってる？」

洋二が反応する。

「うん、マトリョーシカ、ボルシチ、ハラショーかな」

圭子はバカにした表情になりつぶやく。

「マトリョーシカ、あの、入れ子のこけしね」

出窓の玩具を見た。

紗友里が見事な回答を持ってくると信じてコーヒーを飲んでいたが、三人になったので善四郎の話になった。

耕太郎は圭子を見た。

「善四郎兄貴は、警察なのに以前から組織の一員なのかなー。どう思う？」

圭子は否定する。

「違うと思うわ。兄さんがそんなおかしな組織に加担するなんて」

洋二も圭子の味方をする。

「兄貴はそんな人じゃない」

耕太郎は洋二に向き直り追及の手を緩めない。

「でも、舟入島で兄貴はどんなことを言ってたのさ」

洋二は口を真一文字に結んでだんまりを決め込んだ。

「おまえもその仲間になったんじゃないのか、洋二。秘密の組織の」

「いや俺はそんなことはないさ。耕太郎が一番俺をわかっているはずじゃないのか」

耕太郎は首をかしげた。

「しかし組織に入っていない証拠もない。これ以上九行詩の情報をばらすとまずいんじゃないか？」

　圭子は耕太郎の意見に反対できずにいた。

　洋二は善四郎と華恵の船に乗って舟入島に行ったが、島の磯で救出され、その間のことは二人は知らない。

　耕太郎の言う通り組織の一員になったと思われても仕方がない。

　洋二は圭子の目を見る。

「圭子、圭子はどうなんだ、耕太郎と俺のどちらを信じる？」

「……」

「洋二、洋二を信じるわ」

　圭子は洋二から目を離さずつぶやいた。

「どんな、どんな証拠があって洋二を信じるのさ」耕太郎は興奮して声を大きくした。

「勘よ、組織の一員になった証拠もないし。目を見てそう思ったの」

　耕太郎は湧き上がる負の感情を抑えることができない。

（なぜだ、圭子とは私のほうが付き合いが長い。洋二とは三日前に会ったばかりだ）

　洋二とは高校以来の長い付き合いで危ないことも一緒にした。バンドで休みは一緒だったことが多く、親友といっても過言ではないし洋二もそう思ってくれているはずだ。

　しかし、一人の女の間で俺たち二人の関係はガラガラと音を立てて崩れ去るのだろうか。

　沈黙が続いたが圭子が打ち破った。

「善四郎は元気だった？」

問いかけに洋二が顔をあげた。

「うん、善四郎は俺と目が合ったとき、唇に縦に指を押し当てたんだ」

洋二はその仕草を二人に見せた。

耕太郎はそれを見てすかさず、合いの手を入れる。

「非言語コミュニケーションってやつだね、そいつは」

圭子は構わず答える。

「謎だわね、善四郎はその組織で何をしているのかしら」

圭子は綜介のことも心配になって聞く。

「綜介はどんなことを？」

洋二は迷った。なぜなら華恵と親しげに話していたからだ。嘘も方便かもしれない。

「ああ、なぜボートに飛び乗ったか？　それは俺にもわからない。しかし正義の味方だから、秘密を暴こうと飛び乗ったんじゃないかな」

「でも華恵さんとボートに乗って来たわよね、天慧島で」

「そ、そう、きっと現行犯逮捕でもしようとしたんじゃないかな」

「うそー、だれを？　なりすまし純一のこと知っていたのかしら？」

圭子は声を上げた。それ以上の質問はないようだ。

煙に巻くことができて洋二はほっとした。

四十分経っても紗友里は戻ってこない。

「やっぱり、白い煙でドロン」

独り言を云った。

「えっ、何、何言ってるの」

洋二はさっき見た白昼夢を話した。

「えーー、そんなことないわよ」

しかし戻ってこないし連絡先もわからない。

どうしたらいいかわからなくなり、思案の末に羽生天神社に連絡すると、長いコールの後に転送電話に繋がった。

「もしもし、羽生天神社ですが」

紗友里とのことを話して、待ち合わせ時間に戻ってこないと説明した。

「あーそう言われましてもねー」

相手の不機嫌さはもっともだ。知らない男から連絡先を教えろと言われているのだから。

しかしこのまま引き下がるわけにはいかない。

「じゃ、こちらの携帯番号を伝えますから、紗友里さんに電話するように伝えていただけませんか」

渋々といった感じで神社の男は番号を聞き電話を切った。

ほかに何か方法はないだろうか。

そうだ、塩竈神社の吉井に聞いてみよう。

「羽生天神社で巫女をなさっている、紗友里さんを知っていますか?」

「知らない方ですね」

万事休すか。

「警察に連絡してみたら」

耕太郎が言うが洋二は動じない。

「約束の時間に遅れているだけかもしれない、警察は動かないよ事件でもない限り」

嫌な予感がした。

「事件に巻き込まれたかも」

圭子は心配顔だ。

沈黙が続いた。

洋二の携帯が振動した。

会話中だったら聞き逃す小さな振動音だが、羽生天神社の宮司からだ。

「もしもし、連絡取れないですねー」

「一緒に話していて急にロシア語の辞書を取ってくるとその場を離れたんです。二十分以内に戻るって言ってたので、近くだと思ったんですが」

宮司はゆっくりと話している。

「吉井さんから連絡がありました。ご友人なんですね。私も連絡したいことがありまして、これから自宅に行きます」

良く知っている松島のコンビニの裏手だと宮司は言った。

とりあえずコンビニで宮司さんに挨拶しよう。

神主の服装はコンビニの駐車場では目立ってすぐ判った。

宮司は我々を見て驚いたが近くのアパートに向かうことになって、結果的に紗友里さんの住まいを訪ねることになる。

高台のオレンジ色で塗られた外壁の二階建てアパートは周囲からは目立つ存在だ。

二階東端が紗友里さんの部屋だと住職は教えてくれた。背後の山には神社があり、アパートを挟んで北側の道から参道の階段が山の頂に向かっている。神社の入り口に住むとは紗友里さんらしい。

宮司はチャイムを鳴らしたりドアをノックするが応答はない。

廊下からは玄関ドアしかないので部屋の中は窺い知れない。

「紗友里さんには、五芒星、六芒星のことでアドバイスを貰っていたものですから」

宮司につながりを説明した。

「そうでしたか。以前にもそんな人がお見えでしたね」

「えっ、どんな人でしたか？」

「そうね、三十代から四十代の女の人と背の高い外国の男の人でした」

「いつごろ？」

「最近ですよ」

急に不安になった。

先回りして洋二たちと同じところに現れる。後を付けられて監視されているのでは。

また携帯が振動したが、今度は塩竈神社の吉井からだ。

「さっきの件、同じボランティア仲間に紗友里さんの知り合いの女性がいてね。事情を話して番号を教えてもらったんだ」

「えーいいのかな、個人情報ってやつだぜ」

洋二の言葉を遮って吉井は話してくれた。

「友だちの友だちはトモダチさ、今度おいらにも紹介してね」

いつでも明るい吉井だった。

お礼をいって電話を切る。

ショートメールに届いた電話番号が紗友里の番号だ。


紗友里は洋二がロシアの郷土玩具を、当て字で表記してくれたことがヒントになり、自宅アパートに露和辞典を取りに戻った。普段使うことがないのでダンボール箱にしまい込んだ記憶がある。箱には中身が書いてあるので探し出すのに時間は掛からなかった。

手提げバッグに入れて洋二たちのいる店に向かおうとしてドアを開けたとき、男女の二人組が仁王立ちになっていた。

「ロシア語の秘密を教えてください」

大高森で出会った金田華恵ではないか。化粧が違うが間違いない。華恵は詰問口調だ。もう一人は背が高くイケメンの外国人だった。

(別なところで会ってみたかった)

紗友里は心の奥で思ったが、華恵の手下のようだ。

二人組に気押されて後ずさりしたが、間合いを詰められ玄関のわずかな土間に三人が寄り添う形になり男が後ろ手でドアを閉めた。

紗友里は尻餅をつく形で廊下に座り込んだが、華恵はあごをしゃくり中に戻るように命令した。

二人も靴を脱いで室内に入り込み、紗友里をにらみ小声でつぶやいた。

「ロシア語の秘密を教えて」

(なんで知っているんだろう)

洋二たちのグループの中にスパイがいるとしか思えなかった。

「えっ、なんのことですか。華恵さん？」

強めの言葉の紗友里に華恵は優しい声を掛けた。

「大丈夫、あなたの友だちの友だちだから」

紗友里は押されて尻餅をついたときに、慌ててバッグを手放したことに気がついた。手元にあるより辞書を見つけられずに済むかもしれない。多分玄関のどこかにあるはずだが、その場所を見ることはできないと思った。部屋の窓側に机があり本が何冊も置いてある。

首を傾ける仕草で机を見た。

華恵は男に顎で指示した。

男は机の上や引き出しを開けて探し物をしている。

「何をするんですか！　警察を呼びますよ」

華恵は小柄で可愛いが、にやりとしながら強い口調になった。

「友だちに迷惑が掛かるわよ。それでもいいの」

（と・も・だ・ち、誰のことだろう？　綜介かそれとも洋二や耕太郎、圭子のことか？）

「誰のことですか！　友だちって」

男が机や周辺の雑誌などを漁っていて、華恵はベッドの下や押し入れを探しているようだ。

「ロシア語の秘密を教えなさい」

紗友里はやっとの思いで言葉を出した。

「なにも知りません、ロシア語なんて」

華恵はきつい口調になった。

「嘘をつくんじゃないよ」

恐怖を感じたが刃物を出されたわけではない。

しかし言葉で命の危険を感じることがあると、紗友里はそのとき初めて知った。

時間にして十分か十五分だが、紗友里はその場で身動きが取れない。

窓の外を見ていた男が、誰かが来たと華恵に合図をした。

足早にアパートを出て行く二人の背中を見て、紗友里は大きく息を吐きだしてその場にうずくまった。

何をされてもおかしくない状況だったし、また来るかもしれない。

不安に襲われ紗友里は近くの神社の階段を登り高台の鳥居の陰からアパートを見下ろした。

洋二の姿が見えた。携帯を耳に当てている。そして同時に着信音があった。

「もしもし」

「ああ、よかった。俺だよ、洋二。みんな心配しているんだよ」

「そこで待ってて」

紗友里は電話をすぐに切った。

間もなく長い階段を降りてくる紗友里の姿が見えてきた。

開口一番、紗友里はきつい口調だ。

「なぜロシア語のことを話したんですか？」

洋二は答えた。

「え、なに、なんのこと」

訳がわからない。

紗友里が事情を話してくれた。

「ロシア語の辞書を取りにアパートに戻ったとき、華恵さんと知らない外国の男性の二人組がきてロシア語の秘密を教えてくれって。えっ、なんでそのことを知っているんですか。と聞いたんですがそのことには答えず、ロシア語の秘密を教えてくれとばかりで。知りませんと強く言ったら諦めたようですが、怖くなってそばの階段を上がって神社の鳥居の陰で見ていたら、洋二さんたちの姿が見えて華恵の仲間かと思って怖くなっちゃって。でも宮司さんも一緒だったし塩竈神社の巫女をしている友人からも心配して電話がきて」

余程怖かったのか、紗友里は涙目になっていた。

「そうだったのか、心配かけたね」洋二は素直に詫びた。

松島を模したお庭が素敵なカフェ・エルバートで、圭子は松島ブレンドのコーヒーを頼み耕太郎は伊豆ブレンド、紗友里は金沢ブレンドとショートケーキにする。

洋二は厳島ブレンドを頼んで口を開いた。

「しかしどうして俺たちの話が華恵や男に漏れていたんだろう」

ハッとして洋二はジャケットを脱いだ。

ポケットを全部探った。

「あっ！」

洋二は大きな声を出したが、周りの客の手前椅子に座りなおした。

「えっ、なに、どうしたの？」

唇に左手の人差し指を立ててみんなの声を制した。

右手で小さな装置を目の高さに持ち上げて見せ、そして紙ナプキンに書いた。

「とうちょうき、はなさないで」

慌てているのでひらがなだ。

みんなはすぐさま理解してくれたようだ。

洋二は静かにその装置を、停めてある車のダッシュボードに放り込んだ。

戻ってきて、思わず止めていた息を吐いた。

「ふぁー、ビックリした。盗聴器だと思うよ」

耕太郎は冷めた口調で言った。

「最先端の機器はＧＰＳ搭載もあるから、どこにいたかすべてお見通しさ」

テレビドラマのセリフみたいだった。

洋二は考えた。

「しかし、誰だろう？　どこで入れられたのかな？　そうだ！　月曜日の夜、塩竈の寿司屋さんに行くときに、男の人がぶつかってきたんだ」

圭子はすぐさま反応する。

「えー、じゃあ、ずうっと監視されてた？　黒服の男なんかに」

財宝探しをしているのは複数の組織かもしれない。

入間綜一郎のグループ。

盗聴器を仕掛けたグループ。

舟入島のグループ。

それに圭子を首領とする我々だ。

他にも別なグループがあるのかもしれない。

みんなもバッグや服のポケットに盗聴器がないか確認した。

ようやく落ち着いた紗友里にロシア語の秘密を聞いた。

それはとんでもなく簡単な発想だった。

紗友里はロシア語の辞書を片手に話し始めた。

仮説なんですけど、おそらく間違いないと思うんです。

これはロシア語の文章を漢字で当て字しているんです。

「ほんと！」

みんなが一斉に洋二を見た。

洋二は、それを無視するように話した。

「紗友里さん凄い！　謎解き」

「いえ洋二さんがマトリョーシカを当て字で書いてくれて、それがヒントだったんです」

紗友里が答えた。

洋二はドヤ顔で聞いた。

「うん。それでどんな意味？」

「それが邪魔が入ってしまって。これから謎解きしますから手伝ってくれます？」

「もちろん」

口々に賛同の意を伝えた。

怒馬汰紹臥
「まず、最初の（怒馬汰紹臥）ですが、日本語で読むとなんと読めますか？」

「〈いかれうまたろふ〉かな」

と洋二。

「いやいや、〈どばたろが〉だと思うよ」

と耕太郎。

「そう、ロシア語的には〈ドバ　タロガ〉と読めるわ。これは〈二本の道〉の意味なの。

こうして、読み方をカタカナで書いてそれをロシア語に読み替えるの。これは私の推測だけれど入間金四郎はお付き合いのあった日本語の解るロシア人に、日本語の文章を見せてロシア語にして読ませ、それを口述筆記で漢詩にしたのかも」

耕太郎は言い換えてみた。

「つまり、ロシア語の話し言葉を漢字に置き換えたのか！」

紗友里は続ける。

「そう、そうじゃないかと。だから正確なロシア語にはなっていないと思うの。聞いた方がどの程度ロシア語を知っていたかとか、発音がどの程度正確だったかとかロシア語にも地域によって、方言みたいな話し方があるから」

圭子も冷静に話に入った。

「確かにそうだわね、漢字だってロシア語の発音にピッタリの漢字があるとは思えないし」

「まあ、それは私たちの想像力でなんとかしましょう」

紗友里が素晴らしい人に見えてきた。

「じゃあ、次のこれは」

弩海獺奈
「ド・ラッコ・ナ？　そう、そんな感じ。これはわかるでしょ！　ドラゴン、つまり龍なのよ」

みんなは顔を見合わせた。

「やったー。龍の道だ。俺たちがたどった宝探しの道は間違っていなかったね」

耕太郎はガッツポーズをした。

「まだ早いわよ、喜ぶのは」紗友里が抑える。

みんなは冷静な表情に戻った。

「次は」

篦利鹿囲智
「そうね、三行目はこの漢字『篦』がポイントね。この読みは『ぺ』なのよ」

耕太郎は肩をすくめた。

「へーそんな読み方の漢字、見たことも聞いたこともない」

「金四郎も苦労したと思うの、外国語では『ぺ』が多くあるけど日本語では聞かないから」

耕太郎が答える。

「『屁』はあるけど」

「やだー」

横目の圭子が声にした。

受けたわけではないことは承知だが無視よりはましだ。

こうして読み方をカタカナで書いて、それをロシア語にする方法で謎解きできそうだ。

「その後はこうなるんじゃないかと思うわ。ペリシカイチ。この意味は十文字の意味よ」

「そして次が面白いのよ。なんて読める？」

疎美会東
「そびえとう」

洋二が即答する。

「近い」

「えっ、違うの」

「ソビエトよ」

「あ、あのソビエト連邦のソビエト？」

「そう、そうなのよ、ソビエトとは『光り』のことなのよ」

紗友里が自慢げだ。

「じゃあ、光の連邦だったんだ、カッコイイよね」

「名前はね」

あっさりとかたづけられた。

怒馬箆利士
「その次にも怒れる馬が出てくるわね。その後は最初と違うみたいね。さっきの（ぺ）だわ。するとドバペリシになるのかしら」

「正解！」

紗友里に褒められて圭子は素直に喜んだ。

「これはね、『二つの』の意味だと思うの」

「そうね。ドバは二つとか二本の意味があるのよね」

圭子は鼻高々になった。

「フランス語ではアン・デュー・トロアと数えるから、デューとドバは似ているかもね。だんだん核心に近づいてきたかな」

地囲似和
「この詩はチイニワと読めるでしょ。これは交点よ。ドバペリシチイニワ、これは『二つの交点』のことよ」

佐玖紹美士
「そしてサクロビシはね、何だと思う」

「えーーもったいぶらないで教えてよ、ロシア語の先生」

耕太郎は茶化した。

みんなからどっと笑い声が起こった。

紗友里から笑みがこぼれる。

「宝よ！」

「わー」

みんなは歓声を上げた。

これまでの苦労をわかち合い、まるで財宝が見つかったように互いに話をする。

静かになったところで紗友里が口を開いた。

「まだ、終わっていないわよ」

「すみません〜」

汰琉馬智
「その後のタルバチは『隠す』ね」

微須十砺丹
「最後のビストレニは『国に』と訳せるの。国のために使ってくれとの意味に取れない？」

確かに翻訳はそうだと思うが誰も反応しない。

財宝にあと一歩でたどり着こうとしているのだから。

「直訳すると『二本の竜の道が十文字に光り二つの交点に宝を隠す国に』となるのね。つまり二つの龍の道のクロスが交わる地点を探せば宝に逢えるのね」と圭子。

「もう一つの龍の道・レイラインを探し出そう」洋二も応えた。

地図を引っ張り出す。

一つのレイライン、龍の道は塩竈神社と富山観音堂・上下堤ハリストス正教会、十階杉だ。

しかし、入間金四郎は、自分中心のレイライン・龍の道を考えていなかっただろうか。

「自宅のオブジェが礼拝堂とすればその場所を通るラインがあるはずだ」

洋二は低い声になった。

「じゃ、入間金四郎の住んでいた桂島の邸宅跡を中心に、線を引いてみようか」

洋二は三角定規を使って入間邸跡を起点に塩竈神社や塩竈のキリスト教会、そして潜ヶ浦の聖観音堂を目印に何本か線を引いてみる。

圭子が声を出す。

「ほら、菩提寺の林松寺も候補の一つだわ」

何本か線を引いてみると一つの島がクローズアップされてきた。馬放島だ。

上下堤ハリストス正教会と塩竈神社のレイラインに福浦島があるように、このレイラインにもその線上に島があった。馬放島は仙台白菜の初期種苗地で、明治時代後半には、その会社の事務所もあった。

その後桂島や朴島に種苗地は移っていて現在は無人島になり、灯台があるのみだ。

耕太郎は席を立ちながら、

「そこに行ってみよう」

と催促するが、洋二は違った。

「ちょっと待って」

「レイラインクロスを先に考えてみないか。福浦島がクロス地点だとすれば、馬放島もクロス地点と考えられる。クロスとクロスのダブルクロスの交点が宝を隠した場所じゃないかな。つまりレイラインの交点の島ではなく、二つのレイラインクロスの線が交わっている処にこそ宝があるのさ」

洋二の言っていることは、漢詩をロシア語に転換したことも相まって鮮やかな推理だ。

「仮説を立ててみよう。横のラインは入間邸跡と塩竈キリスト教会とするね」

馬放島をレイラインクロスの中心点として直交するように線を引いてみよう。

馬放島から直角に降りた線が地図に引かれた。

その場所を見て驚いた。そこは高山外国人避暑地だった。

洋二が意を決して話した。

「よし、馬放島をクロス地点として縦と横のラインを引いてみよう」

静かな鉛筆のかすれる音が周りを支配し、ラインの行方に全員の目が集中した。

福浦島から来たレイラインクロスと四つの地点で交わっている。

圭子と耕太郎、そして紗友里は洋二の前に広げられた地図に顔を寄せた。

耕太郎が興奮気味につぶやく。

「ほんとだ、塩竈神社の西の交点は県道の辺りを示しているね、それから東の交点は寒風沢島と蔭田島の間の海の中だ。この二つは財宝を隠すのは無理じゃないか?」

圭子は北のほうに指をさしてつぶやく。

「ほら見て、幽観扇谷を過ぎて雄島に行く途中の国道四十五号線沿いの小石浜も交点になっている。そして善四郎が消えた葉山神社の奥ね」

洋二は、きっぱりと言った。

「耕太郎の言う様に、西と東の交点は当時もいまも財宝を隠すのは無理だ。圭子の言う小石浜と葉山神社を捜そう」

財宝の隠し場所は二つに絞られたと、みんなが顔を見合わせて笑いあっていると、店のドアが開いて入間綜一郎の妻、入間理子が入ってきた。


理子は開口一番にきつい口調でたずねた。

「圭子さん、綜一郎とどういう関係なの」

みんなは驚いて圭子を見る。

圭子はうつむいたままだ。

理子は続ける。

「私は私立探偵を雇って調査したのよ」

「あなたたちは一緒にホテルに入っているわね」

テーブルに写真を数枚ばら撒いた。

洋二は入間家の女帝がそんなことをするのかと驚いた。

五月の暖かな空気が一変し、寒風吹きすさぶ厳冬がこのカフェに来てしまった。

その写真はホテルに入るところと出るところを撮った日付入りの写真だ。

美しい横顔は圭子に見える。

男性は帽子を被って下を向いているから人相まではわからない。

綜一郎だと思えばそうかもしれないし、違うと言い張れば言い逃れできそうだ。

洋二はとっさに思いついた芝居を敢行するが、まったく打ち合わせなしのぶっつけ本番だ。

「あーー、奥さん、実はこれは俺なんです」

背格好が似ていることは会ったときに感じていた。

高校時代三年間柔道をやっていたから二の腕や首が太いのも同じだ。

多分、綜一郎も柔道をやっていたに違いない。

洋二は写真と同じポーズを取って見せた。

「ほらね。ほかに何か証拠があるんですか」

理子は突然の展開に言葉もない。

耕太郎もお芝居に参加する。

(阿吽の呼吸か。勝ち馬に乗るのが上手いのか)

「あーこの日、会長と私は国分町で飲んでいました。ね、会長」

後から来た入間綜一郎は押し黙っている。

理子は絶句して眼を白黒させていた。

圭子と一緒に写真に写った相手は洋二で、綜一郎は耕太郎と仙台で飲んでいる。

アリバイ成立。

流れは洋二と耕太郎の絶妙な演技で、合わせ技一本勝ちになった。

男の友情か？

振り返って圭子の表情を垣間見る。不思議な艶っぽさを含んだ神妙な顔だ。

（後で洋二と二人でお仕置きか）


一方、宮城県警捜査二課は慌ただしい雰囲気だった。

「なに、やっぱりそうか！」

同じ頃、県警刑事二課で五十部巡査長は電話を受けていた。

隣では香織が電話の内容に聞き耳を立てている。

みやぎの銀行塩竈支店から通報があり宇津宮氏の口座から四十万円がキャッシュカードで下ろされた。その際の監視画像が携帯に送られてきた。

映っていたのは兼城勇作だった。

「よし、逮捕状請求だ。他人名義のキャッシュカード窃盗、同行使の容疑だ」

「君は兼城の居場所を特定してくれ、逮捕状が出たら合流する」

香織は軽く敬礼して署を出た。

洋二たちは財宝の在り処を求めて小石浜に行く。

道路沿いに大きな看板が立っている。

松島町とにかほ市（旧象潟町）は夫婦町です。

松尾芭蕉はおくのほそ道紀行で、松島湾と対比の象潟町の九十九島を訪れ絶景を眺めている。

しかし、道沿いを捜すがそれらしい手掛かりは見つからない。

葉山神社へ急ぐ。

洋二は謎解きをしてくれた紗友里と圭子を車に乗せて向かった。

綜一郎と理子はドイツの高級車で先に行く。

耕太郎は可愛い軽自動車で後を追う。

綜一郎の車の後を付いていくのは、車で神社まで行ける道があると綜一郎に知らされたからだ。

好奇心旺盛な紗友里は聞かないわけにはいかない。

「さっきの話は本当なの」

圭子は沈黙の微笑を二人に見せている。洋二も紗友里を見て〈にやり〉とした。

「なんとか言ってよ二人とも」

「ハハハハハ、ハハハ」

二人が笑い紗友里も笑った。車の中が大笑いの渦になった。

葉山神社の境内は広く、本殿は仙石線と東北本線が通る場所から見ると、急な崖の上にあるがそれだけではなかった。

その崖は大きな山塊の一つだが、北側にもう一つの谷を挟んで別院があるのだ。ダブルクロスの交点はどうもその奥の院にあるらしい。

車は仙石線松島海岸駅と三陸道松島インターを結ぶ道路から入る。共同墓地のそばをヘアピンカーブのような小道が続き、車一台が通れる道を進んでいく。ほそ道を数百メートル進むと、奥の院の案内があるが車を停めるスペースがない。奥に進むと開けた場所に出たがそこは本堂の駐車場だ。

「ヒューヒュー」

静かさを打ち破って警笛が聞こえたのは東北本線だ。

大勢の通勤客や観光客を乗せて仙石線を合わせて、一時間に十回近く静寂を破り谷間を突っ走る。

恐らくは踏切ではないが、葉山神社の参道が東北本線や仙石線を直行しているので参拝者が通る恐れがあるからか、列車は必ず警笛を鳴らすのかもしれない。

階段を降りてみるが手すりに捉まらないと、目の前の谷に落ちそうになる。

少し下ったところで鋭くとがった自然石のような石版があった。いろんな寺院や神社でこのような石塔を見るが高さは三メートル以上はある。

階段を降りていくと線路がはっきり見えてきた。

電車の頭上に出る感じで、きっと鉄道マニアの撮り鉄なら垂涎の撮影場所だろう。

列車を見下ろすような場所に少し平らな場所があり休憩する。みんなも恐る恐る来て平らな場所に座りこんで休憩となった。

この下で善四郎が行方不明になったが、その瞬間は列車に阻まれて見えなかった。

紗友里はこの場所は初めてのようだ。

「ガタガタガタガタ」

石巻方向から重い音がする。

東北本線の貨物列車だ。目の前を通り過ぎるが案の定警笛を鳴らす。

「ヒューーヒューーヒュー」

圭子も洋二も耕太郎も、あの日のことを忘れることはない。

地図でレイラインダブルクロスが交わるのは奥の院の辺りだ。車を停めた本堂から徒歩で奥の院に行くが綜一郎と理子は動かない。

奥の院の案内石碑から入ると奥の院階段再建の碑が立っていて、寄進者の筆頭は入間綜一郎だった。

そこから奥に進むと、登山道のようなほそ道が地形に沿って続いていた。

五十メートルくらい進むと開けた谷が視野に入った。奥の院の谷の深さは線路の場所とあまり変わらない。しかも周りは鬱蒼とした森になっていて、見る者に与える奥深さはこちらが勝るかもしれない。

階段に差し掛かったが震災後に再建されたと石碑にあるから新しさがある。

「また階段！」

圭子はもうたくさんといった表情だ。百数十段と書いてあった。

「あと一歩、もう少しでたどり着くから」

洋二は声を掛けて階段を降り始めた。

つづら折れの階段は、樹木を挟んで折れ曲がりながら谷底に向かっている。

谷底には水が湧き出るところがあり、そこにお社が祀ってある。間口一間（一・八メートル）強、奥行き四尺（一・二メートル）くらいのお社には、鉄製の階段が据え付けられてお参りできる。清水はそのお社の下から湧き出ているように見えた。

そして右上には洞穴があった。

（また洞穴）

もう洞穴恐怖症だ。

お社には七つの大黒天が剣を右手に持ち、目を吊り上げて鎮座している。

洞穴の近くまで登ってみたが、中は暗くて何も見えない。

ここにも三面大黒の石碑があったがこれで終わりではない。

谷筋の湧き水が流れて小さな小川になりつつある方向へ、参道らしき道が続いているではないか。ここまで来て途中で引き返すわけにはいかない。

みんなにも声を掛けて進んでいくが、周囲は静かで鳥の鳴き声も響かない。とてつもない山奥に迷い込んだ錯覚に陥る。

「こんなとこには独りじゃ来ないよね」

と耕太郎はつぶやく。

それをきっかけに皆が話し始めた。

「凄い山奥ね。ここなら隠すのに最高の場所だわ」

と圭子。

「そうだよね、隠し穴を掘るときに誰にも見られないよね」

と耕太郎。

弓なりに曲がった参道を進むと、長い階段が目の前に現れた。四十段近くの先に岩を掘り抜いたようなお社があった。

これが奥の院に違いない。

休まずに階段を登り始めるが、心臓の鼓動が速くなるのは財宝に近づいたからか。

奥の院は小さな空間だったが掃除が行き届いている。

三面大黒が鎮座していたので、二礼二拍手一拝のお祈りをして小銭を賽銭箱に入れる。

ここまでゆっくり周囲を観察したが、四角い枠に金の文字のロゴマークを見つけることはできなかった。闇雲にそこらを掘り起こすわけにはいかない。神社は神聖な場所だ。

仕方がないので引き返す。

みんなは落胆の色がありありと現れている。洋二はぶつぶつ言いながら階段を登りだすが、帰りは上りだから大変だ。

洋二は仮説が外れたことで、疲れがピークになったのか途中で何度も休んだ。

レイラインは別な場所を通っていたのか？　それとも五芒星・六芒星で探したほうが良かったのか？　頭の中はグルグル廻りだして止まらない。

気がつけば洋二は百段の階段を八割ほど上っていたが、みんなは先に上り切っていた。

曲がった腰を伸ばすように背伸びして、背負ったザックから水を取り出そうとした。

手が滑ってペットボトルが転がっていく。

斜面がきついので勢いよく階段脇を転がって茂みに入った。

ペットボトルを拾うため三メートルほど降りると赤松の根元にそれはあった。

石塔だ。

さっきは見つけられなかった。山は行きと帰りで風景が違う。山で下山中に遭難した人は異口同音に道に迷ったと言う。そして木々の陰になって赤松の根本のくぼ地だったから見えなかったのだ。

急いで上っていたら見つけられないような場所に、その石塔はひっそりと立っていた。

松の落ち葉を踏みしめ石塔に近づき、そばで見ると金の文字が見えた。

初めて見た金のマーク。

マークから目を離さず右手を上げてみんなを呼んだ。

「あったぞーーー」

みんなはそばにいた。

「ここだ」

「ここね」

「やったね」

ハイタッチをして喜んだ。

石塔を囲みペットボトルで乾杯した。

これまでの苦労をねぎらうように、みんなが話し始めた。

一息ついたところで石塔を調べることにした。

その石塔の下に鉄製の錆びた小箱が埋められていた。

その箱は縦横二十センチ、そして高さは十センチくらいか。

「想像してたよりも、小さいかなー」

「高価な宝石とか、入っているかもよ」

掘り起こしてみたが以外に軽い。鍵は錆び付いていてこじ開けるしかない。

「車のトランクに工具が入っているから駐車場で開けよう」

一人で楽々と持てる。十キロもない。

本当にこれが入間金四郎が残した財宝なのだろうか。

心の中に疑問が湧き出してきた。

しかし、紗友里がロシア語を駆使して、謎の文字を解き明かした。箱には隠し場所を書いた地図が入っているのかもしれない。

ドキドキしながら駐車場にたどり着いた。

駐車場には車が一台増えていた。軽トラックだ。

車のトランクを開けて工具を探す。ドライバーやバールのような工具で蓋をこじ開けようとするが鍵は壊れてしまい、錆びついた蓋が開かず秘密の開示を拒んでいるようだ。

「ギギギ」

やっとの思いで蓋をこじ開けた。

中には和紙だろうか。茶色く変色した紙が入っていた。

「これは」

突然、フードを被った男が現れ、その紙を奪って走り出した。

一瞬、何が起きたか理解できなかった。

洋二は慌ててその男を追いかけた。

「待てー」

耕太郎と圭子は少し遅れて追いかけた。

後方では綜一郎と理子が冷静に見守っている。

男のフードが風に煽られて顔が露わになった。

兼城勇作だ。

勇作が瑞巌寺方向に逃げるように階段を降りていく。

手には古びた和紙が握られていた。

急な階段の途中でつまずき転びそうになる。手すりに捉まろうとして紙を持った左手から右手に持ち替えようとしたとき、強い風が紙に命を与えたかのように空に舞い上がった。

一枚の紙がひらひらと折からの強い風で高く舞い上がり、東北本線と仙石線の線路がある方向へと舞い落ちていく。

電車の通る谷間に近い場所まで、洋二は急な階段を駆け降りてその紙を捕まえた。

先ほど休んだ場所だ。洋二のところにみんなが集まった。

勇作も追いかけてきて、息を切らせ肩を激しく上下させていた。

この紙に財宝の隠し場所が書かれているに違いない。

みんなはそう思ったはずだ。

だが事実は違った。

そこに書かれていたのは入間家の家訓だった。

これが、宝か！

「は、は、は、は、は」

みんな、大笑いだった。

そのとき、香織が急な階段を素早い動きで降りてきた。もう一人の男も一緒だ。

香織が何かを出して勇作に言った。

「兼城勇作、宇津宮耕造名義のキャッシュカードでお金を下ろし、着服した窃盗罪容疑で逮捕する」

時刻を言って香織は手錠を勇作の手首にはめた。後ろでもう一人の男が見守る。

香織が大きな存在に見えた。

洋二は思わずたずねた。

「刑事だったのね」

「あ、はい。いろいろお世話になりました」

「私たちに近づいたのはこの件があったから？」

「いや、そうでは」

男が割って入った。

県警捜査二課の五十部巡査部長と名乗った。

「そこまでにしてもらえますか」

洋二たちは黙らざるを得ない。

ふと眼下に目をやると大銀杏のそばに華恵がいた。勇作を待っていたのだろうか？　上目づかいで目線を合わせた彼女の左手が小耳を触る仕草が遠目に見ても美しい。勇作が逮捕されたことはわかったはずだ。

華恵は、勇作のGPS盗聴器からの音声を傍受して、入間金四郎の財宝探しは、失敗に終わったと悟っていた。

もう一つの作戦を完遂し、南の島に転戦しようと素早く判断した。

「財宝はすでに失われた、我々は目標を変える、準備にかかれ！」

ジミーは心臓付近で両腕をクロスさせた。

《1》のボートを停めている磯崎の出島に華恵とジミーは向かった。


洋二たちは追いかけようとしたが東北本線の列車が近づいてきた。

「ヒューヒュー」

長い貨物列車だ。あのときのことが蘇える。

警笛に紛れて華恵は瑞巌寺方向に逃げるように去ってしまった。

つづら折れの階段を上ったところに、財宝があると思って来たに違いない。

華恵はここに黄金があると信じているのか？

(There's a lady who's sure All that glitters is gold)

レッド・ツェッペリンの《天国への階段》を思い出した。

五十部巡査部長は耕太郎と洋二にささやいた。

「兼城と一緒に活動していた女性は現在行方を探しています。宇津宮氏の事件に関わっている疑いがありまして」

香織が言葉を繋いだ。

「大高森で会った金田華恵さんのことです」

二人は兼城勇作を逮捕することに集中していたから、大銀杏のところにいた華恵には気がつかなかったようだ。

綜一郎と理子も階段を降りて来た。

「さあ家訓を渡してもらおう。私のオフィスに飾るから。高い額に入れてな」

（家訓を書いた紙ならそれが一番いい）

と洋二は考えた。

綜一郎はあの箱の中身が入間家の家訓とわかっていたのだろうか？

洋二は入間綜一郎に紙を渡した。

「宝探し、楽しかったね」

と圭子。

「わ・は・は・は・は」

なぜかみんな大笑いだった。

眼下を走る仙石線が「ファアーン」と警笛を鳴らして通過していく。

善四郎は舟入島で機会を窺っていた。頼子の誘いに乗ったふりをして組織の内部に潜入できたことはラッキーだったが、組織の目的は入間家の財宝探しだけではないと、善四郎は目の前の事実で疑い始めていた。

（爆弾や武器がある）

組織は財宝発見による資金確保と、テロ攻撃の両面作戦を企んでいるに違いない。

標的はどこだろうか？　潜入捜査を依頼した協力者の綜介と早急に打ち合わせが必要だ。

入間善四郎は警視庁公安部外事四課所属の警察官で密命を帯びていた。

内調（内閣情報調査室）内閣衛星情報センターからの報告によれば、宮城県塩竈市の外洋に面した無人島「舟入島」で怪しい動きがあり住み着く外虫を駆除せよとの命令だ。

シギント（通信情報）やヒューミント（人的情報）は国際テロ組織one Existence通称《1》の可能性を示唆していた。

《1》の調査を行うと意外な人物の名前が浮かび上がった。

〈入間綜介〉遠い親戚だ。〈兼城勇作〉そして〈真木頼子〉だ。

頼子とは幼馴染で付き合っていたが、島を離れたくないとの固い決意で別れたほろ苦い思い出が蘇える。勇作は海上保安庁の友人に頼まれて、お寺の手伝いの仕事を紹介していた人物であり、《1》には加入していないようだが外部情報が得られそうだ。

勇作に連絡を取ると入間家の百回忌法要や金田華恵の関与を知った。

〈金田華恵〉は外事警察でマーク中の重要人物であり、作戦行動開始の指令が下った。

善四郎は朴島にいた。

潜入捜査員を自然に確保する第一のセオリーは、組織内部の人間の転向が最適でありその理由はバレる確率が低いことだ。

入間綜介は頼子の誘いで《1》に入っているが正義感の強い男とヒューミントは示す。一面の菜の花畑に綜介と二人で座れば、花の香りで難しい交渉事を有利に進められる。綜介は父母と断絶し浦戸諸島野の島に一人で住んでいる。複雑に絡んだ糸をほどくように聞いてあげることが最大の役割であり、綜介の琴線に触れることができる可能性が高い。菜の花の中で、善四郎は正体を明かし協力者となるよう依頼した。

素直な人間は金銭ではなく論理で変えられることを善四郎は知っていた。

腹違いの妹圭子から百か年法要の誘いがあった。

法要の前々日に、勇作から携帯で撮った九行詩を見せられたが皆目見当がつかない。財宝の隠し場所を暗示するようで、地元に詳しい洋二や耕太郎に手伝うよう連絡を取った。しかし、法要で真木頼子やその両親と会い気まずい思いで船に乗った。

財宝探しに向かった瑞巌寺奥の大銀杏で、思いがけず頼子は綜介を引き連れてきて善四郎を《1》に勧誘した。本来外事警察官が潜入捜査をすることはあまりないが、綜介の手前もあり頼子の誘いに乗る形で組織に潜入することになった。急に目の前から消えてしまって申し訳ないが、目的を達成するには臨機応変な対応が必要だった。さらに後ろから追ってくる人影も視認したから、大銀杏下の地下水路を歩き松島町内の某ホテルに宿泊した。翌朝秘密基地の舟入島に向かうはずだったが、組織の外国人がお土産を買いたいのでと松島さかな市場に行った。洋二と耕太郎に偶然出会い必死で逃げた。

現在《1》の一員だから。


舟入島には若い外国人男性と中年の外国人男性、それに日本人と思しき男性がいた。

頼子はリーダーの華恵に善四郎を紹介するが疑いの目を向けられた。

（組織内で信頼を勝ち取らないと命が危ない）

善四郎は入間家の財宝のネタを持ち出すことにした。

あの九行詩は勇作から聞いているから、それ以上の情報を出さないと自分に価値はない。

（敵を欺くには味方から）

私立探偵をしていると説明し、洋二と耕太郎がいち早く財宝を見つけ出すと進言した。

高機能GPSトラッカーを洋二に付ける提案で、華恵は勇作に命じて行動開始した。

組織に洋二の情報が入り始めると華恵にも使えるやつだと思ってもらえたか、秘密基地内を案内し仲間と認めてくれた。

秘密基地全体は島の大きな洞窟を利用していて傾斜があり海に繋がっている。

昔の戦争で造られた外洋に面する大きなボラと海面下で繋がっていると聞いて驚いた。

（太平洋戦争の遺構をテロ組織は使っていたのか）

そこには高速ボートが係留してあり、乗員はシュノーケルを使ってたどり着く。

（洞窟だから内閣衛星情報センターではここまで分からないだろう）

パソコンの画面が三台ある小部屋は、監視班がドローンで舟入島周辺を監視している。

途中に鍵の掛かった小部屋があるが、華恵は「倉庫よ」と中は見せてくれなかった。

頼子は地元の人間として地理や風習を教えて、作戦を上手く進める役割のようだ。

ニッポンベース首領からの訓話があるというので、立ち止まり全員が敬礼して聞く。訛りの残る日本語はあまり中身のない、建前の自然保護を話して五分で終わった。

定期的にこの訓話があるという。

東洋一号と呼ばれる男はアジア系か。筋肉質の小柄な体つきは日本人と見まがう。

韓国、台湾あるいは中国系かもしれないが、秘密基地の警備を任されているようだ。

東洋二号と呼ばれている男は華恵の指示で、補助的な仕事を一手に引き受けている。

外国人の二人は、西洋二号、西洋三号と呼ばれて本部との通信を担当している。

西洋二号は、アメリカかカナダ人のようだ。西洋三号はアジア中東系か？

西洋一号は華恵なのか。ヒューミントでは、父がフランスで母が日本人のはずだ。

英語だけでなくアラビア語も聞こえる。

（善四郎はアラビア語がわかった）

話では入間家の財宝は海外では有名で金四郎没後百年で情報開示されると信じられていた。

それで《1》の日本支部を舟入島に設けたらしい。

（テロ組織じゃなく盗賊団じゃないか）

善四郎は組織の壊滅を心に誓ったが、作戦を立案する際にはメンバーの分析が必要だ。特に若い男についてのヒューミント（個人情報）ファイルはなかった。

敵と味方を見極めなければ作戦は立てられない。

善四郎は華恵からの連絡で潜ヶ浦の廃港に迎えに行くことになった。

高速ボートを飛ばして廃港の岸壁に停泊しようとしたら洋二や耕太郎それに圭子がいた。

驚いて岸壁から船を離したが華恵に続き洋二と綜介が飛び乗ってきた。

構わず舟入島に向かったが、善四郎は潜入捜査官の立場を否が応でも知っている。

余計なことは言わないことが命を長らえる秘訣だ。

洋二が真実を知りたいのは嫌でもわかるが、指を唇に当ててるのが精一杯だった。

その後洋二が海に逃れて脱出してしまった。

(海水はまだ冷たい。無理しやがって)

若い男と話ができた。移住者だったが華恵の色香に惑わされて組織に入ったようだ。

善四郎は組織の全貌と今後のスケジュールを話した。財宝略奪後、国内の重要拠点をテロ攻撃し赤道の島に逃亡することや、華恵は同じような話を何人もの男にしていると。

若い男は南の島に行くことは夢物語に聞かされていたが、相手が複数いるとは聞いていなかったとショックを受けている。

「おい、あんちゃん。世の中甘くねえぞ」

善四郎は小声でつぶやいた。

純一という男はうなだれたままだった。

西洋二号と呼ばれるアメリカ人風の男はジミーといった。浦戸諸島野々島に赴任した

ALTだという。片言の日本語で会話するが《1》のサブリーダー格のようだ。

西洋三号はアブーバクルといいアラビア語で本部と連絡を取っているからバリバリの《1》の人間だろう。本部駐在武官のような存在か。これで敵味方の区別をつけた。

あとは秘密基地内をくまなく調べる必要がある。綜介に頼んで排プラスチックによる海洋汚染の勉強会を開いてもらった。建前は自然環境保護団体だから断れないテーマだった。

食堂に全員が集まり綜介が講師となって始められた。善四郎は〈トイレ〜〉とお腹に手を当てて下のドアを開けた。トイレは洞窟の波打ち際にある。その周囲にはドアで仕切られた小部屋や倉庫があって鍵が掛けられている。監視班室で書類を留めていたクリップを利用して鍵を開けるのは朝飯前の芸当だった。静かに扉をあけると複数の爆弾や肩に担げる無反動砲があった。

(武器庫と書いとけばいいのに)

善四郎は作戦を意識して扉を静かに閉めた。

三十分以上の綜介の講義は予想以上の反響で誘った頼子も鼻高々だった。

(作戦には頼子は入れられない。華恵に内通の恐れがある。しかし身の安全は保たれなければならない)

善四郎は難しい判断を迫られていた。

華恵は携帯で西洋二号のジミーに武器庫から高速ボートに荷物を積むように命じた。

海の洞窟経由では武器が海水に浸かってダメになるから、舟入島の入り江に船を付けて積み込まなくてはいけない。

食堂から下に行くドアには鍵が掛けられ何を積んだかわからなかった。船に乗ったのはジミーのようだ。留守番は東洋一号、アブーバクルと綜介、頼子と純一、そして善四郎の六人だ。

人の気配のない武器庫に善四郎はドアをこじ開け入った。

（無反動砲がなくなっている）

ボートに積んで出たに違いないがもう猶予はなかった。残された爆弾を爆発させて秘密基地を壊滅させないと。爆発物の知識もある善四郎は配線や部品の状況を確かめていた。手りゅう弾のような爆弾は三秒から五秒で爆発するから逃げる暇がない。時限発火装置を作ることができれば全員を退避させて爆破することができる。監視室に目覚まし時計があったのを思い出した善四郎は武器庫を出ようとした。

そのときアブーバクルが武器庫の入り口に立ちふさがった。

「オーナニシテル」

アブーバクルは武器庫の中を見られたからには抹殺するしかないと、目の前の男に襲い掛かった。善四郎は二十センチ以上背の高い男と戦うが、自信がない訳ではない。

どんなに大男でもどのように鍛えていても弱点がある。

善四郎は上から抑え込もうと手を高く上げてきた大男の前に小さくなって、最初に相手スニーカーの右足指を使い思いっきり踏みつけた。相手がバランスを崩したところを右足のかかとで左足のすねを思いっきり打ちのめす。サッカーのサイドステップのような軽やかなリズムが一瞬で大男を倒した。善四郎の靴のかかとには蹄鉄のように金属が仕込んであった。すねはサポーターをしない限りは痛みに耐えきれない。

「アウー」

悲鳴を上げるアブーバクル。

善四郎はかがんだところを押し倒し蹴り上げると大男の戦闘意欲は失われていた。たった三発だった。アブーバクルを後手で縛り上げたときに後ろに気配を感じた。振り向くと東洋一号が銃を向けている。

善四郎は手を挙げた。

武器庫の床に座らされ、東洋一号は右手に銃を持ち左手で梁からロープを下げ首に巻き付けた。その技はプロの殺し屋だ。

善四郎は死を覚悟した。意識が遠のいてきて子供の頃の浦戸諸島が走馬灯のように浮かんできた。桂島で潮干狩りを楽しんだこと、頼子と泳いで離れ小島に渡り秘密基地を作ったことを。しかし意識が遠のいてきた。

（やばい、死ぬ）

突然、物音がしたがそのとき善四郎は意識を失っていた。

東洋一号が倒れた後ろには頼子がいた。

頼子が近くにあった岩で東洋一号の頭を一撃したのだ。

農業高校の柔道部出身だから、締め落とされた相手の肺の部分にカツを入れることで息を吹き返すことを知っていた。

善四郎は気がついて頼子を見据えた。

「頼子ちゃん。ここはどこ、天国だよね頼子ちゃんがいるから」

「なにボケてんのよ」

頼子は善四郎の両の頬を平手打ちした。

何度も打った。

最初の平手打ちと二度目三度目は意味が違っていた。

頼子は涙が止まらず善四郎の胸元に飛び込んだ。

善四郎は両手で抱きかかえ二人だけの言葉を発した。

「すまない、すまない、よりこ」

アブーバクルは目を覚まし驚いた。

「オーフタリハ　ラブ　カ」

遅れてきた純一は場を理解し武器庫にあったロープで東洋一号の両手を後ろで縛る。

さあ、作戦開始だ。華恵とジミーが無反動砲を乗せて高速ボートを出港させたから猶予はない。本部に連絡して華恵を阻止し、この基地を無力化しよう。

東洋一号とアブーバクルを含む全員を退避させて、目覚まし時計の時限装置を仕込んだ。舟入島は島が肩を寄せ合ったような地形だから、別な島の頂きに避難する。時間は十五分後だ。

支援のヘリはもうすぐ来るはずだ。息を切らせて島の西端の小山に着いた。

「ボガーン」

大音響で耳をふさぎ、振り返ると火柱が上がって、そのすぐ後連続して何度か爆発があり秘密基地が燃え上がっていた。

無反動砲を積んだ華恵のボートはどこに向かったのか。松島湾は停泊できる場所がたくさんある。

善四郎は連絡を取り、各港に機動隊の緊急配備を依頼した。

華恵の目的はどこだろう。テロ攻撃の標的は鉄道、遊覧船、橋、高速道路が考えられるが、善四郎は頭脳を無理やり回転させる。

「そうだ、防衛隊だ。近くに二ヵ所の基地がある。一つは松島航空隊、もう一つは弾薬庫。弾薬庫が危ない！」

洋二にも協力を依頼しよう。

「洋二、磯崎の出島に行ってくれないか。ジミーと華恵のボートが停泊していたら、接触しないで連絡をくれ。ほかの港はほとんど緊急配備しているし、そこにも機動隊を要請する」

洋二は善四郎からの電話に驚いたが、内容にもびっくりした。

「わかった兄貴。耕太郎と向かうから」

松島湾には出島がある。二百カイリ問題で漁場が狭まったときに漁協に補助金が出た。松島湾合同漁協では観光に押されて漁船停泊の岸壁がなくなると危機感があったから、新岸壁を作るよう国に働きかけて造らせたのが出島だ。しかし漁業は寂れ牡蠣の水揚げ以外は使われていない。

月浜や観光桟橋、浜田漁港、塩竈港など方々の漁港には機動部隊に指示を出したが、磯崎の出島を華恵が知っていたらと、急に善四郎は胸騒ぎを覚えた。

洋二と耕太郎は二台の車を飛ばして磯崎の出島に向かった。

そこは長崎の出島と同じように一本の橋で陸と繋いだ百メートル×二百メートルの人工島で、小さな牡蠣小屋があるだけの寂しい場所だ。

葉山神社から十五分くらいで着いたが、見覚えのあるジープが駐車し白いボートが停泊して、重たそうな物を積み込む最中だった。

洋二と耕太郎は出島の小高い橋の上で重大さに気づかされた。

（武器だ）

「耕太郎、内陸に通してはならない。一歩たりとも入れないぞ」

耕太郎は軽自動車を橋の中央に横に停めた。耕太郎を残して洋二はボートへと向かった。

長方形の島は四周が岸壁でそれに合わせて道路があり、中央部は牡蠣小屋と種付け用のホタテの貝殻や漁船の部材、漁具がある。時計回りに近づくと二メートル弱の筒状の武器をジープの荷台に積みこんでいた。射程距離が一キロメートル弱はある無反動砲から発射されるロケット弾を被弾すれば被害は甚大だ。

洋二は、責任重大だと気を引き締めた。

華恵は耕太郎に気がついたが作業を急がせ運転席のドアをバタンと閉めた。荷台に無反動砲を押さえながら乗り込むのはジミーだ。

（まずい。出島を出たら、どこかがやられる）

洋二は決死の覚悟でアクセルをふかした。

武器を積んだ華恵のジープは時計回りに走って一本橋に差し掛かる。

橋の中央では耕太郎が車を横たえて待ち構えているはずだ。

ジープはスピードを上げて橋に差し掛かるが、車が障害となって本土に渡れないはず。

しかし、ジープはスピードを緩めず軽自動車の後部座席の辺りにぶつかっていく。

耕太郎は慌てて運転席を飛び出し橋の欄干につかまった。

ジープは橋の左端を通り、軽自動車を押し出して渡り切ろうとしている。

洋二はとっさにアクセルを強く踏んだ。

「ババーン」

洋二のミニバンが軽自動車を押しているジープの後部にぶつかった。

押された反動で軽自動車は欄干を飛び越えて海に落ち、ジープもミニバンの勢いに負けて海に落ちた。

そして洋二のミニバンもブレーキが間に合わずジープの後に続いて海に飛び込んだ。

耕太郎は反対側の欄干につかまって、スローモーションのように車が落ちるのを見つめていた。

洋二は落ちることがわかっていたから、開けていた窓からすぐに脱出できた。

華恵やジミーはとっさのことで慌てたようだが海面に顔を出してきた。

武器を積んだジープは海の中に消えた。

洋二と耕太郎は沈んだ三台の車を、欄干から眺めて満足感いっぱいだった。

遠くにヘリコプターの音が響き渡っていた。

エピローグ

二〇一一年三月十二日（東日本大震災の翌日）入間綜一郎は父母が自宅にいないことを知って探し回った。携帯の基地局が壊れているのか連絡が取れない。

道路は崖崩れや倒壊したブロック塀で寸断されていて、いつもの道ではたどり着かない。何度も迂回し実家の見える場所まで行き着くと、革靴のまま雪の畑を歩いてたどり着いた。

鍵が掛かっていて人の気配はない。

（出かけたのだろうか。外出時に地震に遭遇しどこかに避難しているのだろうか）

外出時の鍵の隠し場所を探った。

書棚が倒れ本が散乱した居間に入るとカレンダーに予定があった。

〈三月十一日　葉山神社奥の院　参道階段　清掃〉

父母は崖の急な階段に行っている。

胸騒ぎを覚えた綜一郎は車を駆って神社の入り口にたどり着いた。

本殿付近は被害はほとんど見られないが父母は奥の院だ。

「あーー」

綜一郎は驚きの声を上げた。

急な斜面を下る階段がほとんど崩れ落ちている。

奥の院の谷間の清水の湧き出る場所の辺りには赤い色がある。

父親のジャンパーの色に似ていた。

綜一郎は夢中で駆け降りた。

どんな岩山より急でどんなガレ場より危険だが、どのように降りたか覚えていない。

草木につかまり岩にぶつかり壊れた階段の破片に足を乗せ、足元が崩れ落ちるそのままに下りた。手足や顔も泥だらけで赤い場所にたどり着くとジャンパーが見えてきた。

ゴロゴロとした岩や階段の石材をやっとの思いで取り除くと父の変わり果てた姿があり、近くには母の姿もあったが冷たくなっていた。

綜一郎は母の遺体にすがって大声で泣いた。

神社の清掃奉仕活動の最中に亡くなるとは。

綜一郎は父母の人生を思い出した。

真面目一筋で目立つことが嫌いな性格は、高度成長期にはそぐわず何度も競争相手から煮え湯を飲まされていた。そんな父を反面教師として育っていた綜一郎だった。

親父の亡くなった場所は誰も来ることはない山奥の谷底だ。

余震のたびに土砂が積み重なり誰にも発見されずに人生の幕を閉じたかもしれない。

そんな人生を送った父母を思うと、涙がとめどなく溢れて止まらなかった。

時間が経ち涙枯れてふと目を開けると、父の体躯の下に鉄の箱が見えた。

いや、父がその箱を抱いていた。離さないとの強い意志がそうさせたのか。

箱の蓋が開いて中から怪しい光が見えたのを綜一郎は見逃さない。

箱のそばに行きこじ開けると、金の延べ棒がぎっしりと詰まっていた。

父母が人生の最後の最後に仕出かした大仕事を、綜一郎は目の当たりにすることになった。

そして和紙が一枚入っていた。

「これだ、ここにあったのか。おやじ、おふくろ。立派な最後だったぞ」

綜一郎は和紙を握りしめてまた泣いた。

それは先ほどとは違う涙であった。


震災から六年が過ぎて、入間金四郎翁の百回忌法要の一週間前。

入間綜一郎は浦戸諸島寒風島の林松寺にいた。

法要の打ち合わせだった。

住職から百ヶ年遺言の話をされた。

(あー、父母が発見したあの財宝のことか)

綜一郎は漢詩のような文章を事前に見せられて、法要当日に公開すると言われた。

住職は遺言の執行者のように法要で参列者に公表することは、お寺としての入間金四郎翁への約束事だと一歩も引かない。

無理にことを伏せようとしてもこの件は必ず公になる。

積極的に対応することにした。

(財宝はもうあの場所にはない。遺言に従って適正に使っていた)

しかし、遺族が納得するようにしておくことは一家の長としての務めと考えた。

入間家には家訓がある。

家訓を書いた和紙を古い箱に入れてあの神社の境内に隠そう。

探しに来た者にわかるように「金」の石塔を立てて目印にしておこう。

それとなく「金」のマークのことを住職にほのめかした。

住職も同意するようにうなずいた。

そうすれば、発見した人は財宝は家訓だったのかと思うに違いない。


舟入島で爆発騒ぎがあった翌日に、関係者が集まったのは松島円舞館だ。

円を描くように創られた建物は、松島水族館の跡地、そして、あの松島パークホテルのあった由緒ある地にある。

入間家の財宝である家訓のコピーを飾り、関係者が集まって反省会を開いた。

声を掛けたのは綜一郎と洋二で、理子は仙台に帰った。宝探しの打ち上げのようになったが、参加者は魚料理とお酒が目当てかもしれない。

謎を解いた紗友里は話題の中心で、何度も船を出した鉄男も、主役の一人だ。

真木吉造と真木寿美子は洋二が無理を言って参加してもらった。

入間圭子と濱田耕太郎はもちろんいる。

綜一郎が挨拶をして乾杯の音頭を取った。

宝探しの苦労話、冒険話で盛り上がった。

一段落したとき洋二が立ち上がって話し始めた。

皆さんにお話があります。

「善四郎さんの行方不明事件は解決していません。しかし有力な手掛かりを得ました」

みんなは静かになった。

「ご存知のように私たち三人は葉山神社本殿の崖の上から、善四郎さんが行方不明になったことを目撃しました。しかし正確には貨物列車が来たので陰になり見えませんでした。二人組の正体ですがあの場所であの時間に来るのは、関係者以外には考えられません。そこで私は関係者の動機やアリバイについて調べました。入間金四郎の百回忌法要の後に、寒風沢島で直会が催された。入間綜一郎さんと奥様そして綜介さんは十四時八分の塩竈市営汽船で仙台に戻られた」

綜一郎はうなずいた。

「内海鉄男さんは兼城勇作さんと夕島純一いや、樋口剛志と遅くまで飲んでいた。そして真木さんのご家族は渡船で朴島に帰った。皆さんの当日の行動はこれでいいでしょうか」

みんなはうなずいている。

それを確認してから洋二は言った。

「嘘を付いている人がいます」

みんなは洋二に注目し次の言葉を待った。

「陽は山の陰に落ちて夕月が辺りを照らしていた。私たちはその月影の中で見た光景を先入観で判断してしまったんです」

「それは」

綜一郎が聞いた。

「はい、男性の二人組だと思ってしまった。それが犯人捜しを難しくしたんです」

みんなは驚いた表情になった。

「先日、十河荘のご主人や奥様に詳しい話を伺いました。個人情報もあるが善四郎さんのためにと教えてくれたんです。真木頼子さんは入間善四郎さんと結婚直前までの交際があったんですよね」

吉造と寿美子は下を向いてる。

「善四郎さんは婚約寸前で別れた。その後頼子さんと善四郎さんは独身を貫いている。百回忌法要で十数年ぶりに会った善四郎に、真木吉造はそのときのことを問いただしたんです。

しかし善四郎さんは周囲を気にしたのか理由を言わなかった。真木さんのご家族はこの後で善四郎さんが瑞巌寺の裏に行くことを聞いていた。酔ったふりをしながら渡船で朴島に渡った頼子さんは目立たないよう黒っぽい服に着替えて、綜介さんを誘い所有する小舟で松島観光桟橋に行ったんです。観光桟橋の観光案内人の中に私の友人がいます。お二人の写真を見せたら覚えていました。何か慌てている様子だったと。その後瑞巌寺裏で善四郎さんを見つけ仙石線と東北本線の間に追い詰めたんです。あの時間に瑞巌寺に行くことができたのは」

洋二はお茶を一口飲んでから続きを話した。

「綜介と頼子さんしかいない。二人は世界湾岸自然環境保護クラブの組織に所属していて善四郎を勧誘したんです。元々善四郎兄貴は綜介を寝返らせようと工作していましたから渡りに船だったかもしれません」

綜一郎は意外な顔をして洋二を見た。

洋二は（しまった）と思ったがあとの祭りだ。綜介の潜入協力者の件は秘密事項だった。

洋二は構わず話し続けた。

「頼子さんは善四郎兄貴を連れて暗渠排水溝を通り海岸に出て、知り合いの経営するホテルに泊まらせた。翌日金田華恵が迎えに来て舟入島の秘密基地へ連れて行ったんでしょう。そして、綜介さんは暗渠排水溝経由で東北本線松島駅に走って向かい、暗闇の線路を越えて松島駅発十八時四十三分の仙台行きに乗ったのです。列車は二十六分後の十九時九分に到着している。そして、仙台駅前のホテルで着替えた後、パーティに少し遅れて参加してるんです。パーティに参加している方に知り合いがいまして、遅れてきたことの確認が取れています。仙石東北ラインは仙石線より早く着けます。アリバイ工作にもいいですね、速くて」

「娘がそこにいた証拠はあるんですか」

真木寿美子は冷たく言い放った。

洋二は断言した。

「あります、寿美子さん」

洋二は内海鉄男を指さした。

「私は観光桟橋の友人に関係者全員の写真を見てもらいました。真木さんの船が着いた後、もう一人の船が到着していたんです。それは内海鉄男さんです。そこで私は鉄男さんに本当のことを話してもらうよう説得しました。鉄男さんは頼子さんと親しくしていたんですよね鉄男さん、話してください」

洋二が鉄男を促した。

「お、俺は、頼子の様子がおかしいと気がついて飲まないで見ていた。昔の善四郎とのことも知っていた。だから善四郎を目の前にしたとき平常心ではいられないだろう。宴会の後、気になっていた牡蠣棚の様子を見にいったら、頼子の船が観光桟橋に向かうのが見えた。だから少し時間を置いてから後をつけたんだ。瑞巌寺の奥に行ったとき、もめているところを見つけて止めようとしたんだが、仙石線の電車の警笛が聞こえてきた。線路を渡れないのでやむなく携帯で動画を撮ったんだ」

洋二は謎の一端を解き明かす。

「あのとき、鳥居のそばで光ったのは鉄男さんの携帯だったんです。見せられた動画には善四郎たち三人が大銀杏の陰に入って行くところが映っていました。頼子さんは善四郎さんの手を引っ張っていたんです。そして後で調べたら大銀杏の脇には暗渠排水溝の点検口があったんです。地面に色の変化があり気がつくことができました」

真木寿美子は娘を犯人扱いする洋二に冷たく言い放った。

「洋二さんこそ、善四郎のボートに飛び乗って舟入島に行ったんでしょう。あなたこそ《1》じゃないの」

洋二は苦虫を噛み潰す顔になり答えた。

「わかったよ、寿美子さん。あのときのことを包み隠さず話すから」

みんなも聞きたかったことだとばかり、視線が一ヵ所に固まった。

舟入島での体験を洋二は話し始めた。

「全身黒ずくめの男から世界湾岸自然保護クラブ《1》に勧誘されたんだ。しかし私は逃げようとしてドアに体当たりし気絶した。その後海に飛び込んで鉄男さんと耕太郎のボートに助けてもらった。おそらく善四郎は唇に指を当てて、私に何かを伝えようとしていましたが、二人になることはなかった」

寿美子は疑いの眼差しを変えようとはしないが、構わず洋二は続けた。

「それから本当の純一がいました。純一は華恵に誘われ自分を捨てて、世界湾岸自然保護クラブの一員になり日本を去る覚悟でした。善四郎兄貴の話では、純一は自分の身代わりをヒッチハイクで寒風沢島を訪れた剛志に頼んで、華恵と駆け落ち気分で舟入島に渡ってきたそうです。入間家の財宝を手に入れたら、赤道近くの楽園に行って永住すると聞かされていたようです。華恵は幹部でほかの男にも同じようなことを話していたことに気がつき、夢は幻想ではないかと疑っていたようです。そこに現れたのが善四郎だったのです。善四郎は組織の全貌を伝え日本を離れたら、命の保障すらおぼつかないと言った。そこで、純一はやっと目を覚ましたんです」

突然、入り口のドアが開いた。

そこには善四郎が立っていた。後ろには綜介と頼子、さらにもう一人の男が立っていた。

「善四郎！」

圭子は叫んだ。

善四郎は手で制すると話し始めた。

「詳しくは言えないが某組織の日本国内潜入阻止と、心ならずも加担してしまった人の救出任務に就いている」

耕太郎は小柄な善四郎兄貴が大きく見えてしまった。

（善四郎は元カノを犯罪者にしないためにある秘策を思いついていた）

「ここにいる頼子さんと綜介さんは《1》の一員ではない。私が依頼した協力者だ。組織は壊滅した。協力者の二人と車を犠牲に本土突入を防いでくれた洋二さんと耕太郎さんにはお礼を言いたい」

洋二と耕太郎は車の補償を心配したがどこに言えばいいのか。

頼子は父母の処には行かず善四郎のそばから離れなかった。よく見ると指を絡めていた。

綜一郎は息子が潜入捜査をしていたことを初めて知って、恥ずかしさに顔が赤くなった。

そして八つ当たりのように息子に説教を始めた。

「お前も三十歳だ。お母さんとお父さんに心配かけんでくれ。グループに戻ってこい」

「そんなこと、わかっているよ！　しかし、僕には大事な仕事がある、それに大事な人も」

綜一郎はその意味することを理解することなくまくし立てた。

「我が入間家の跡取り息子はお前一人だ。お前にバトンを渡すことが私の使命なんだ」

綜一郎は綜介に向き合った。

「お前の自然環境への取り組みは企業経営でも実践できるんじゃないのか。飲食店は食品廃棄ロスや食べ残し残滓の処理なんかの問題に直面している。プラスチック容器の削減への取り組みもある。それにパートやアルバイトを少なくしてできるだけ多くの従業員を社員として活用する雇用問題の解決にも取り組まなくてはならない。

企業には社会貢献のためのステージが幾つもある。社会に真っ向勝負で怪しい組織の一員として活動することも地球環境のための活動だと思うが、企業の中にどっぷりと入りこんで、幼虫がさなぎを食い破って蝶として羽ばたくように、環境にふさわしい社会を、いや会社を通じて社会の再構築に参画できるんじゃないか。綜介」

綜介の目は開かれた。

「そうよ、入間家の最後の砦なのよ。綜介」

急に声を上げたのは、紗友里だった。びっくりしてみんなは紗友里を見た。

綜介は紗友里に寄り添うと瞳を見て言った。

「紗友里さんが一緒なら」

紗友里は綜介が何を言ったかわからなかった。

綜介は紗友里の前にひざまずくと、手を取って少し大きな声になった。

「紗友里さん、私と結婚してください」

空気が一変した。

「えーー」

「すごーい。プロポーズ!」

紗友里の口元に、視線が集中する。

「……私、私はバツイチなんですよ! 私なんかじゃなくもっとふさわしい人がいるじゃないですか」

洋二は冷静な声で宣言した。

「紗友里さんはバツイチではないんです。指輪の交換もしていないし」

と三・一一のあのときを証言した。

綜介は大きな声になった。

「過去はどうでもいいんです。いまの紗友里さんが好きだ。いまここにいる紗友里さんを愛している。いまを大事にしましょう。だから、紗友里さんも過去に囚われずいまだけ考えて、私と結婚してください。そして末永く一緒に生きていきましょう」

「……わかりました」

二人は、抱き合い、接吻した。

「わーーー」

驚いた圭子や洋二、耕太郎も声を上げ拍手した。

もっとも驚いたのは綜一郎だ。眼の前で息子のプロポーズを見せられたのだから。


善四郎は鉄男のそばに来て声をかけた。

「鉄男さん。本物の純一です」

みんなは一応に驚きの表情を浮かべた。

「うぉぉーー」

鉄男は声にならない唸り声になり、純一に駆け寄った。「純一、純一」と抱き締めた。

「お父さん！」

純一はそれだけを絞り出すと嗚咽した。

二人が抱き合いむせび泣く様子にみんなはもらい泣きした。

父と子の赤い糸が交わった。三十年の歳月を経て。

松島円舞館の中庭は電飾が綺麗で見る者を魅了しているが、綜一郎は隣に圭子がいることで高揚感が増していた。

理子の写真騒動は洋二と耕太郎の芝居によって事なきを得た。

綜一郎は、圭子の横顔に声を掛けた。

「東京にはいつ戻るんですか？」

「明日には戻ります。料理教室の準備がありますので」

「たくさんお弟子さんがいらっしゃるんでしょう」

「まあ、経験人数は数えきれないほど」

綜一郎はぎょっとする。

「えっ、経験人数って？」

「ああ、料理教室の生徒さんのお話しじゃなくて」

「そ、そうですね」

綜一郎はドギマギしながら答えて昔を思い出した。圭子は言い間違えで周りを混乱させるが、当人はいつものことで気がついていない。

「東京でまたお会いできるといいですね」

「もう、冒険物語はたくさん、あなたには三本の蕾の薔薇と一本のひらいた薔薇を贈るから、家に飾ってね」

綜一郎は意味が解らない。

圭子はそう言い残すと濃紫のワンピースの背中を綜一郎に見せて消えた。


善四郎は鉄男を中庭に呼び出した。

解散するには惜しいのか興奮冷めやらぬ洋二や耕太郎の騒ぐ声が聞こえる。

「善四郎ありがとう。恩にきるよ。それでどうした。話ってなんだ」

「鉄男さん、現代社会は科学技術の発展が凄まじいから、なんでもわかっちまうんだよ」

「ほう、例えば」

「声紋鑑定ってのがあるの知ってるな。電話の声とかさ、鑑定すると本人かどうかほぼ百パーセントの確率でわかるんだよ」

「ほう歌の上手い下手もわがんのがい」

「それはカラオケ機械の話だ。これは科学捜査の話さ」

「んで、おいらに話ってはなんだべ」

「舟入島の《1》秘密基地に潜入していたんだが、ニッポンベース首領からの指令が流されると聞いて録音したのさ。ボイスチェンジャー使っても最新の声紋鑑定では周波数帯別精密鑑定で元の声を復元できるのさ」

鉄男の表情にわずかな変化があったのを善四郎は見逃さない。

「ふーん、どんな歌だったんだかな、おいらの持ち歌は吉幾三だがな」

「舟入島の秘密基地の中の食堂に岩の亀裂があってね、天井のほうだが。三十センチくらいかな。その奥に無線受信機とスピーカーがあって首領の声が聞こえてくるのさ。調べた結果は百パーセントの確率で鉄男さんの声だと本部は断定したよ」

「そうかい、おれはな、自然環境の保護だって言うんで、頼子から仲間を紹介され、舟入島の洞窟を紹介しただけだよ。あとはなにも知らねえ。なにか罪になんのかい」

「ハハハハハ。まあ首領のスピーチ聞いたけど、なまってるし支離滅裂な内容だし、どこが犯罪になるのか俺には判断不可能さ。華恵やジミーにいいように使われていたんだろうよ。昔のどっかの国の天王様みたいに」

善四郎は乾いた笑い声を立てた。

「ハハハハハ」

つられて鉄男も笑った。

鉄男は頭を下げて善四郎に両手を差し出したが善四郎は首を振った。

「いまは純一と一緒の時間を大事にしろ」

鉄男は深々ともう一度頭を下げた。

二階には鉄男と善四郎を心配そうに見守る純一の姿があった。

洋二は大役を終えてほっとした気持ちになりトイレで用を足していると、話し声が聞こえてきた。静かだが善四郎の低い声はしっかり聞き取れた。

「綜一郎さん、古巣の情報本部のスパイ衛星は性能いいですね。舟入島の秘密をしっかりとらえていました。それに本官は綜介さんと頼子さんに誘われなければ、舟入島であんな貴重な体験はできませんでした」

「……息子が、あんたを誘ったって。善四郎さん確かあんたハム」

善四郎は指を口に当てて綜一郎を制した。

「綜介さんは《1》から洋二たちのグループに、潜入するよう指令を受けていたんです。私が内部に潜入しなければ、息子さんはどうなっていたか」

綜一郎は深く頭を下げて話し始めた。

「財宝は遺言通りに立派な地下の秘密基地になりました」

「それは良かった。金四郎さんも満足でしょうね」

それを聞いた洋二は、ブルブル震えてトイレのドアを「バン」と開けた。

「いまの話、聞き捨てならない、なぜ真実を俺たちに教えてくれないんだ。やっぱり財宝は家訓じゃなかったんだ。あの家訓は俺たちを、いや財宝探しの人たちを欺くための小道具だったんだな。俺たちは命がけで車もお釈迦にして、テロ組織から日本国を守ったんだぞ」

洋二の固く握った手はぶるぶる震るえ、ギラギラした眼で二人をにらみつけ更に続けた。

「真実を、真実を教えてくれ」

綜一郎は洋二に向き直って手を握って言った。

「洋二さん、わかった。このことは特定秘密になっている」

「特定秘密……さっき二人で話していたことだな」

洋二は念を押す。

「少し時間をくれ、上に承認を取らなきゃならん、それまで待ってくれ。マスコミに漏らすと君の立場が……」

綜一郎が言いかけたとき、耕太郎が洋二を捜してこちらに来た。

洋二は耕太郎を抱きかかえるようにして言った。

「俺と耕太郎は親友だ。一心同体と言ってもいい。さっきの件二人で聞かせてもらうよ」

洋二は得意顔だ。

綜一郎は善四郎に目配せしながら洋二につぶやいた。

「わかった、一週間後に連絡する」


一週間後に洋二に非通知の電話が来た。

「はい、イムズ旅行社」

「萬城目洋二さんですか」

知らない声だ。

「はい、どちら様」

「ちょっと待ってください、代わります」

ややを間があって出た声の主は、入間綜一郎だった。

「や、洋二さん、先日の件、上の許可がでました。富山観音堂の駐車場はご存知ですか」

「あの寂しいところですね」

「駐車場はね、観音堂に上がれば眺めは最高ですよ。耕太郎さんと二人で来てください」

洋二と耕太郎は、富山観音堂の駐車場に向かっていた。

圭子たちと来たときは長い階段の下に車を停めて上ったことを思い出した。

綜一郎は、反対側の四十五号線からの入り口を教えてくれた。

旧道のようなほそ道から民家の角を入ると砂利道になった。

周囲は杉林が続く深い森で昼でも暗い道は夜ならもっと怖く、幽霊が出てきてもおかしくない。圭子と階段の怪談を体験したことは耕太郎には話していなかった。

何度かカーブを曲がると広い場所に出た。待ち合わせ場所の駐車場だ。

洋二の携帯に香織から着信があった。

「兼城勇作が全部吐きました。朴島でドアを閉めたのは兼城だったんです。それから陸前不動産建設の社長も宇津宮氏の土地売買のお金を兼城からゆすり取っていたんです。逮捕状請求しています」

洋二はこれで紗友里と寿美子の両方の仇が取れたと思った。

「それから純一になりすました樋口剛志は処分保留で釈放されて、入間綜一郎が弁護士を立てて裁判で戸籍を取得してくれることになりました」

洋二はことの結末を聞かされて、奥歯に挟まっていた小骨が取れたように嬉しかった。

純一は鉄男と桂島に住み、剛志は寒風沢島で腰を据えて活動してくれるらしい。

そう思っていると車がやってきた。防衛隊の車だ。

民間ではハマーと呼ばれる車種で、二人の防衛隊員も綜一郎の後ろに控えている。

綜一郎は低いが通る声で私たちに向き合った。

「洋二さん、耕太郎さん、今回の件では何かとお世話になりました」

何かとには、車を二台つぶしてテロを未然に防いだことや、不倫もみ消しが含まれていることを俺たちは了解している。

「それから一つ詫びなければならないことがあります。法要のとき金四郎の九行詩を撮っていた圭子さんのグループを、部下に気づかれないように見張って逐一連絡するように依頼していました。なぜなら松島湾には危険なところもありますからね」

綜一郎の話を額面通りに受け取れるはずはないが文句も言えない。

「見ていただく前に条件があります」

有無を言わせぬきっぱりとした口調だ。

「この薬を飲んでほしい」

「えっ、胃薬かなんか？」

と耕太郎。

「いや、頭の良くなる薬じゃない？」

と洋二。

おどけて見せるのは笑わせようとしているわけではない。緊張しているからだ。

物言わぬ威圧感を感じているからだ。

「はい。身体に害がある薬ではないことは、これまでのエビデンスでわかっています」

「で、何の薬なんですか？」

洋二は真顔になって聞いた。

「短期記憶消去薬なんです」

「……」

沈黙が続いたが洋二が口を開いた。

「アメリカのサスペンスドラマで見たことがあります。地下の秘密基地に案内されるときに飲むやつですよね」

綜一郎は、にやけた顔になった。

「そうそう、洋二さんは物知りですねー」

「俺たちを信用できないんですか？　その薬を飲まないと案内してくれないんですか？」

「残念ながら今回は条件が付きました」

「見た記憶が残らなければ見る価値がありますか？」

「《真実を知る》ことは大事です。たとえ記憶に残らなくても」

妙な説得のされ方をしたが納得したわけではない。

薬は小さな赤い錠剤が一つだった。飲んでから半日ほど記憶が消えると防衛隊の一人が説明した。

洋二はその赤い薬を見て思い出した。

(しまった、今朝血圧の薬を飲み忘れていた!)

人生の無理が祟ったのか高血圧症だ。百八十から九十で医者からは薬を飲まないと心筋梗塞、脳動脈破裂、痴ほう症などで短命に終わりますよと、怖い病気を羅列して薬漬けにしようとしているが間違いではない。同年代の友人が医者の羅列した病名で死んでいる。その血圧の薬はズボンのポケットに入れている。

知りたい気持ちが勝って、渋々だが薬を飲むことを承諾した。

薬を渡される前に私は一つ芝居をする。

「ちょっと待って、咳が!」

少し離れてから背を向けて右のポケットからティッシュを左からは血圧の薬を出す。

何度か鼻をかむ仕草をしながら血圧の薬をプラのカバーから外した。

中学や高校時代に手品にはまっていたことがある。

血圧の赤い錠剤を中指と薬指の間に挟む、パームという手品の基本中の基本だ。

向き直って赤い錠剤をパームした手の平に受ける。

短期記憶喪失薬を人差し指と中指の間にパームして、握りなおした手の平の中指と薬指の間の血圧の薬をちらっと見せてから素早く口の中に放り込んだ。
記憶をなくす薬はズボンのポケットのなかに入れた。
(誰かに飲ませてみるか)
ペットボトルの水で流し込んだ。
ハマーに乗り込むと黒い袋のような物を渡された。
「お土産でも入っているのかな?」
耕太郎は言ってから声が震えていることに気がついた。
強面の防衛隊が手を顔の前に挙げるジェスチャーをした。
これを被るらしい。
「おーアメリカドラマで見た光景だ。007のスカイフォールでも」
洋二はやっとの思いで突っ込んだ。
行き先も秘密、記憶も消す。そんな最高機密に俺たちを案内して大丈夫なのかな?
砂利道を長く下る感覚は視界が無くともわかる。右へ曲がるとか左とかの感覚も。
しかし何度も何度も曲がったりするとだんだん判らなくなる。
おそらく回り道して気づかれないように行くだろう。しかし気持ち悪くなってきた。
酔い止めの薬も貰えばよかった。本気で思って口に出そうとしたら車が止まった。
そんなに遠い場所ではないようだ。
手をかけて黒い袋を外そうとしたら腕を掴まれて強く静止された。

まだ見せてはくれないらしい。

車から降りると手を引かれて歩かされた。

どこを歩いてるのか、どこに連れていかれるのか。

恐怖感はクライマックスだ。

扉を開けて入っていく様子が感じ取れ、右に曲がり左に折れ百メートルは歩いたか。

ドアが開く音とドアが閉まる音がして、わずかな振動を感じたがエレベーターだろうか。

口の中が乾いて唇を舐めるがエレベーターがゆっくりなのか時間を長く感じた。

きっと地下深くに違いない。

エレベーターらしきドアが開く音がして前に歩きだした。

五分くらい歩き、扉を何ヶ所か通過して顔を覆った袋が取り外された。


あまりの明るさに目が眩んだ。

ここは、どこだろう?

両手の平で顔を覆う。そして指と指の間の隙間から外の様子を覗う。

まるで見てはいけないものを覗き見るような悪ガキの気持ちだ。

明るさに慣れてくると綜一郎たちと、もう一人の年配の男が目の前にいることに気がついた。

制服の胸には徽章がたくさんついている。

恐らくここで一番偉い人だろう。

綜一郎が口を開いた。

「洋二さん、耕太郎さん。入間金四郎の財宝で造ったんです」

何を言っているのかわからなかった。

お笑いコンビの定番のギャグも使えない。

思わず方言で返した。

「なにすや」

「東日本大震災のとき父母が葉山神社奥の院で、入間金四郎の財宝を発見しました。ところが崖崩れで財宝と一緒に土砂に埋もれてしまったのです。中には金の延べ棒が入った箱が十数個ありまして、和紙に書いた遺言書もありました。そこには、《国のために使ってほしい。子孫には我が入間家の家訓を遺産として残す》と書いてありました」

見せられたタブレットの画面では間違いなくそう書いてあった。

「そこでこちらにいらっしゃる貝原陸将と相談してこの施設を造ることにしたんです」

貝原陸将は言葉を続けて説明してくれた。

「ここは有事の際の緊急防衛指揮所です。地下深くにあり核攻撃を受けても大丈夫です」

「弾薬庫である宗里町駐屯地の大規模改装工事と一緒に作られました」

（やっぱりそうだ、三陸道が松島の北で大きく迂回している場所だ）

洋二はそう考えた。

「詳しくは言えませんが多くの人が数ヵ月以上暮らせる、放射能汚染対策設備や独立系空調施設。飲料水、食料の備蓄、診療施設も完備しています。近くに松島航空防衛隊がありますが、この基地にも隠しヘリポートがあり首都圏から三十分強で来れます」

二人は絶句した。

本当にあるんだ。テレビドラマや映画のようなことが。

折りしも大陸の端にある独裁国家では、大陸間弾道ミサイルの開発が成功して本州の空高く試験ミサイルが太平洋上に落下した。潜水艦発射弾道ミサイルS・L・B・Mの発射実験も近く行われている報道も記憶に新しい。

五メートル以上はある高い天井の部屋には、大きな画面がたくさん並んでいる。

パソコンもたくさん並んでいて、画面に注視している人は十人以上いた。

「それでは戻ります」

綜一郎が言い放った。

(ゆっくり見学したかったのに)

別室に案内された。

応接室のような部屋には、テーブルに飲み物と錠剤が置いてあった。

二人は指示に従って薬を口に含みオレンジの飲み物を飲んだ。

刺さるような甘さが妙に口に残った。

私は心の中で、舌打ちをした。

(薬をもう一錠飲むなんて、先に言ってくれよ。血圧の薬は一日一錠なんだから)
赤い薬を飲んでしまったが記憶はどうなるんだろう。
私の人生の大事な時間の一部が消えてしまうのか!
黒い袋を被せられ帰路に就いた。
(しまった、酔い止めの薬を言い忘れた)
洋二はエレベーターの重力を体に受けながら聞いてみた。
「地下何階ですか?」
「機密です」
沈黙が続いた。
別な道筋をたどったのか先ほどより早く、富山観音堂の駐車場に戻る。
車が止まると黒い袋が取り去られた。薄目を開けると耕太郎は寝込んでいた。
そうか、薬が効いているんだ。
寝たふりを決め込むが血圧の薬は効いているのだろうか。
心臓の鼓動はいつもよりも速いが、睡魔が襲ってきた。
眠ってはダメだ、眠っては。心に言い聞かせるが意識が朦朧としてくる。
あの、光眩しい緊急防衛指揮所で飲んだジュースは甘みが強かった。
そんなことを思いながら意識が遠のいてきた。
何時間たっただろうか。目が覚めると耕太郎も起きていた。

運転席には入間綜一郎がいた。

富山観音堂の下の大仰寺境内を歩き、眺めのいい場所に腰かけて綜一郎は話しかけてきた。

「いかがでしたか、富山観音堂の隠れ神社は？」

「えっ」

洋二は驚いている。

「実はこの富山観音堂と大仰寺には、隠し神社があるんです。ほらあの辺り」

指さした方向には鬱蒼とした森が松島湾まで続いていた。

「そこに皆さんをご案内したんですよ」

「あっ、そうでしたか記憶がなくて」

「それは残念ですね」

「普通の人は行けない神社なのですか？」

「ええ、地図には神社の印があるんですが、道がわからないように作ってある隠し神社なんです。皆さんも参拝されましたから、運気が上がると思いますよ」

「そうでしたか、ご案内ありがとうございました」

耕太郎につられて、洋二もお礼を言った。

「貴重な体験ありがとうございました」

（覚えていないのにお礼を言うなんて）

洋二は綜一郎の耳元で囁いた。

「このことは、誰にも言いませんから」

綜一郎は少し訝しげな顔になったが笑顔に戻って言った。

「今後もよろしく」

洋二はあの眩しい光の場所を思い出しながら軽くうなずいて心の中でささやいた。

（こちらこそ）

松島湾を遠くに臨む富山観音の眼下に、電車が見え隠れしていた。

仙石線の電車が石巻方面に向かっている。

「ファアーン」と列車の警笛が遠くから聞こえてきた。

おわり

〈著者紹介〉

ホシヤマ昭一（ほしやま しょういち）

小説の舞台を歩き本作品の完成まで３年。
普段は行かない処にも歩みを進め面白い空間や料理に出合った。
それらを紹介し当地に訪れてくれることをイメージし一級建築士、ファイナンシャルプランナー、野菜ソムリエ上級プロ、フードコーディネーター、フードツーリズムマイスター、国内旅行業務取扱管理者の知見を加味し小説を書いている。

STAIRWAY TO HEAVEN
Words & Music by JIMMY PAGE, and ROBERT PLANT
©1972 (Renewed) FLAMES OF ALBION MUSIC, INC. and SUCCUBUS MUSIC LTD.
All Rights Reserved.
Print rights for Japan administered by Yamaha Music Entertainment Holdings, Inc.

IN MY TIME OF DYING
Words & Music JIMMY PAGE, ROBERT PLANT, JOHN PAUL JONES and JOHN BONHAM
©1975 FLAMES OF ALBION MUSIC, INC. and SUCCUBUS MUSIC LTD
All Rights Reserved.
Print rights for Japan administered by Yamaha Music Entertainment Holdings, Inc.

JASRAC　出　2109947-101

月影《つきかげ》に松島《まつしま》

2021年12月16日　第1刷発行

著　者　　ホシヤマ昭一
発行人　　久保田貴幸

発行元　　株式会社 幻冬舎メディアコンサルティング
〒151-0051　東京都渋谷区千駄ヶ谷4-9-7
電話　03-5411-6440（編集）

発売元　　株式会社 幻冬舎
〒151-0051　東京都渋谷区千駄ヶ谷4-9-7
電話　03-5411-6222（営業）

印刷・製本　シナジーコミュニケーションズ株式会社
装　丁　　弓田和則

検印廃止
©SHOICHI HOSHIYAMA, GENTOSHA MEDIA CONSULTING 2021
Printed in Japan
ISBN 978-4-344-93754-3 C0093
幻冬舎メディアコンサルティングＨＰ
http://www.gentosha-mc.com/

※落丁本、乱丁本は購入書店を明記のうえ、小社宛にお送りください。
送料小社負担にてお取替えいたします。
※本書の一部あるいは全部を、著作者の承諾を得ずに無断で複写・複製することは禁じられています。
定価はカバーに表示してあります。